형운 & 귀희

성운을 먹는 자

성운을 먹는 자 1

김재한 퓨전 판타지 소설

초판 1쇄 찍은 날 § 2015년 6월 22일
초판 1쇄 펴낸 날 § 2015년 6월 29일

지은이 § 김재한
펴낸이 § 서경석

편집책임 § 박은정
디자인 § 신현아

펴낸곳 § 도서출판 청어람
등록번호 § 제387-1999-000006호
등록일자 § 1999. 5. 31
어람번호 § 제1-2157호

주소 § 경기도 부천시 원미구 부일로 483번길 40 서경B/D 3F (우) 420-822
전화 § 032-656-4452 팩스 § 032-656-4453
http://www.chungeoram.com
E-mail § chungeorambook@daum.net

ISBN 979-11-04-90288-8 04810
ISBN 979-11-04-90287-1 (세트)

FUSION FANTASTIC STORY

김재한 퓨전 판타지 소설

성운을 먹는 자

하늘의 선택과 사람의 선택

1

청
람

목차

序

"어떻게 하늘에게 선택받은 천재를 범재가 이길 수 있나요?"

형운이 그렇게 물었을 때, 사부는 전혀 망설임 없이 단호하게 대답했다.

"하늘이 부여한 재능이라 해도 그것을 담는 그릇은 사람이다. 그러니 그것을 이길 방법은 사람이 쌓아올린 것을 활용하는 것이지."

"사람이 쌓아올린 거라니, 그게 뭔데요? 천재가 익히는 것보다 더 뛰어난 무공 같은 건가요?"

똑같은 수준의 무공을 터득한다면 범재가 천재를 이길 수 있을 리 없다. 그래서 떠올린 가능성이었지만 사부는 고개를 저었다.

"아니다. 뭐, 그것도 하나의 수단이긴 하지만 하늘 아래 절대적으로 뛰어난 기술 따윈 없는 법이다. 무공이든 기환술이든 마찬가지다."

"그럼요?"

"돈이다."

"…네?"

눈이 휘둥그레진 형운에게 사부는 자신만만하게 웃으며 말했다.

"인간이 쌓아올린 것들은 돈으로 가치가 매겨지고 거래되게 마련이지. 우리는 돈으로 하늘의 재능을 능가할 것이다."

제1장
별의 선택을 받은 자

성운을 먹는자

1

그날, 별이 지상으로 떨어졌다.

시간이 밤이었다면 모두들 유성이 떨어졌거니 하고 말았으리라. 하지만 별이 떨어진 것은 대낮이었다. 대낮에 푸른 하늘에 불타는 궤적을 그려내면서 떨어진 별은 순식간에 자취를 감추었고, 사람들은 그것이 어디에 떨어졌는지 알지 못했다.

이 현상이 의미하는 바는 명확했다.

성운(星運)의 기재(奇才)가 출현한다는 것.

대략 오십 년 정도의 주기로 세상에 태어난다는 지고한 재능의 소유자들이 출현할 전조였다.

반드시 역사에 이름을 남긴다는 그 재능을 탐낸 여러 세력이 움직이기 시작했다. 별이 떨어진 날에 태어난 아이들의 명단이 작성되었고 그들 중에 누가 성운의 기재인지를 가리기 위해 예지를 좇는 기환술사(奇幻術師)들까지 동원되었다.

하지만 과거에 그렇듯이, 그것은 시간이 걸리는 작업이었다. 별의 힘을 갖고 태어난 성운의 기재가 그 재능을 개화하는 것은 시간이 흐른 후이기 때문이다.

그리고 십삼 년의 세월이 흘렀다.

"거기 있는 게 확실합니까?"

중년 사내가 노인을 보며 물었다. 검은 장포를 걸친 노인이 웃었다.

"못 믿겠으면 가지 말든가. 어차피 탐내서 가는 것도 아니면서."

"아니, 못 믿겠다는 것은 아닙니다. 여태까지 발견 안 되던 것을 어떻게 갑자기 정확하게 짚어냈나 궁금했을 뿐."

"때가 되었으니까. 오히려 십삼 년이나 걸렸으니 길었지. 별의 힘이 깨어나기 시작했으니 우리 쪽이 아니더라도 예지의 힘을 좇는 기환술사 중에 실력 좀 있는 놈들이라면 다들 알아차렸을 게야. 거기에 우리 애들의 정보를 종합해 보니 딱 거기라는 결론이 나오더란 말이지. 곧 다른 쪽 정보도 입수될 걸세."

"그렇군. 그럼 구경이나 가봐야겠군요."

"데려올 생각은 정말 없고?"

"왜? 탐나십니까?"

"아니라고 하면 거짓말이지. 성운의 기재를 제자로 삼는다면 아마 내 기술을 모조리 전수하는 건 물론이고 내가 꿈만 꾸던 것들도 죄다 살아서 볼 수 있을 텐데. 자네가 필요 없다면 나한테나 주게."

"생각해 보도록 하지요."

중년 사내는 그렇게 말하고는 길을 떠났다.

2

십삼 세의 소년 형운은 요즘 들어서 이런 말을 자주 듣고 있었다.

"쯧, 이놈이 아니었군. 시간만 낭비했다."

처음 그를 찾아온 나이 지긋하고 위압적인 분위기를 풍기는 노인이 혀를 찬 이후로 흉흉하거나 부티가 좔좔 흐르거나 위험해 보이거나 아무튼 함부로 굴 수 없는 사람들이 우르르 찾아와서 귀찮게 굴었다. 그리고 다들 비슷한 소리를 하면서 떠나갔다.

형운 입장에서는 정말 짜증나는 일이었다. 사람을 들들 볶아 놓고 하는 소리가 뭐?

'시간 낭비는 내가 했지 댁들이 했냐?'

지금까지 그를 찾아온 이들이 한 행동은 대체로 비슷비슷했다.

예고도 없이 사람을 찾아와서는 자기소개도 안 하고 거만한 태도로 이것저것 묻는다.

"꼬마야, 네가 형운이라는 녀석이냐?"

"네, 그런데요?"

"몇 살이냐?"

"열세 살이요."

"생일은?"

"5월 2일인데요? 그건 왜……."

"묻는 말에 대답이나 해라."

허리에 칼까지 찬 무인이 눈을 부라리면 내세울 것 없는 열세 살 소년 형운은 하라는 대로 할 수밖에 없었다.

"일단 그날 태어난 건 틀림없군. 벗어봐라."

"네?"

"옷 벗어 보라고."

"왜, 왜요?"

"벗으라면 벗지 뭘 그리 말이 많으냐?"

갑자기 찾아와서 옷을 벗으라니, 그러면서 이유도 안 말해 주다니 이게 무슨 횡포란 말인가? 하지만 형운은 하라는 대로 하는 수밖에 없었다.

"멍청한 것. 웃옷만 벗어도 된다. 누가 아래까지 벗으랬느냐?"

한마디 설명도 없이 벗으라고만 한 주제에 도리어 신경질이다. 형운은 억울함으로 속이 부글부글 끓었지만 한마디도 할 수 없었다. 그는 돈도 없고 힘도 없는 고아 소년이었고 상대는 칼까지 차고 다니는 무서운 인상의 남자들이었으니까.

"흠, 어디……."

그렇게 옷을 벗겨놓고 나면 그들은 동의도 구하지 않고 몸 여기저기를 만지작거리면서 살펴보았다. 눈을 자세히 들여다보거나 입을 벌려서 안을 살펴보거나 머리를 쥐어보는 것이 무슨 동물 품평하는 것 같았다.

그것뿐이었으면 좋았으리라.

"아, 아아악……!"

형운이 비명을 질렀다. 몸 여기저기를 살펴보던 남자가 손을 잡고 뭔가를 했다 싶은 순간, 전신에 전류가 흐르는 것 같은 아픔이 내달렸던 것이다.

하지만 형운이 고통스러워하며 비명을 지르든 몸부림을 치든 그들은 개의치 않았다. 무심하게 형운의 반응을 관찰하다가 놔주고는 혀를 찼다.

"형편없군. 아닌 것 같다."

마치 형운이 괴로워한 것이 잘못이라도 되는 태도였다.

그 외에 형운에게 뭔가를 가르치려고 하는 자도 있었다. 예를 들어 기환술사처럼 보이는 사람이 형운이 하나도 알아먹을 수 없는, 그러니까 법문이라도 되나 싶은 괴상한 말들을 늘어놓고는 해보라고 하는 것이다.

"해봐라."

"…네? 뭘요?"

"다 설명해 줬지 않느냐? 해보라고."

"저기, 죄송한데 무슨 말씀인지 하나도 모르겠는데요?"

"젠장, 멍청한 놈이었잖아?"

그나마 기환술사는 못 알아먹으면 신경질을 내면서 가버리니까 나았다. 좀 흉흉한 무장을 했다 싶은 양반들은 몸으로 하는 것을 요구했다.

"피해봐라."

"네?"

횡!

어리둥절해하는 순간, 바람 가르는 소리가 살벌하게 울려 퍼졌다. 눈앞의 남자가 찌른 창이 머리 바로 옆을 스쳐 갔기 때문이다. 형운의 눈에는 그 동작이 제대로 보이지도 않았다.

"음, 반응 못하나? 아니, 따로 무공(武功)을 배우지 않았으면 반응은 못할 수도 있지."

죽을 뻔했다는 생각에 심장이 내려앉는 형운을 앞에 두고 그들은 아무것도 아니라는 듯 떠들어댔다. 위협으로 끝나면 다행이지, 아예 두들겨 패는 인간도 있었다.

뻑!

"커억!"

가슴을 세게 얻어맞은 형운은 허공에 붕 떴다가 땅에 나동그라졌다. 그것을 본 형운을 때린 남자가 실망했다.

"에이, 뭐야? 그렇게 느린 것도 못 피해? 아무리 무공을 몰라도 이럴 수는 없지. 역시 꽝이었군."

형운이 못 피하고 얻어맞은 게 잘못이라도 된다는 말투였다.

이렇게 사람을 들들 볶아놓고도 미안하다 한마디 하는 놈은 하나도 없었다. 마치 형운이 자기들이 찾는 누군가가 아닌 것이 죄라도 되는 것처럼 경멸의 눈초리를 보낼 뿐이다.

'역겨운 놈들. 다 똥이나 밟고 넘어져라.'

형운은 울고 싶은 기분으로 이를 바득바득 갈았다.

3

형운은 객잔에서 심부름꾼으로 일하고 있었다. 그래서 이런 사람들이 찾아올 때마다 피해가 이만저만이 아니었다.

"이놈아, 술통이 비었잖아! 얼른얼른 옮겨놔!"

"아, 좀 봐주세요. 저 요즘 힘든 거 아시잖아요."

"봐주긴 무슨. 어휴, 저런 놈을 내가 월급 줘가면서 데리고 있다니. 내가 관대하니까 봐주고 있는 거지 아니었으면 벌써 대신할 놈 하나 들인 다음 모가지였어."

주인은 형운을 핍박하는 이들에겐 찍소리도 못하는 주제에 형운이 일을 제대로 안 한다고 구박하기만 한다. 이런 소릴 들을 때마다 콱 때려치우고 싶었지만 어리고 돈 없는 형운은 여기서 쫓겨나면 당장 생활할 일이 막막해진다.

'내가 반드시 돈 모아서 여길 나가고 만다.'

형운은 쥐꼬리만 한 봉급을 악착같이 모으면서 다짐, 또 다짐했다.

하지만 그런 형운의 다짐조차 상처 내는 사건도 있었다.

"넌 뭐야?"

그렇게 물은 것은 얼굴에 칼자국이 난 험상궂은 사내였다. 그와 패거리 몇몇이 객잔에 들어오자마자 다짜고짜 소리를 지르면서 형운을 찾았는데, 그때 마침 또 한 패거리가 들어오더니 역시 같은 일을 했다. 그러자 자연스럽게 두 패거리의 대치 상태가 이루어진 것이다.

"내가 물을 말이다. 네놈이야말로 뭐냐?"

날카로운 눈매의 사내가 물었다. 칼자국 난 사내는 설명하는 대신 눈을 부라렸다.

"내가 먼저 왔다. 꺼져."

"오만이 하늘을 찌르는구나. 누구한테 꺼지라는 거냐?"

"해보자 이거지?"

스르릉!

칼자국 난 사내가 칼을 뽑았다. 그러자 날카로운 눈매의 사내 역시 코웃음을 치며 마주 칼을 뽑았다.

일촉즉발의 상황에 객잔 안의 손님들이 다들 얼어붙었다.

날카로운 눈매의 사내가 물었다.

"저놈인지 아닌지 확실하지도 않은데… 그런 일에 목숨을 날리겠다니 멍청한 놈이군."

"내가 할 소리다."

형운은 그들을 보면서 슬금슬금 물러나고 있었다. 그때 칼자국 난 사내가 패거리에게 명령했다.

"꼬맹이를 확보해!"

그러자 대치하던 사내들의 시선이 한 번에 형운에게 몰렸다. 형운은 마치 육식동물의 무리가 자신을 노려보는 듯한 착각을 느끼며 얼어붙었다.

"잡아!"

칼자국 난 사내와 날카로운 눈매의 사내가 격돌하는 것과 동시에 그 패거리들이 형운에게 달려들었다.

우당탕탕! 쿠당탕!

순식간에 객잔 안이 난장판이 되었다. 그들이 형운에게 달려들면서 서로를 밀치고 때리기를 주저하지 않았기 때문이다. 탁자가 쓰러지고 손님들이 비명을 지르며 달아났다.

형운은 도망치고 싶었지만 이런 상황에서는 빠져나갈 곳도 없었다. 뒤돌아서서 몇 걸음 가지도 않았는데 누군가 뒷덜미를 잡았다.

"잡았다!"

하지만 그것도 잠시였다. 뒤따라온 다른 패거리가 그 남자를 밀쳐 버렸기 때문이다.

"악!"

형운이 비명을 질렀다. 남자에게 잡힌 상태에서 둘이 같이 쓰러져서 깔린 것이다.

심지어 남자들은 형운이 깔려 있든 말든 그 위에서 서로 드잡이를 시작했다. 어디가 부러질 것 같은 공포에 형운이 빠져나오자 또 다른 남자가 눈을 번뜩이며 달려들어서 붙잡는다. 그리고 비슷한 일이 반복되면서 형운은 짐짝처럼 여기 부딪치고 저기 부딪치면서 쓰러졌다.

"아이고! 내 객잔! 안 됩니다! 그만해요! 그놈 데리고 나가서 싸우라고!"

그런 와중에 객잔 주인은 저런 소리나 지껄이고 있었다. 지금까지 형운은 그가 밉지 않은 적이 없었지만 이번에는 가슴속에서 살의가 치밀 지경이었다.

"그만!"

그때 천둥 같은 목소리가 울려 퍼졌다. 객잔 안에서 치고받던 이들이 깜짝 놀라서 멈췄다.

"잡놈들이 무슨 행패를 부리는 게냐!"

호통을 친 것은 허리에 검을 찬 꼬장꼬장해 보이는 노인이었다. 행패를 부리는 패거리에 비하면 단신이었지만 한마디만으로도 장내를 압도하는 기백을 갖고 있었다.

잠시 멍청하니 그를 바라보던 패거리 중 하나가 인상을 썼다.

"당신이 뭔데 우리한테……."

"노부는 조검문(調劍門)의 진규라 하느니."

"우격검(愚擊劍) 진규?"

그 이름에 다들 깜짝 놀랐다.

강호에서 우격검이라는 별호로 불리는 노인, 진규.

이곳 호장성에서는 모르는 사람이 없는 검호(劍豪)였다.

"그래, 사람들은 노부를 그렇게 부르느니라."

"……."

진규가 그들을 노려보자 다들 움츠러들었다.

앞뒤 가리지 않고 칼부림을 벌이는 자들이었지만 그건 상대가 만만해 보일 때뿐이다. 덤볐다가는 한순간에 목숨이 달아날 강자 앞에서는 자존심을 세울 수 없었다.

진규가 물었다.

"무슨 일로 이런 곳에서 행패를 부리고 있었느냐?"

"그, 그것이……."

그들은 서로의 눈치를 보면서 우물거렸다. 그 태도에 진규가 다시금 호통을 치려는 찰나, 그의 수행원 중 하나가 소곤거리는 목소리로 뭔가를 말했다.

"아아, 별 부스러기?"

진규는 알겠다는 듯 혀를 찼다. 그때 진규의 옆에서 한 소년이 객잔으로 들어왔다.

형운과 비슷한 또래로 보이는 소년이었다. 하지만 좋은 집안의 자제인 듯 귀티가 흐르는 용모에 옷도 잘 차려입고 있었다.

"진 선생님, 어떻게 된 일인가요?"

"별 부스러기를 찾는 놈들이 행패를 부렸구나."

"별 부스러기요?"

소년이 이해할 수 없다는 듯 고개를 갸웃거렸다. 진규가 설명해 주었다.

"별의 운명을 받은 자가 있다면 그 주변에는 그 힘의 편린을 받은 자들도 태어나지. 그걸 별 부스러기라고 한다. 네게 부여

되고 남은 재능의 찌꺼기라고 할 수 있지."

"아아, 그렇군요."

"하지만 저 아이는 그냥 평범한 아이로 보이는데 제대로 확인도 안 하고 무작정 싸워서 난장판을 만들다니… 못 말릴 놈들이군."

마음에 안 든다는 듯 짜증을 내는 진규의 시선은 형운에게 향해 있었다. 엉망진창이 된 객잔에서 역시 여기저기 다친 형운은 흙 위를 뒹군 생쥐 같았다.

문득 진규를 따라온 소년의 눈이 형운과 마주쳤다.

형운은 자신과는 너무 달라 보이는 소년을 잠시 동안 멍청하니 바라보았다. 소년은 좋은 부모를 둬서 잘 먹고 잘 입고 자란 것은 물론이고, 뭔가 특별한 것을 타고난 것 같았다. 그저 바라보는 것만으로도 기이한 힘이 느껴진다.

하지만 그런 느낌에 넋을 잃었던 것도 잠시였다. 형운을 호기심 어린 눈으로 바라보던 소년의 표정이 변했기 때문이다.

피식.

명백한 비웃음이었다.

그것을 끝으로 소년은 형운에게 흥미를 잃었다는 듯 고개를 돌려서 나가버렸다. 형운은 잠시 동안 멍청하니 주저앉아 있다가 가슴을 움켜쥐었다.

우격겸 진규는 상황을 파악하자 흥미를 잃었다는 듯 나가버렸고 그의 수행원들 역시 마찬가지였다.

객잔의 소란이 멈추긴 했지만 누구도 형운에게 다치지 않았냐고, 아프냐고 물어봐주지도 않았다.

"큭……."

눈물이 날 것 같다. 영문도 모르는 채 이런 일을 당하는 게 분하고 억울해서… 그리고 정의로운 척하는 자들이 자신에게는 아무런 관심도 배려도 안 주는 것이 화가 나서.

그리고 무엇보다 자신과는 다른 운명을 타고난 것 같은 저 소년이 자신을 비웃은 것에 마음이 아파서.

"젠장."

형운의 기분은 그 어느 때보다도 비참했다.

4

처음 찾아온 노인이 혀를 찬 후 열흘이 지났을 때, 형운은 쌓인 울화가 폭발하기 직전이었다.

"나쁜 놈들. 똥물에 튀겨 죽일 놈들."

그날도 아침부터 한 무리의 거만한 인간들이 찾아와서 형운을 귀찮게 하고 간 참이었다. 동물을 품평하듯 형운을 살펴보더니 혀를 차면서 시간 낭비했다고 짜증을 내며 가버리는, 이제까지 몇 번이나 당한 수모를 또 당했다.

'내가 무슨 잘못을 했다고!'

억울해서 눈물이 흐를 것 같았다. 힘 있으면 다란 말인가? 일찌감치 부모님을 여의고 열심히 살아가는 소년에게 너무하지 않은가?

심지어 객잔 주인은 요즘 형운이 사고를 부르고 일을 게을리한다면서 봉급을 깎으려는 수작을 부리고 있었다. 세상에, 밤낮없이 소처럼 부려먹으면서 저런 소리를 하다니 억울해서 눈물이 날 것 같았다.

'돈만 모으면, 아니, 내가 조금만 더 크기만 하면……!'

자기 앞일을 책임질 수 있는 어른이 되기만 하면 여길 나가리라.

"여보게, 주인장."

투덜거리며 탁자를 닦고 있자니 점잖은 인상의, 머리 사이로 약간씩 흰머리가 섞인 중년 사내가 들어왔다. 주인이 아직 나오지 않은 관계로 형운이 말했다.

"죄송하지만 아직 영업 안 합니다. 이따가 점심 지나고 난 다음부터예요."

웃돈을 얹어주면 팔긴 하지만 어쨌거나 기본 영업 방침은 그렇다.

중년 사내가 물었다.

"식사나 술은 됐고. 혹시 방 하나 구할 수 있느냐? 다른 곳은 방이 없더군."

열흘 전부터 호장성은 여행객들로 북적거려서 때아닌 호황을 맞았다. 형운을 귀찮게 구는 양반들이 꾸역꾸역 몰려들었기 때문이다. 그들은 호장성에서 형운과 똑같은 날에 태어난 아이들을 찾고 있었고, 날이 갈수록 그 수가 불어났다.

형운이 대답했다.

"빈방이라면 하나 남아 있긴 한데요."

"이틀 묵는 걸로 빌리지."

남자는 가격을 물어보고는 품에서 돈을 꺼내서 형운에게 쥐어주었다. 그러더니 문득 형운을 빤히 바라본다.

"혹시 몇 살이냐?"

"열세 살인데요."

"생일은?"

"왜요?"

형운이 퉁명스럽게 물었다. 손님한테 이러면 안 된다는 건 알고 있었지만, 요즘 쌓인 울화가 보통이 아닌지라 자연스럽게 태도가 까칠해졌다.

평소 같으면 상상도 못 했을 일이다. 하지만 지금까지 그를 귀찮게 한 사람들과 달리 중년 사내는 위험한 분위기를 풍기지 않았다. 그리고 처음부터 형운을 노리고 온 것이 아니라 그냥 우연히 보고는 궁금해하는 태도였다.

"음? 혹시 고아라서 모르는 게냐?"

"아니거든요?"

고아는 맞지만 생일을 모르진 않는다. 그러자 중년 사내가 피식 웃더니 동전 몇 닢을 꺼내서 쥐어주었다.

"이거면 어떠냐?"

"아, 뭐 이런 걸 다… 흠흠."

자기한테 뭘 물어보면서 이렇게 '상식적인' 태도를 보이는 사람을 워낙 오랜만에 봤는지라 형운은 대번에 마음이 누그러졌다.

"5월 2일이에요."

"호오."

중년 사내의 눈이 빛났다.

허름한 숙박용 방으로 안내받은 그가 물었다.

"흠. 혹시 네 몸을 좀 살펴봐도 되겠느냐?"

"…손님도예요?"

"응?"

"하아, 하세요. 뭐 제가 거절해 봤자 맞기나 하겠죠. 몰라 봬서 죄송합니다."

자포자기한 형운의 태도에 중년 사내가 눈을 껌벅거렸다. 그가 물었다.

"맞다니? 누가 널 때렸느냐?"

"찾아온 사람들 다요."

"응?"

"절 찾아와서 손님이랑 똑같은 질문을 한 사람들이 다들 그랬다고요."

"……"

"미리 말씀드리겠는데… 누굴 찾으시는지 모르겠지만 전 그 사람이 아니에요. 벌써 스무 번도 넘게 찾아와서 다 아니라고 욕하면서 갔어요."

"음……."

중년 사내는 난처한 표정을 짓더니 말했다.

"알았다. 내가 귀찮게 했구나."

그는 다른 이들과 달리 더 이상 형운을 귀찮게 하지 않았다.

5

형운은 그들이 누굴 찾고 있는지 몰랐다. 다만 자신이 그들이 찾는 무언가의 후보 중에 하나라는 사실을 알 뿐이다.

벌써 스물이 넘는 무리가 형운을 찾아왔었고, 아니라고 판정했으니 슬슬 후보에서 제외되어야 정상일 것이다. 그런데도 날이면 날마다 새로운 이들이 찾아와서는 거의 똑같은 방식으로 귀찮게 구는 것은 도대체 왜일까?

결국 형운은 이성을 잃고 짜증을 내고 말았다.

"저 아닙니다. 제가 아니라고요. 누굴 찾으시는지는 모르겠는데, 다들 제가 아니라고 하고 갔어요."

"그걸 정하는 건 네가 아니고 나다."

그렇게 말한 것은 온통 새카만 옷을 입은 남자였다. 그는 보기만 해도 겁을 집어먹을 눈으로 형운을 내려다보며 명령했다.

"옷 벗어봐라."

"아니, 저기……."

"벗어보라고 했다."

"어휴."

형운은 결국 한숨을 내쉬며 옷을 벗기 시작했다. 그런데 다짜고짜 찾아와서 강압적으로 사람을 귀찮게 구는 주제에 그 태도가 마음에 안 들었나 보다.

"이 꼬마 놈이 건방지네."

검은 옷의 남자 옆에 있던 덩치가 큰 근육질의 남자가 앞으로 나서더니 손을 들었다. 막 옷을 벗고 있던 형운이 뒤통수를 맞고 나동그라졌다.

"악!"

"쪼끄만 게 어디서 신경질이야? 응? 우리가 만만해 보이냐?"

남자는 쓰러진 형운을 한 대 걷어차고는 으르렁거렸다.

"잽싸게 일어나라. 그리고 이제부터 토 달 때마다 맞는다. 죽고 싶으면 계속 까불어봐."

"으흑……."

그 말에 형운의 눈에서 눈물이 왈칵 쏟아졌다. 덩치 큰 남자가 어리둥절해했다.

"뭐야, 이놈 우는 거야?"

"으흐흐, 흐흑, 내가 무슨 잘못을 했다고……."

"뭐라고?"

"내가 도대체 뭘 잘못했냐고! 당신들은 도대체 누군데 나한테 이러는 거야!"

울분이 폭발한 형운이 이성을 잃고 빽 소리쳤다.

설마 이렇게 나올 줄 몰랐는지라 덩치 큰 남자가 잠시 주춤했다. 하지만 그건 말 그대로 잠시였다.

"이 자식이, 지금 어디서 눈을 부라리는 거야?"

짝!

형운의 고개가 홱 돌아갔다. 남자가 형운에게는 보이지도 않는 속도로 뺨을 후려쳤기 때문이다.

"객잔 하인 놈 주제에 뭐 잘났다고 개기는 거야? 응? 기라면 기고 싸라면 쌀 것이지!"

짝! 짝! 짝!

형운은 비명조차 지르지 못했다. 남자가 뺨을 후려치는 속도가 너무 빨라서 몸을 웅크리지도 못했다. 고개가 한쪽으로 돌아갔다 싶으면 다시 반대쪽으로 돌아가고, 또다시 반대쪽으로 돌아가는데 몸 전체가 휘둘려서 쓰러질 수도 없었다.

낭인들은 다들 재미있다는 듯 형운이 두들겨 맞는 것을 구경하고 있었다. 그러다가 검은 옷의 남자가 말했다.

"그만해라. 죽이면 안 돼."

그 말에 덩치 큰 남자가 손을 거두었다. 그제야 형운은 비틀거리며 바닥에 쓰러질 수 있었다.

"어휴, 진짜 형님 명령만 아니었어도 넌 죽었다. 우리가 누군 줄 알고 감히."

"누구긴. 허접한 쓰레기 낭인들이지."

"…뭐?"

갑자기 끼어든 나직한 목소리에 그들 일행이 흠칫 놀랐다. 이 층으로 통하는 계단으로 한 사람이 내려오고 있었다. 회색 장포를 걸친 그는 무기조차 갖지 않은, 점잖은 인상의 중년 사내였다.

중년 사내가 투덜거렸다.

"낭인이란 것들 중에선 왜 이렇게 쓰레기가 많은지… 하긴 어딜 가나 잡것들은 티를 내게 마련이지. 짜증나는군."

중년 사내는 그렇게 말하며 다가왔다. 잠시 멍하니 그를 보고 있던 덩치 큰 남자가 발끈했다.

"이 자식이 지금 뭐라고 했어? 우리 보고 쓰레기라고?"

"그래, 죄 없는 애나 쥐어 패는 쓰레기."

중년 사내는 그렇게 대답하면서도 걸음을 멈추지 않았다. 서두르는 기색도, 주춤하지도 않는 한결같은 걸음걸이였다.

그와의 거리가 가까워지자 덩치 큰 남자가 포효했다.

"이 미친놈! 어디 쓰레기한테 한번 죽어봐라!"

"잠깐!"

검은 옷의 남자가 손을 들어 그를 말리려고 했다. 하지만 덩치 큰 남자는 거구에 어울리지 않게 한 번에 몸을 날려서 중년 사내에게 달려들고 있었다.

쩍!

다음 순간, 둔탁한 소리가 울려 퍼졌다. 그리고 기세 좋게 달려들었던 덩치 큰 남자가 천천히 땅으로 엎어졌다.

"흠, 한 방에 가면 섭섭하지? 애를 때린 만큼의 이자도 적당히 쳐서 때려주마."

중년 사내는 그렇게 말하더니 발을 차올렸다. 앞으로 무너져 내리던 덩치 큰 남자가 발등에 얼굴을 얻어맞고는 고개를 번쩍 든다. 아니, 그뿐만이 아니라 마치 공깃돌처럼 허공으로 솟구쳤다.

짝! 짝! 짜자자자자자작!

그렇게 떠오른 그의 면상에 중년 사내의 양손이 소나기처럼 쏟아졌다. 어떻게 움직이는지 흐릿한 환영으로 보일 정도로 빠른 움직임이었다.

덩치 큰 남자의 머리가 무시무시한 속도로 좌우로 회전하며 피를 뿜었다. 그리고…….

쾅!

요란한 소리가 울리면서 땅에 처박혔다.

중년 사내가 유유히 그 옆을 지나친다. 숨결 하나 흐트러지지 않은 그의 모습을 보고 있노라면 방금 전 있었던 일이 꿈인가 싶을 정도였다.

게다가 한 사람이 피투성이가 되어 쓰러졌는데도 주변에 있는 탁자들조차 비뚤어지지 않았다. 즉 중년 사내는 덩치 큰 남자와의 접점에서 한 발짝도 벗어나지 않고 그를 처리한 것이다.

"난 말이지."

중년 사내가 입을 열자 검은 옷의 사내가 이끄는 낭인 무리가 흠칫했다. 그러거나 말거나 중년 사내는 그들에게로 거리를 좁혀갔다.

"힘 좀 쓴답시고 열심히 잘 살고 있는 사람 찾아가서는 행패 부리는 놈들을 아주 싫어한다."

"으음."

낭인들이 신음했다. 점점 가까워지고 있는데도 전혀 중년 사내의 기세를 읽을 수가 없었다. 그것은 그들과 중년 사내 사이에 절망적인 실력 차가 존재한다는 증거였다.

중년 사내는 그대로 낭인들을 지나쳤다.

바로 코앞을 지나가는데도 그들은 아무것도 할 수 없었다. 문득 중년 사내가 말했다.

"아서라. 저놈은 그냥 귀엽게 봐줬지만 칼 뽑으면 그땐 죽는다."

"……"

반사적으로 칼자루에 손을 가져갔던 낭인이 움찔했다.

중년 사내는 쓰러져 있는 형운을 일으키며 말했다.

"아직 기절하지 않다니, 제법 강단이 있구나."

"아, 으……."

"말하지 마라. 입안이 터져서 말하기 힘들 거야."

덩치 큰 남자한테 뺨을 워낙 많이 얻어맞아서 입안이 터지고 부르터 있었다. 이빨도 두 개나 부러졌다.

그때 얼어붙어 있던 낭인들 중 하나가 움직였다. 중년 사내가 형운을 안고 뒤돌아서 있는 모습이 너무 무방비해 보여서였을 것이다. 그가 괴성을 지르며 달려드는 것을 본 형운이 놀라서 눈을 크게 떴다. 하지만 형운이 미처 경고성을 지르기도 전에 놀라운 일이 벌어졌다.

퍼억!

폭음이 울려 퍼지며 달려들던 낭인이 그대로 허공에서 정지했다.

"말귀를 못 알아먹는군."

중년 사내가 혀를 찼다.

그는 돌아보지도 않았다. 그런데 달려들던 낭인이 뭔가에 맞아서 멈췄다가, 그대로 바닥으로 추락했다. 그리고 몸을 부들부들 떨다가 그대로 졸도했는데 상태가 심각해 보였다.

그제야 중년 사내가 낭인들을 돌아보며 물었다.

"다 죽고 싶으냐?"

"……"

낭인들이 얼어붙었다. 중년 사내가 중얼거렸다.

"누군지 몰라도 정보를 아주 그냥 염가에 뿌리고 다녔나 보군. 별 잡것들이 다 몰려드는 걸 보면… 뭐, 됐고. 있는 돈 다 내놓고 꺼져라."

"뭐, 뭐라고?"

그 말에 낭인들이 당황했다. 중년 사내가 씩 웃었다.

"잡것아, 말이 좀 짧다?"

"아, 아니, 뭐라고 하셨습니까?"

낭인은 대번에 말투를 바꾸었다. 중년 사내가 말했다.

"있는 돈 다 내놓고 꺼지라고 했다. 행패를 부렸으면 보상을 해야 할 거 아니냐. 이놈 때린 값이 너희가 지금 가진 전 재산이다."

"무슨 그런 말도 안 되는……"

"내 말이 말 같지 않나 보군. 그럼 그냥 다 죽을 테냐?"

"……."

"아, 성내에서 함부로 사람 죽이면 안 되지. 그럼 사지가 부러져서 병신이 되어볼 테냐? 그 정도 귀찮음은 감수할 수 있지."

낭인들이 침을 꿀꺽 삼켰다. 중년 사내가 진심이라는 것을 느꼈기 때문이다.

"…알겠습니다."

결국 우두머리인 검은 옷의 남자가 고개를 끄덕였다. 그가 품에서 돈주머니를 꺼내면서 부하들에게 눈짓하자 다들 주저하면서도 똑같이 했다.

"그럼… 가 봐도 되겠습니까?"

"꺼져."

낭인들은 쓰러진 동료들을 수습해서 황급히 주점을 떠났다. 그들이 떠나고 나자 탁자 밑으로 숨었던 주인이 슬그머니 고개를 내밀었다.

"아……."

그가 안도의 한숨을 내쉬었다. 살벌한 인간들끼리 싸움이 붙었는데도 망가진 기물이 하나도 없었기 때문이다.

"쯧."

그 반응에 중년 사내가 혀를 찼다. 자기가 부리는 애가 두들겨 맞았는데 기물이나 걱정하고 있다니 형편없는 놈이 아닌가?

"주인장."

"네, 넵!"

주인은 자기도 모르게 차렷 자세를 취하며 대답했다. 중년 사내가 말했다.

"물수건 좀 차갑게 해서 가져오게. 상처에 바를 약하고. 이 거면 되겠지?"

중년 사내는 은전 하나를 주인에게 던져주고는 형운을 안고 자신이 묵는 방으로 향했다.

6

중년 사내는 말없이 형운을 치료해 주었다.

상처를 닦아주고 약을 바른 후에 부어오른 곳에 물수건을 얹는다. 그러고는 형운의 손을 잡아주며 말했다.

"조금 아플 수도 있는데 참아봐라."

그 말이 무슨 뜻인지는 곧 알 수 있었다. 그가 잡은 손이 뜨 거워지는 듯하더니 열기가 급속도로 퍼져갔다. 한순간 몸이 불타는 듯 화끈거리며 고통스러웠다.

형운이 신음하며 몸을 꿈틀거렸다. 하지만 곧 전신으로 퍼 져 나간 열기가 잦아들면서 동시에 나른하고 포근한 느낌이 찾아왔다.

"이제 좀 빨리 나을 거다."

"가, 감사합니다."

형운이 더듬거리며 인사했다.

이 사람이 아니면 알지도 못하는 인간들한테 말도 안 되는 이유로 맞아 죽을 뻔했다. 이제까지 사람들한테 인간적인 도움을 받아본 기억이 별로 없는지라 눈물이 핑 돌았다.

중년 사내가 피식 웃었다.

"잡놈들 몇 놈 치워준 걸로 인사 받으니 낯간지럽구나. 하여튼 성운의 기재의 정보가 범람하니 별 같잖은 것들까지 설치는군."

"성운의 기재가… 뭐죠?"

형운이 조심스레 물었다. 지금 자신이 이런 꼴을 당한 것과 연관이 있는 것 같기는 한데, 전혀 감이 안 잡힌다.

중년 사내가 말했다.

"하긴 너는 알아둘 자격이 있겠구나. 뭐 워낙 널리 퍼진 정보라서 아까워할 만한 것도 아니다만."

성운의 기재.

그것은 별의 기운을 받아 절세의 재능을 소유한 존재를 가리키는 명칭이었다.

손에 넣으면 운명을 바꿀 수 있다는 그 인재를 손에 넣기 위해 대륙 각지에서 수많은 인간이 이 도시로 몰려들고 있었다. 어떤 자는 자파의 무공을 더 높은 곳으로 도약시켜 줄 천재를, 어떤 자는 기환술의 극의를 이룰 기재를 원했다.

"무상검존(無想劍尊) 나윤극과 환예마존(幻藝魔尊) 이현은 알겠지?"

"네."

세상을 위협하는 환마(幻魔)들의 연합을 격파하고 그곳에

윤극성이 들어서도록 한 무상검존 나윤극은 아이들에게도 가장 인기 있는 전설의 주인공 중 한 명이다. 그리고 환예마존 이현은 백 년 이상을 살아왔다는 신비로운 존재였다.

"그들도 성운의 기재다. 그 외에도 현재 대륙에서 이름을 떨치고 있는 인물들 중에 성운의 기재가 몇 있지. 그러다 보니 여러 세력에서 성운의 기재를 탐낸단다."

작게는 낭인들의 무리부터 크게는 황실 산하의 조직까지, 성운의 기재를 탐내는 이는 많았다. 그리고⋯⋯.

"알려진 바에 의하면, 그 아이는 너와 같은 나이다. 같은 해, 같은 날에 태어났지. 그래서 다들 너를 들들 볶는 거다."

"⋯⋯."

그 말에 형운은 울컥했다. 고작 그것 때문에 힘들게 살고 있는 자신을 이렇게 힘들게 했단 말인가? 자기들 사정이 대체 뭐길래⋯⋯.

중년 사내가 말을 이었다.

"그리고 성운의 기재가 아니더라도, 별의 힘을 조금이나마 받아들인 존재라도 손에 넣고자 하는 놈들도 있지."

성운의 기재와 같은 날 태어난 이들 중에는 뛰어난 재능의 소유자가 많았다. 기환술사들은 그것이 성운의 기재에게 주어지고 남은 힘의 편린을 가진 결과라고 말한다.

"네가 성운의 기재가 아니라는 게 밝혀진 후에도 귀찮게 구는 놈들이 끊이지 않은 것도 그런 이유일 게다."

성운의 기재가 아니라도 혹시나 별의 힘, 그 찌꺼기나마 가진 인재가 아닐까 하고 찔러나 본 것이다. 며칠 전 우격검 진규가 '별 부스러기'라고 말했던 것이 바로 그런 의미였다.

일방적으로 피해를 당한 형운의 입장에서는 미치고 환장할 노릇이었다.

형운이 한숨을 쉬었다.

"그리고 전 그것도 아니었던 거군요."

"그래."

형운은 그저 성운의 기재와 같은 날 태어난 평범한 아이에 불과했다. 무공에도, 기환술에도 특별한 재능이 없었다.

그 사실을 알게 된 형운의 눈에서 자기도 모르게 눈물이 흘렀다. 자신이 핍박받은 게 그런 이유라는 것도 화나고 억울했지만, 결국은 스스로가 아무것도 아니라는 게 판명됐다는 게 가슴을 찌른다.

차라리 아무것도 몰랐다면 좋았을 것이다. 이번 일로 자신은 그저 밑바닥에서 평범한 인생을 살아가는 수밖에 없는 보잘 것 없는 존재임이 드러난 게 아닌가?

형운은 현실에 순응해서 살고 있었고 거창한 꿈 따위 없었다. 하지만 다른 아이들이 그렇듯이 으레 자신이 지금 같은 인생이 아니라 다른 인생을 사는 상상의 나래를 펴고는 했다. 고단한 현실을 살아가면서도 어쩌면 다른 미래가 기다릴 수 있을지도 모른다고, 그렇게 꿈을 꿀 때가 있었는데 이제는 그런 순진한 몽상마저도 부정당해 버렸다.

소리 없이 눈물을 흘리는 형운을 가만히 보던 중년 사내가

38 성운을 먹는 자

물었다.

"꼬마야, 이름이 뭐냐?"

"…형운이요."

"혹시 부모님은 계시냐?"

잠시 멍하니 중년 사내를 올려다보던 형운은 고개를 저었다. 그러자 중년 사내가 잠시 생각하는 듯하더니 물었다.

"너, 내 제자 하지 않을 테냐?"

"…네?"

순간 형운은 자신이 잘못 들은 줄 알았다. 이건 또 무슨 소리란 말인가?

"하지만 저는……."

"성운의 기재도 아니고, 그렇다고 별의 힘을 나누어 받은 존재도 아니지. 그래서 묻는 게다."

중년 사내는 형운의 말을 자르며 말했다.

"미리 말해두는데 난 여기 우글우글 모여든 놈들과 다르다."

물론 형운은 그를 다른 이들과 똑같이 취급할 마음이 없었다. 그는 처음부터 형운에게 사람 대하는 예의를 갖추었고, 한 번도 힘을 앞세워서 핍박하지 않았으니까. 신분이 높다고, 힘이 있다고 사람을 무시하는 모든 것들이 형운은 다 지긋지긋했다.

"저놈들은 성운의 기재를 손에 넣으러 왔고, 나는 구경하러 온 거거든."

형운의 표정이 황당함에 물들었다. 아니, 그런 의미로 다르다고 한 거였단 말인가?

중년 사내가 말했다.

"다들 성운의 기재가 하늘의 선택을 받았느니, 운명을 바꿀 존재니 하고 떠들어대니까 그 재능이 개화하기 전에 한번 구경해 두고 싶어서 온 것뿐이다. 오십 년에 한 번밖에 볼 수 없는 구경거리니까 봐둘 만하지 않겠느냐?"

"……."

"난 성운의 기재를 제자로 삼을 생각은 없다. 굳이 잡것들이랑 귀찮게 다퉈가면서 손에 넣고 싶지 않구나."

모든 게 밝혀진 후에도 집요하게 형운을 귀찮게 한 놈들은 잔챙이들이었다. 그런 놈들이야 한주먹 거리지만 제법 귀찮은 놈들도 있을 것이다.

"곧 이곳에 피바람이 불 거다."

성운의 기재를 손에 넣기 위해 대륙 각지에서 힘 있는 자들이 모였다. 그런데 무사히 넘어갈 리가 있겠는가? 성운의 기재, 본인의 의향과는 상관없이 그를 둘러싼 곳은 전쟁터가 되리라.

"그 전에 구경할 거 구경하고 떠나야지."

"하… 하하하하."

형운은 자기도 모르게 웃음을 터뜨렸다. 그리고 곧바로 대답했다.

"할게요."

남자가 씩 웃으며 물었다.

"넌 내가 누구인지도 모른다. 이름조차 모르고, 내가 어떤 조직에 속해 있는지도 모른다. 그런데도 괜찮겠느냐? 내가 아주 사악한 곳에 몸담고 있는 악당일지도 모르는데?"

"상관없어요."

형운은 이미 마음을 정했다.

지금까지 아무런 기회도 얻지 못하고 힘들게만 살아왔다. 아이들이 좋아하는 모험담을 보면 주인공은 은거한 기인의 눈에 들어 절세무공을 배우기도 하고, 천부적인 재능을 지녀서 마을의 싸구려 무관에서 배운 흔한 검술만으로도 세상을 놀라게 하기도 한다.

하지만 형운에게는 아무것도 없었다. 무공을 가르쳐 주기는커녕 부모 대신 돌봐줄 사람도, 싸구려 무관에 검술을 배우러 갈 돈조차도.

그러니 이 기회를 놓치고 싶지 않았다. 중년 사내를 믿는 것은 그가 보여준 모습만으로도 충분했다.

중년 사내가 물었다.

"후회하지 않겠느냐?"

"후회하지 않을 거예요."

"아주 힘들 거다. 그리고 원하는 것을 얻지 못할지도 모른다."

"그래도 지금보다는 나을 거예요."

"거짓말은 하지 않으마. 내 제자가 되면 너는 누군가와 싸워 죽이는 법을 배우게 될 것이다. 그리고 그런 삶을 살게 될 것이다. 그때가 되면 슬프고 힘들더라도 이렇게 살아가는 게 좋왔을 거라고… 그렇게 생각하게 되는 날이 올지도 모른다."

"……."

중년 사내는 담담하게 형운의 선택이 미래의 피를 담보로 하고 있음을 이야기했다.

그를 따라가지 않는다면 형운은 어떤 기회도 얻지 못하고 밑바닥에서 힘들게 패배자로 살아가다가 죽어갈 것이다. 평생 동안 힘 있는 자들의 해코지를 두려워하면서 살아가야 하리라.

하지만 그조차도 누군가에게 목숨을 위협받고 누군가를 죽이면서 살아가는 것보다는 나을 수도 있다.

형운이 말했다.

"그래서 그 사람들은… 저를 사람으로 보지 않았던 거군요."

"……."

형운을 핍박하던 자들은 칼날 위에서 춤추며 살아가는 자들이었다. 그렇기에 그들은 힘없는 형운을 사람 취급해 주지 않았다.

"다시는 이런 일을 당하고 싶지 않아요."

누군가 자신을 사람 취급하지 않고 물건처럼, 가축처럼 다루는 일은 두 번 다시 겪고 싶지 않다.

힘을 얻고 싶다.

사람을 사람 취급하지 않는 자들에게 자신이 한 일을 거울처럼 되돌려 주고 후회하게 만들 수 있는 그런 힘을.

"제가 성운의 기재가 아닌 것이 잘못이라도 되는 것처럼 말했던 사람들을 후회하게 만들고 싶어요."

형운은 울컥 치솟는 눈물을 참기 위해 이를 악물었다.

지금까지는 욕하면서 억누르고 있었지만 진심으로 그들이 미웠다. 사람을 이렇게 미워해 본 적은 처음이었다.

"…내 생각과 같구나."

"네?"

문득 중년 사내가 나지막하게 한 말에 형운이 고개를 들었다. 중년 사내는 기분 좋은 듯 웃고 있었다.

"나도 그러고 싶다. 성운의 기재 따위 아무것도 아니라고, 너희가 길가의 돌멩이처럼 취급한 이 아이가 이렇게 대단한 놈이었다고… 그렇게 자랑하고 싶구나."

"아……."

"좋다, 형운. 이제부터 너는 내 제자다. 네가 선택했으니 후회하며 발을 빼려고 해도 놔주지 않을 것이다."

"네."

"내 이름은 귀혁. 너는 나를 사부라고 불러라."

"알겠어요, 사부님."

그렇게 평범한 소년이었던 형운은 어디의 누구인지도 모르는, 하지만 위험한 힘을 가진 남자 귀혁의 제자가 되었다.

제2장
사람의 선택을 받은 자

성운을 먹는 자

1

형운을 제자로 삼은 귀혁은 시간을 낭비하지 않았다. 그는 곧바로 객잔 주인을 찾아갔다.

"형운이는 내가 제자로 삼기로 했네. 오늘 바로 데려가도록 하지."

"네?"

객잔 주인은 무슨 소리를 들었나 싶어서 눈을 휘둥그레 떴다.

귀혁이 퉁명스럽게 말했다.

"두 번 말하기 싫으니 방금 전에 들은 말을 잘 되새겨 보게. 이건 나와 형운을 만나게 해준 사례이니 받아두게."

"이, 이렇게나 많이?"

귀혁이 던져준 돈을 받은 객잔 주인의 눈이 휘둥그레졌다.

그가 던져준 것은 금화 열 개였던 것이다.

"잠시 나갔다 올 테니 그동안 절대 형운을 귀찮게 하지 말게. 알겠나?"

"네, 넷!"

주인의 대답에 귀혁은 코웃음을 치고는 객잔을 나섰다. 그리고 길을 걸으며 혼잣말처럼 중얼거렸다.

"석준, 혹시 모르니 그동안 어중이떠중이들이 접근하지 못하게 막아 두도록."

놀랍게도 대답이 들려왔다.

─알겠습니다. 애들을 붙여 두겠습니다.

그 대답은 육성으로 들려온 것이 아니었다. 수백 걸음 떨어진 곳에서, 다른 사람에게는 들리지 않고 오로지 귀혁에게만 들리도록 전해진 목소리였다.

무공을 연마한 자들이 쓰는 기술 중에 전음입밀(傳音入密) 혹은 전음(傳音)이라 불리는 것이 있다. 먼 곳에 있는 대상에게 자신의 목소리를 전달하는 기술이다. 기파를 이용해서 목소리를 전달하는 그 기술은 굳이 입을 열어 목소리를 낼 필요도 없었으며 정해진 상대 말고는 들을 수 없었다.

즉 귀혁은 혼자서 돌아다니는 게 아니라 은밀하게 뒤따르는 인원들을 대동하고 있었던 것이다. 주변 사람들이 존재를 파악할 수 없을 정도로 은밀하게 자신을 감출 수 있는 이들을······.

문득 귀혁이 물었다.

"하고 싶은 말이 있나?"

—여쭤 봐도 되겠습니까?

"그래라."

—왜 저 꼬맹이를 선택하신 겁니까?

"형운과 내가 무슨 이야기를 했는지 듣고 있었잖나?"

—그것만으로는 납득이 안 가서 그렇습니다. 수많은 후보생을 다 걷어차시고 제자 자리를 공석으로 남겨두신 영성(靈星)님께서…….

석준이라는 남자는 귀혁을 영성이라는 칭호로 부르고 있었다.

"하긴 그렇군. 나도 여기 와서야 깨달은 것인데…….'

귀혁이 피식 웃었다.

"내가 그동안 내 앞에 대령해 둔 기재란 놈들이 눈에 안 찬 것은 그놈들의 재능 문제가 아니었다."

—그렇다면?

"그놈들이 내 마음을 움직이지 않았기 때문이지. 내 동기는 다른 놈들과는 확실히 다르다. 성운의 기재가 되지 못했고 심지어 아무것도 아닌… 그래서 사람 취급 못 받고 핍박받은 꼬맹이. 그런 놈을 내 손으로 키워서 성운의 기재마저 능가해 보이겠다는 생각이 들더란 말이다."

더 뛰어난 재목으로 키워주고 싶다.

아마 많은 이가 그런 생각으로 제자를 고를 것이다. 하지만 귀혁은 아니었다. 형운의 사정이 그의 마음을 움직였기에 제자로 삼았다.

—반발이 심할 겁니다. 장로회에서도 가만있지 않겠지요.

"누가 뭐라고 떠들든 상관없다. 이미 형운은 내 제자다. 이후에 어디까지 갈지는 그 녀석 스스로 해내야 할 몫이지만 그 시작만은 변하지 않는다."

단호하게 말한 귀혁이 물었다.

"물건은 준비됐나?"

—그럴 겁니다. 확인해 볼까요?

"아니, 됐다. 어차피 다 왔으니."

귀혁이 향한 곳은 호장성의 중심가에 있는 약방이었다. 각종 약초와 특수하게 제조된 약을 파는 이곳은 평범한 이들과는 별로 인연이 없는 곳이다. 하지만 귀혁은 자기 집에라도 들어가는 것처럼 당당하게 들어가서 다짜고짜 말했다.

"물건은?"

"준비해 두었습니다."

약방의 주인은 귀혁이 들어오기만을 기다렸다는 듯 냉큼 준비해 둔 것을 건네주었다. 귀혁은 고개를 끄덕이고는 그것을 받아 들고 온 길을 되돌아갔다.

객잔으로 돌아가 보니 한바탕 소란이 일어나 있었다.

"으윽, 제, 제기랄."

욕설을 내뱉으며 객잔을 나오는 한 무리의 남자가 있었다. 다친 것처럼 보이는 동료들을 부축하며 나오는 그들의 얼굴은 흠씬 두들겨 맞았는지 말이 아니었다.

귀혁이 안으로 들어가 보니 탁자와 의자 몇 개가 쓰러져 있고 다른 한쪽에 세 명의 남자가 앉아 있었다. 귀혁은 그들에게 슬쩍 눈길을 주고는 피식 웃었다. 계단을 올라가면서 그가 말했다.

"변장이 제법이군. 정말 낭인처럼 보이는데?"

―영성님을 따라다닐 때는 제일 편하니까요.

세 명의 남자는 귀혁의 수행원 중 일부였다. 지시대로 형운을 노리고 오는 자들을 차단하기 위해서 손님으로 가장한 것이다. 방금 전에 두들겨 맞고 나간 것들은 또 혹시나 하고 형운을 찔러보러 온 낭인들이었다.

"그런데 정말 많군. 정보가 얼마나 퍼진 거지?"

―거의 공공재 수준입니다. 성운의 기재가 각성한 별의 힘이라는 게 워낙 강해서 어중이떠중이 기환술사들도 감지할 수 있었을 정도라는군요.

"쯧, 여기 말고 다른 쪽은?"

―한 곳이 추가되었고, 또 하나는 아직 애매하다고 합니다. 정보가 오려면 시간이 좀 걸릴 겁니다.

"그건 나중에 알아봐도 되니 서두를 건 없다."

귀혁은 그렇게 말하고는 방으로 들어갔다. 형운은 상처 때문인지 새근거리면서 잠들어 있었다. 귀혁은 형운을 가볍게 흔들어서 깨웠다.

"아… 사, 사부님."

"음."

귀혁은 순간 움찔했다. 자기가 부르라고 하기는 했지만 사부님이라는 소리를 듣는 게 영 낯설었기 때문이다.

'거참.'

그의 지위상 제자를 두긴 돼야 하는데 차일피일 미루면서 버틴 것이 벌써 십 년이었다. 이제라도 제자를 들인 건 다행인데 앞으로 귀찮아질 걸 생각하면 한숨이 나온다.

하지만 귀혁은 한숨을 참으며 받아온 물건을 내밀었다. 나무로 만든 병이었다.

"이걸 마시거라."

"이건 뭔가요……?"

"약이다."

그 말에 형운은 나무병의 마개를 열고 조심스럽게 마셔 보았다. 약이라고 해서 엄청 쓴맛을 상상했는데 물처럼 밍밍하고 약간 끈적끈적한 느낌이 들었다.

하지만 약효는 형운의 상상을 초월했다. 다 마신 지 얼마 되지도 않았는데 몸 안쪽에서부터 열기가 끓어올라 전신으로 퍼져 가는 게 아닌가?

"아……."

"연단술사들이 만든 치료약이다. 아마 빠르면 오늘 저녁쯤에는 얼굴 붓기는 다 빠질 게다."

"우와, 그런 약이 정말로 세상에 있군요."

낭인에게 맞은 형운은 얼굴에 상처가 나서 피가 나고 피멍이 들어서 통통 부어 있었다. 그런데 이 붓기가 하루도 안 되어서 빠진다니…….

형운이 물었다.

"그런데 이거……."

"음?"

"이 약… 엄청 비싼 거 아닌가요?"

그 말에 귀혁은 피식 웃었다.

"그런 건 걱정하지 않아도 된다. 넌 내 제자니까."

귀혁은 그렇게 말하고는 형운을 눕혀주고 잠들게 했다. 아픔 때문인지 아니면 약효 때문인지 형운은 금방 새근거리며 잠들었다.

귀혁이 석준에게 말했다.

"내일 오후에 출발할 테니 채비를 갖춰 둬라."

―오후? 아침이 아닙니까?

"말했잖느냐?"

귀혁은 무슨 말을 하냐는 듯 대꾸했다.

"성운의 기재를 구경할 거라고."

2

성운의 기재가 호장성에 있다는 게 밝혀지면서 별이 떨어진 날 태어난 아이들이 누구인지에 대한 정보도 같이 퍼져 나갔다. 뒷골목에서 정보를 파는 이들은 때아닌 호황을 누렸고 그 정보는 귀혁의 부하가 말했듯 공공재 수준으로 퍼져 나간 상태였다.

그리고 좀 더 시간이 지난 지금, 귀혁의 부하들은 성운의 기재가 누구인지까지도 밝혀낼 수 있었다.

형운이 물었다.

"누군가요?"

귀혁이 말한 대로 형운은 그날 저녁이 되자 붓기도 가라앉고 아픔도 가셔서 자리를 털고 일어날 수 있었다. 귀혁은 다음 날 아침 일찍 형운을 데리고 떠났다.

몇 년간 먹고 자고 일한 보금자리였지만 아쉬움은 없었다. 미련 둘 만한 것이 전혀 없었으니까.

"천씨 성을 가진 유하라는 꼬맹이라더군."

천씨 가문은 호장성에서는 제법 유력한 가문이었다. 맡은 물자를 운송하거나 사람을 지키는 일을 하는 표국을 제법 큰 규모로 운영하고 있었고 가전 무공을 가르치는 무관도 운영하고 있었으며 그 외에도 몇 가지 사업에 손을 대고 있었다.

"아, 백하표국……."

형운도 천씨 가문이 운영하는 백하표국과 백하무관에 대해서는 알고 있었다. 백하무관은 제자를 가려 받지 않는지라 돈만 내면 누구나 입관할 수 있지만 형운은 그곳에 갈 돈조차 없어서 거기 다니는 아이들을 부러워했었다.

귀혁이 말했다.

"성운의 기재는 별의 힘이 개화하기 전까지는 다른 사람들과 별로 다를 게 없지만 지금은… 그래, 그들 가문의 역사를 바꿀 수 있는 보물이 굴러 들어온 셈이다."

귀혁은 천유하가 성운의 기재임이 판명 나면서 주변에서 크고 작은 시비가 있었음을 알려주었다. 형운이 의아해하며 물었다.

"왜죠?"

"성운의 기재는 하나고 그를 차지하고자 하는 자는 여럿이기 때문이다. 당연히 서로 다툴 수밖에 없지."

힘없는 자들은 이미 밀려났고, 나름 쟁쟁한 자들만이 천가장에 손님으로 남아서 서로 대립하고 있는 모양이었다. 귀혁이 입수한 정보에 따르면 호장성을 다스리는 성주도 언제 큰 사고가 터질지 몰라 전전긍긍하고 있다고 한다.

"그렇게 힘겨루기에서 밀려난 놈들은 너처럼 천유하와 같은 날 태어난 아이들에게 찾아가서 혹시나 하고 찔러보고 다녔다는구나. 그중에서 재능이 괜찮은 아이도 몇몇 발견된 모양이지만."

"전 아니었지만 말이죠."

형운이 상처를 쓰다듬으며 투덜거렸다. 상처가 놀라운 속도로 낫고 있긴 했지만 여전히 쓰라렸다.

귀혁이 미소 지었다.

"걱정 마라. 내 제자가 된 이상 넌 그런 놈들보다 훨씬 강해질 테니까."

형운은 성운의 기재도 아니고 특출 난 재능의 소유자도 아니다. 하지만 귀혁은 형운을 강하게 키울 것이다. 그는 이미 그러기 위해서 뭘 해야 할지 생각해 두고 있었다.

"어쨌든 떠나기 전에 재미있는 구경이나 하자꾸나."

"재미있는 구경요?"

"천유하라는 꼬맹이를 데려가겠다고 온 놈들이 벌이는 광대
짓을 말이다. 덕분에 천가장은 매일 북적거리고 있다는구나."

천씨 가문의 장원, 천가장은 더 이상 남은 방이 없을 정도로
북적거리고 있었다. 초반에 객으로 자리를 잡은 이들 말고는
근처의 객잔에 방을 구해 머무르면서 매일 천가장을 들락거리
고 있는 상황이다.

그들이 그러는 이유는 천유하를 손에 넣기 위해서다. 천가장
주와 천유하 본인의 환심을 사기 위해 애쓰고 있는 모양이다.

"막가는 놈들도 있어서 천유하를 납치하려고 하기도 했단
다."

"납치요?"

"그래, 실패했지만 말이다."

"아, 아니… 그러면 반감만 사지 않나요? 성운의 기재를 데
려가서 자기들 편으로 만들려는 거 아니에요?"

"꼭 환심을 사서 따라오게 하는 방법만 있는 건 아니지 않겠
느냐? 협박을 해서 데려간 후에 자기들 입맛대로 키워내려고
했던 거겠지. 사파(邪派)나 마도(魔道)의 무리는 사고방식이 아
주 과격하단다."

"둘 다 과격하면 사파하고 마도의 차이는 뭔데요?"

형운이 그렇게 묻자 귀혁은 잠시 말문이 막혔다. 그에게는 너

무 상식적인 문제라서 어떻게 설명해야 할지 떠오르질 않았다.

"음, 말하자면 복잡한데……."

"복잡한가요?"

"간단하게 요약하자면 사파는 과격한 인간 망종들이다."

"마도는요?"

"인간이길 포기한 쓰레기들이다."

"…아, 그렇군요."

알기 쉬운 건지 아닌 건지 모를 설명이었다.

귀혁이 말했다.

"흑도(黑道)에 속한 사파의 무리는 너도 종종 보는 놈들일 거다. 뒷골목에서 칼 한 자루씩 품고 다니면서 어깨에 힘 좀 주고 사는 놈들 있잖느냐? 그런 놈들이 사파다."

"아, 기루나 도박장이나… 그런데 있는 아저씨들이요?"

"대충 그렇다. 마도는 보기 드문데, 되도록 안 보고 사는 게 좋다."

"왜요?"

"보통 그놈들을 보고, 정체를 알게 된 양민은 죽으니까 말이다."

"……."

형운은 침을 꿀꺽 삼켰다.

그런 형운의 반응이 재미있는지 귀혁이 미소 지었다.

"걱정할 건 없다. 내 제자가 된 이상 그런 놈들을 두려워하지 않아도 될 테니."

"아, 네."

"슬슬 다 왔군."

귀혁이 천가장 앞에서 걸음을 멈추었다. 그리고 문고리를 잡고 두들기니 안에서 칼을 찬 경비 무사가 나와서 물었다.

"무슨 일로 찾아오셨습니까?"

"장주의 아드님인 천유하 군을 보기 위해 왔네."

그 말에 무사의 표정이 시큰둥해졌다. 그도 그럴 것이 그런 사람은 질리도록 많았던 것이다. 이미 천가장에 객으로 머무는 이들은 쟁쟁한 명성을 가진 자뿐이었다.

표정과는 달리 무사는 나름 정중하게 말했다.

"죄송하지만 저희 천가장은 현재 객이 너무 많아 남는 방이 없는 상태입니다. 평소 같으면 장주님께서 흔쾌히 손님으로 대접했겠습니다만 사정이 여의치 않군요."

"객으로 머물 생각은 없네. 그저 그 아이를 보러 온 것뿐이지. 나 말고도 그런 사람이 많은 것 같네만?"

"그렇긴 합니다만……."

"그럼 내가 그 아이를 보지 못할 이유도 없겠군."

"그러시다면 신분을 밝혀주실 수 있겠습니까?"

귀혁이 물러설 기색이 없자 무사가 물었다. 어중이떠중이들을 다 들일 수는 없으니 당연한 질문이었다.

"산운방(算雲幫)의 귀혁이라고 하네."

"혹시 별호가 어떻게 되시는지……?"

강호에 이름난 이라면 별호를 갖고 있게 마련이었다. 귀혁이 말했다.

"굉호권(轟號拳)이라 하지. 하지만 이곳까지 내 이름이 알려졌을 것 같지는 않군. 진해성에서 온 몸이라 말일세."

"아……."

귀혁이 막힘없이 이야기하자 무사는 난처한 표정을 지었다. 산운방도, 굉호권도 들어본 적이 없었던 것이다.

하지만 그렇다고 무시할 수도 없는 것이 진해성이라면 호장성에서 두 달 넘는 거리에 있는 곳이다. 또한 귀혁의 차림새가 말끔하고 태도가 점잖은지라 신분을 속일 것 같지 않아 보였다.

"잠시 기다려 주시겠습니까? 안에 알리겠습니다."

"그러시게나."

무사가 안으로 들어가자 형운이 물었다.

"사부님, 저는 그 산운방이라는 곳의 방원이 되는 건가요?"

"아니다."

"네?"

귀혁이 아주 당연하다는 듯 부정했기 때문에 형운이 눈을 휘둥그레 떴다. 아니, 귀혁이 산운방 소속이라면 그 제자인 형운도 당연히 거기 소속이 되는 것 아닌가?

귀혁이 씩 웃었다.

"산운방은 이 사부가 신분을 위장할 때 이용하는 곳이니라."

"위, 위장요?"

"그래, 내 진정한 신분은 함부로 말하고 다닐 수 없는 것이기 때문이지. 뭐, 너도 대외적으로는 산운방의 제자라고 하게 되긴 할 거다. 일단 산운방이 우리 산하의 방파고 이름도 올려놓았고 하니까 사기 치는 것도 아니다."

그 말에 형운은 혼란스러워졌다. 사부의 진정한 신분이 뭐길래 위장 신분을 쓴단 말인가?

'성주님이라도 되시나? 아니면 혹시 황족?'

가끔 그런 높은 사람들이 신분을 감추고 암행을 한다고 들었다. 혹시 귀혁이 그런 사람인 걸까?

어려서부터 객잔에서 일한 형운은 다양한 사람을 보아왔고 그래서 어느 정도 사람 보는 안목이 있었다. 그리고 그런 안목으로 판단하건데 귀혁은 귀한 신분을 가진 것이 분명했다.

'돈 많고, 사람 부리는데 익숙하고… 음. 그런데 또 웬만해서는 사람 무시하진 않으시고.'

점점 더 궁금해진다. 형운은 고민했다. 어떡할까? 그냥 물어볼까?

그런데 그때였다.

쿠웅!

천가장 안에서 육중한 소음이 울려 퍼졌다. 마치 커다란 돌이 떨어지는 것 같은 소리였다. 그런데 그 소리가 워낙 커서 마치 바로 앞에서 들려온 듯 생생했다.

형운이 놀라서 물었다.

"뭐, 뭐죠?"

"음, 아무래도 안에서 일이 생긴 것 같구나. 들어가 보자."

"네? 하지만 그 무사님이 아직……."

"안에서 문제가 생겼으면 기다려도 안 올 거다."

귀혁은 망설임 없이 천가장 안으로 들어갔다. 형운은 잠시 망설였지만 곧 허둥지둥 그 뒤를 따를 수밖에 없었다.

3

귀혁과 형운이 장내에 도착했을 때는 난장판이 펼쳐져 있었다. 주변에는 검은 안개가 자욱하게 깔려 있고 그 속에서 수많은 사람이 싸우는 모습이 보인다.

그런데 그 싸우는 상대가 기이하다. 온통 검은 옷으로 몸을 감싼 인간들이 있는가 하면, 어둠을 뭉쳐놓은 것 같은 괴물들도 있었다. 그 괴물들은 마치 인간을 삐죽삐죽하게 왜곡시킨 것 같은 윤곽 속에서 붉은 눈을 빛내면서 인간들에게 달려들었다.

형운이 놀라서 물었다.

"사부님! 저 괴물은 뭐죠?"

"마령귀로군. 사령술(邪靈術)을 쓰는 마도의 술사놈들이 마계의 기운을 불러들여서 만든 것이다."

"사령술?"

"인간의 도리를 저버린 자들만이 쓸 수 있는 마도의 기환술이지."

귀혁은 그렇게 설명하고는 장내를 살폈다. 마도의 술사들과 그들이 사역하는 마령귀들이 격전을 치르고 있었지만 귀혁이 찾는 존재는 보이지 않았다.

"이상하군. 이런 일을 벌일 만한 기운을 가진 놈이 없는데?"

장내에 펼쳐진 술법은 여기 있는 마도의 술사들이 펼친 것이 아니다. 한 명이 펼친 것이 분명한데, 이런 대규모의 술법을 펼칠 정도의 기운을 가진 자가 눈에 띄지 않는다.

석준의 보고가 들려왔다.

─사태의 원흉은 이미 자리를 벗어났습니다. 천유하를 납치했다고 합니다.

─납치됐다고?

─네, 지금 몇몇 이가 뒤를 쫓고 있습니다.

─대낮에 이런 일을 벌이다니 대담하군.

마도의 무리, 마인(魔人)은 모두에게 배척받는 존재다. 그들의 존재가 성내에서 포착되면 강호인들만이 아니라 관병들도 전력을 기울여 멸살하고자 한다.

그걸 뻔히 알면서도 백주대낮에 이런 일을 벌이다니, 어지간히 실력에 자신이 있고 배짱이 넘치거나…….

'마인답게 미친 것뿐일지도.'

마공(魔功)이나 사령술은 인간의 도리를 저버린 방법으로 힘을 키우며, 그 과정에서 인간의 심성을 바꿔 버린다. 그러다 보니 마인 중에서는 상식으로 파악할 수 없는 미치광이가 많았다.

'하지만 관에서 이 상황을 알게 되기까지는 시간이 걸리겠지. 이들이 알리지 않을 테니. 만약 알렸어도 늦을 것이고.'

강호의 인물들은 자기들 일에 공권력이 개입하는 것을 꺼린다. 그러다 보니 흉흉한 사건이 일어나도 자기들끼리 일을 해결하려는 경향이 강했다.

그렇다면 일단 천가장을 도와줘야 할까, 아니면 이들의 실력을 믿고 다른 쪽을 쫓아야 할까?

"사부님."

고민하는 귀혁에게 형운의 목소리가 들렸다. 귀혁이 바라보자 형운이 물었다.

"안 도와주실 건가요?"

"음?"

"괴물하고 싸우고 있는데……."

형운이 머뭇거리며 물었다. 척 봐도 나쁜 놈들로 보이는 무리들이 괴물들과 함께 사람들을 습격하고 있고, 그들과 싸우는 이들이 있다.

그런데도 귀혁은 자신을 도와줬을 때와는 달리 끼어들 기색이 없어 보였다. 그 점이 형운에게는 참으로 의아했다.

형운의 시선을 받은 귀혁은 움찔했다.

그는 사실 무인들끼리의 시비에는 다소 냉담한 편이었다. 하지만 그래도 마도의 무리가 설치고 있는 것을 모른 척할 사람은 아니다. 단지 상황을 파악하고 일의 우선순위를 정하느라 생각에 잠겼을 뿐인데 형운에게는 그런 태도가 굉장히 이상해 보였던 모양이다.

어째서 안 도와주고 있느냐는 의문이 가득 담긴 형운의 순진한 시선을 받고 있노라니 귀혁의 가슴 한구석이 쿡쿡 찔렸다. 갓 받아들인 제자의 기대감을 깨서는 안 될 것 같은 압박감이 몰려온다.

"물론 도와줄 것이다. 하지만 여기는 저들만으로 감당할 수 있어 보여서 중요한 정보를 기다리고 있었단다."

귀혁은 헛기침을 하며 그렇게 말했다.

형운이 물었다.

"중요한 정보라뇨?"

"천유하라는 꼬맹이가 납치당했다는구나."

"네? 그 성운의 기재라는 애가요?"

"그래, 애당초 이 난리 통은 그 꼬맹이를 납치하는 과정에서 일어났던 모양이다. 지금 내 부하들이 그쪽의 위치를 파악하고 있으니 나도 곧 움직일 거다."

그렇게 둘러댄 귀혁은 즉시 근처에 대기 중인 자신의 수하, 석준에게 전음으로 물었다.

─천씨 꼬맹이의 위치는 파악하고 있겠지?

─네.

석준이 귀혁에게 천유하의 위치를 보고했다. 귀혁이 말했다.

"멀지 않은 곳에 있구나. 천가장은 나섰지만 모습이 발각되어서 몇몇 이가 추적 중이라고 한다."

"어?"

"왜 그러느냐?"

형운의 눈이 휘둥그레지자 귀혁이 의아해했다. 형운이 물었다.

"아니, 사부님은 아무하고도 말씀을 나누지 않으셨는데 어떻게 그런 걸 아신 건가 해서……."

"아, 너에게는 아직 설명해 주지 않았구나. 일단은 내 수하들과 비밀 연락 수단이 있다는 것만 알아두어라. 이 자리에서 강호인들이 쓰는 재미있는 수법들을 설명하자면 밑도 끝도 없으니."

"네."

형운은 도대체 무슨 수법인지 궁금했지만, 얼마 떨어지지 않은 곳에서 사람들이 목숨 걸고 싸우고 있는데 물을 만한 사항은 아닌 것 같았다. 그런 형운에게 귀혁이 등을 내밀었다.

"자, 그럼 따라가 보자꾸나. 내게 업혀라."

"네? 아앗!"

귀혁은 형운의 대답을 듣지도 않고 한 손으로 들어 올리더니 등에 업어버렸다. 그 동작이 워낙 신속하고 자연스러워서 형운이 정신을 차리고 보니 이미 귀혁에게 업힌 후였다.

"자, 그럼 간다."

귀혁은 그렇게 말하고는 땅을 박찼다.

"우, 우와아아아앗!"

형운이 비명을 질렀다. 귀혁이 달리는 속도는 말이 전력 질주하는 속도보다도 더 빨랐다. 게다가…….

'지, 집을 뛰어넘잖아?'

그는 발에 접착제라도 붙인 것처럼 벽을 타고 올라서 지붕 위로 올라갔고, 거기서부터는 집과 집 사이를 훌쩍 뛰어넘어 가면서 이동했다. 복잡하게 얽힌 길들을 통하는 대신 필요한 구간으로 일직선으로 가는 것을 택한 것이다.

실로 초인적인 육체 능력이다. 뒤에 업혀 있는 형운은 떨어 질까 무서워서 필사적으로 귀혁의 몸을 붙잡았다.

"흠."

귀혁이 멈춰 선 것은 천가장을 나온 후 열 채도 넘는 건물을 뛰어넘은 후였다. 그가 석준에게 물었다.

―현재 위치는?

―동서쪽, 약 백 장(약 300미터) 거리입니다.

석준의 대답이 들려왔다. 하지만 귀혁이 미처 움직이기 전에 목적지를 알려주는 소리가 울려 퍼졌다.

파아아아앙!

백 장 정도 떨어진 골목 한편에서 폭음이 울려 퍼진 것이다.

귀혁이 씩 웃었다.

"신나게 싸우고 있는 모양이군."

폭연이 치솟으면서 거기서 사람 그림자가 튀어나왔다. 검은 옷자락을 펄럭이는 인물이 어깨에 누군가를 메고 있었다.

형운이 저도 모르게 중얼거렸다.

"저 사람인가요?"

"그래, 저놈이다. 완전히 제압해서 짐짝처럼 들고 다니고 있구나."

형운은 이 거리에서는 천유하의 생김새를 알 수 없었다. 지금 눈에 띄는 것은 천유하를 들쳐 메고 있는 흑의인이다.

귀혁이 턱을 쓰다듬었다.

"사령(邪靈)의 기운이 느껴지는 걸로 봐서 쳐 죽일 놈인 것만은 확실한데… 어디 놈인지는 모르겠군. 제법 실력이 있는 것 같은데."

흑의인은 복면으로 얼굴을 가리고 있었는데 그 안에서 눈동자가 멀리 떨어진 곳에서도 선명하게 알아볼 수 있는 붉은빛을 발하는 것이 섬뜩했다. 형운의 눈에는 인간이 아니라 악마의 화신처럼 보였다.

"사, 사부님. 저 사람 눈이 왜 저래요?"

"사령의 기운 때문이다."

"사령이 뭔데요?"

"마도의 사술을 익히면 갖게 되는 기운이지. 뭐, 어쨌든 저걸 익혔다는 것만으로도 개자식 확정이다. 사람 목숨을 갖고 놀지 않고서는 아예 익힐 수가 없으니까."

"으, 그렇군요. 어쩌실 건가요?"

"이미 추적하는 사람들이 있으니 좀 보고 결정하자꾸나."

귀혁이 여유 있게 말했다.

그때 건물 위를 날 듯이 질주하던 흑의인에게 따라붙는 그림자가 있었다. 꼬장꼬장해 보이는 노검사였다.

파바바바방!

노검사와 다른 방향에서 섬광의 화살이 쏟아져서 흑의인을 강타했다. 흑의인은 검은 안개 같은 기운을 두른 손을 휘둘러 막아내긴 했지만 질주하던 기세가 약해졌고, 그 틈을 타서 노검사가 접근했다.

"지원하는 기환술사가 있군."

기환술사가 어딘가에 자리를 잡고 추적자들을 지원하고 있었다. 모습을 감춘 채로 지속적으로 기환술을 써서 흑의인의 발목을 붙잡는다.

석준이 보고했다.

―추적자는 이 지방의 명사인 우격검 진규, 기환술사는 우격검과 함께 다니는 환형소(幻烔笑) 한영운입니다. 다른 이들은 다 따라오지 못하거나 저놈에게 빈틈을 보여서 당했습니다.

―우격검 진규와 환형소 한영운이라면 나도 이름을 들어본 적이 있지. 그런 자의 추적을 받으면서 저 정도란 말인가? 평범한 마인은 아니겠군.

"어어어어?"

그때 형운이 놀라서 손가락질을 했다. 추적자들의 맹공을 받던 흑의인이 이상한 변화를 일으켰다.

흑의인의 찢어진 옷자락이 길게 늘어나더니, 그의 전신이 검은 기운으로 뒤덮이면서 흩어졌다. 다 잡았다고 생각하고 공격을 퍼붓던 우격검 진규는 헛손질을 하고는 당황했다.

귀혁이 눈을 가늘게 떴다.

"저놈… 완전히 인간이길 포기했군? 사령인이라니 오랜만에 보는구나."

"사령인이 뭔데요?"

"사령의 힘을 터득한 마인이 완전히 인간이길 포기하고 가는 경지지. 저쯤 되면 온갖 비상식적인 짓을 한다. 저 안개화도 그중 하나고."

검은 안개로 변해서 흩어졌던 흑의인이 멀리 떨어진 곳에서 다시 원래 모습으로 돌아왔다. 그리고 다시 무시무시한 속도로 질주하기 시작했다.

"쫓아간다. 꽉 잡아라."

귀혁도 그 뒤를 따라서 질주하기 시작했다. 동시에 그가 명령을 내렸다.

―형운이를 맡을 녀석 하나 보내라.

―잡으실 생각입니까?

―저런 놈이 아이를 데려가게 둘 수 있겠느냐? 게다가 성운의 기재이니 자칫하다 강호 멸망을 운운하는 마왕이라도 탄생하면 우리 사업에 방해가 되겠지.

―그렇긴 하군요.

―지원해라.

―알겠습니다.

곧 낭인으로 보이는 사내 하나가 귀혁의 옆에 나타났다. 귀혁이 그에게 형운을 맡기면서 말했다.

"이놈은 내 부하니 마음 놓고 있어도 된다. 잠깐만 기다리고 있어라, 저놈 잡고 오마."

"아, 네."

어리둥절해하는 형운의 대답을 듣는 순간, 귀혁이 땅을 박차고 날아올랐다. 지금까지와는 비교도 안 되는 속도였다.

"우와……."

형운이 입을 쩍 벌렸다. 귀혁은 지금까지도 뒤에 매달려 있기 무서울 정도로 빠르게 움직였다. 하지만 지금 이 순간에는 그야말로 하늘을 나는 새 같았다.

낭인으로 보이는 사내가 물었다.

"어쩔까요? 따라가면서 구경하시겠습니까, 아니면……."

"아, 그, 그게……."

"편하게 대하셔도 됩니다. 영성님의 제자시니까요."

사내가 씩 웃었지만 형운은 조마조마했다. 분명 평소 같으면 자신이 제대로 말도 못 붙여봤을 사람일 것이다. 그런데 이렇게 깍듯하게 예의를 차리다니…….

형운은 잠시 고민했다. 안전한 곳에서 사부가 일을 끝내기를 기다릴 것인가, 아니면 무섭더라도 앞으로 자신이 살아갈 세계를 봐둘 것인가?

'봐둬야겠지.'

귀혁은 형운이 앞으로 걸어갈 길이 가혹할 것이라고 경고했다. 그렇다면 지금부터 자신의 두 눈으로 확인해 둘 필요가 있었다.

"따라가 주세요."

"예."

사내는 형운을 업은 채로 지붕 위를 질주하기 시작했다.

4

추적자들은 좀처럼 흑의인을 멈추지 못하고 있었다. 그가 들쳐 메고 있는 천유하가 다칠까 두려워서 제대로 공격을 못 했기 때문이다. 움직임이 변화무쌍한데다가 순간적으로 안개로 변하기까지 하는 흑의인의 입장에서는 그들의 공격을 피하는 건 어려운 일이 아니었다.

문제는 빠져나갈 수가 없다는 점이었다. 둘은 흑의인을 단번에 쓰러뜨리기보다는 발을 묶어놓고 허점을 만드는 데 주력하고 있었다.

시간을 끌면 끌수록 불리한 것은 흑의인 쪽이었다. 게다가…….

'저자는 뭐지?'

저편에서 놀라운 속도로 접근해 오는 자가 있었다. 그는 바로 귀혁이었다.

진규와 한영운 역시 깜짝 놀랐다. 다가오는 몸놀림만 해도 무공이 비범한 경지임이 분명해 보였다. 하지만 천가장의 손님 중에서는 본 적이 없는 낯선 인물이다.

"흠."

지붕과 지붕 사이를 뛰어넘은 귀혁이 흑의인에게서 조금 떨어진 곳에 착지했다. 진규와는 정확히 반대편에 위치하여 흑의인을 포위하는 위치였다.

흑의인이 물었다.

"너는 또 뭐냐?"

"인간이길 포기한 놈이 인간의 이름을 궁금해하느냐? 사령인이 대낮에 성내를 활보하다니 아주 제대로 미쳤군."

"애송이가 감히……."

"그렇게 말하는 걸 보니 나잇살 좀 처먹은 괴물인가 보군. 좋아. 이름을 대는 것을 허락하마."

"뭐라고?"

흑의인은 어이가 없었다. 그의 입장에서는 새파란 애송이에 불과한 놈이 어쩌면 이리도 겁 없고 오만한가?

분노로 몸을 떠는 흑의인을 보는 귀혁의 표정이 시큰둥해졌다.

"말할 생각이 없나? 그럼 그냥 죽어라."

동시에 그가 일장을 뻗었다. 장심에서 투명한 힘의 파랑이 일어나 흑의인을 덮쳤다.

"큭!"

흑의인이 당황했다. 귀혁이 다짜고짜 날린 공격이 무시무시하게 빨랐기 때문이다. 한순간에 공간을 격하고 날아드는데 마치 창처럼 날카롭게 집중되어 있었다.

쾅!

혹의인이 일장을 뻗어 그것을 받아쳤다. 폭음이 울리면서 충격이 퍼져 나가고 그 여파로 지붕의 기왓장들이 허공으로 날아올라 분쇄되었다.

귀혁이 눈을 빛냈다.

"호오, 그 검은 손을 보니 생각났다. 혹시 흑수귀인가?"

"그런 이름으로 불리기도 하지. 그 이름을 떠올렸으니 이젠 주제 파악을 좀 하겠느냐?"

흑의인이 긍정했다.

흑수귀(黑手鬼).

강호에 흉명을 알린 마도인 중에 하나였다.

마인답게 수많은 사람을 죽인 흉명을 지닌 그는 강대한 힘과 영생을 얻기 위해 사람의 도리를 저버렸다. 늙어 죽어서 흙으로 돌아가는 것이 싫어서 금지된 사령술을 연구하고, 마공을 터득하는 과정에서 양민들을 납치하여 끔찍한 인체 실험을 저질렀다.

그 사실이 밝혀지면서 강호의 공적이 되었으나 극도로 몸을 사려서 실체를 추적하기 어려웠던 놈이다. 그런데 성운의 기재에 대한 욕심으로 이렇게 성내까지 나오는 위험을 감수한 것이다.

귀혁이 그의 정체를 알아본 이유는 간단했다. 방금 전의 공방에서 그의 손이 드러났기 때문이다. 그 별호처럼 그의 손은 사람의 것이라고는 믿을 수 없을 정도로 새카맸다.

귀혁이 씩 웃었다.

"주제 파악은 예전부터 아주 잘하고 있다. 고작 그런 알량한 이름이 아까워서 내가 대랄 때 대지 못했느냐?"

"뭐, 뭣이 어째?"

"겁도 없이 백주대낮에 도시로 나오다니, 살아서 성벽을 넘어갈 생각은 버려라."

"오만하구나. 내가 무서워하는 것은 세상이지 네놈 같은 애송이가 아니다."

"애송이라, 하긴, 너 같은 노괴물의 눈으로 보면 그렇게 보이겠군. 재미있어."

영생을 꿈꾸며 비인외도(非人外道)의 길을 걸어온 흑수귀는 이미 백 년 가까이 살아왔다. 그동안 마공과 사령술로 쌓아온 힘은 인간의 한계를 초월하리라.

하지만 귀혁은 조금도 두려워하지 않았다. 흑수귀가 인간을 저버리고 한계를 초월했다면, 자신은 인간의 힘으로 그 이상의 경지에 오른 존재이므로.

"괴물이 된 자, 응당 인간을 두려워하라. 공포를 잊었다면 죽기 전에 되살려 주마."

귀혁이 그리 말하며 공격해 들어갔다. 어떤 조짐도 없는 공격이었다. 처음 자세에서 발을 내딛지도 않았고 힘을 주는 기색도 없었는데 한순간에 흑수귀 앞으로 돌진했다.

"헉!"

흑수귀가 당황했다. 그의 입장에서는 갑자기 귀혁과의 거리감이 무너지는 느낌이었다. 그리고 귀혁의 공격이 물 흐르듯이 자연스럽게 이어졌다.

쾅!

폭음이 울리며 흑수귀의 몸이 뒤로 날아갔다. 귀혁이 전광석화 같은 권격으로 흑수귀의 몸을 강타한 것이다. 그리고 또다시 예비 동작 없이 지붕 위를 미끄러지는 듯한 기이한 움직임으로 흑수귀를 따라잡는다.

흑수귀는 급히 몸 일부를 안개로 바꾸어 피했다. 그러자 귀혁은 그가 안개로 변해 이동하는 궤적을 느긋하게 관찰하고 있다가 다시 인간으로 돌아오는 순간을 정확하게 노려 주먹을 날렸다.

퍼엉!

흑수귀는 그 공격을 정확히 막아냈다. 하지만 공기가 폭발하면서 충격이 그의 몸을 관통했다.

"커헉! 무, 무슨 이런 위력이……!"

무슨 심오한 수법을 쓴 게 아니었다. 그저 고수라면 너도나도 쓰는, 육체의 외피를 격하고 내부를 타격하는 내가중수법(內家重手法)을 썼을 뿐이다.

하지만 위력이 너무 강했다. 백 년 가까이 살아오면서 막강한 내력을 축적한 흑수귀가 상쇄하지 못할 정도로.

비틀거리는 그를 보며 귀혁이 씩 웃었다.

"보기보다 허약하시군."

"이놈……!"

흑수귀의 붉은 눈이 광망을 토했다. 하지만 그는 격정에 몸을 맡기고 공격해 오지 않았다. 그의 몸이 검은 안개로 변해서 옆으로 날았다.

"변화 속도가 빠르군! 하나!"

귀혁이 그렇게 말하며 손날을 세웠다. 동시에 아무것도 없는 허공에다 대고 휘둘렀다.

슈화아아악!

마치 공간 그 자체를 갈라내는 것 같은 기세였다. 궤적을 따라서 섬광의 궤적이 반월형으로 뻗어 나갔다.

"크악!"

비명이 울려 퍼졌다. 실체화하던 흑수귀가 피를 뿌리고 있었다. 산 자의 것이라고는 믿어지지 않은 검붉은 피였다.

"안개화와 동시에 환술을 펼쳐서 이동 궤적을 속이는 수법이 현묘함을 인정하지. 하지만 내게는 통하지 않는다."

흑수귀는 안개화로 공격을 피하는 동시에 환술로 상대의 감각을 현혹시키고 있었다. 순간적으로 묘기처럼 펼쳐지는 이 수법은 추적자 중 누구도 간파하지 못한 것이었는데 귀혁은 한눈에 알아보았다.

"큭……! 이대로 당할 것 같으냐?"

흑수귀가 새로운 기술을 사용했다. 그의 몸에서 검은 안개가 주변으로 퍼져 나가면서 일종의 기환진(奇幻陣)을 형성했다. 반경 십 장(약 30미터)을 뒤덮은 검은 안개의 진은 상대를 압박하면서 흑수귀의 움직임을 증폭시킨다.

"호오, 이동식 기환진이라니 제법이군. 사령술을 터득한 자답게 무인인 동시에 기환술사이기도 하다 이건가? 그 꼬맹이를 안고도 그렇게 움직일 수 있다니 흉명이 헛것은 아닌 모양이야."

일단 검은 안개의 진을 펼치자 흑수귀의 움직임이 전혀 달라졌다. 환술을 병행해서 천유하의 모습까지 감춰가면서 이동하고 있었다. 또한 진 자체도 고속으로 이동하기 때문에 도무지 실체를 포착하기 어렵다.

하지만 귀혁은 그러한 움직임에도 현혹되지 않고 흑수귀의 뒤를 쫓았다. 그 역시 천유하 때문에 함부로 손을 쓰지는 못했지만 흑수귀의 퇴로만은 확실하게 차단했다.

그것을 본 추적자들이 당황했다.

"저자는 도대체 뭐지?"

"나도 처음 보는 인물인데⋯⋯."

"이래서야 도저히 합공할 수가 없군."

흑수귀가 기환진을 펼친 후로는 도저히 싸움에 가세할 수가 없었다. 저 속에서 흑수귀는 마치 물속을 유영하듯이 움직였다. 실체를 파악할 수가 없으니 자칫하다가는 천유하를 치고 말 것이다. 저런 상황에서 정확히 흑수귀의 움직임만을 막고 있는 귀혁이 대단해 보였다.

쿠웅!

문득 귀혁이 발을 한 번 굴렀다. 그러자 그를 중심으로 새하얀 섬광이 불타오르며 원형으로 퍼져 나갔다. 검은 안개의 진 전체를 휩쓰는 기세였다.

화아아아악!

"허억!"

흑수귀가 비명을 질렀다.

"저, 정화의 기운? 도가의 무공인가?"

자연의 이치를 깨달아 선계에 오르는 것을 목적으로 하는 도가(道家)의 무공은 사악한 힘의 천적으로 불리는 정화의 기운을 발할 수 있었다. 게다가 귀혁은 물리적인 여파를 일체 배제한 순수한 정화의 기운을 발했다.

그것은 즉, 이 공격이 천유하는 전혀 다치지 않고 흑수귀에만 타격을 준다는 것을 의미한다.

"크윽!"

흑수귀가 급히 기환진을 해제하고 물러났다. 귀혁이 일으킨 정화의 기운이 워낙 막강해서 그가 풍겨내는 사령의 기운이 순식간에 불타 버렸던 것이다.

하지만 그것은 치명적인 실수였다.

슈확!

공기가 갈라지는 소리가 울리며 허공에 섬광의 궤적이 그어졌다. 그 궤적은 정확히 흑수귀의 왼쪽 어깨와 상반신 일부를 갈라놓고 있었다.

"크아아악!"

흑수귀가 비명을 질렀다. 정화의 기운에 견디기 위해 안개화했던 몸을 응집시켜 실체로 돌아온 순간, 귀혁이 날카로운 기운으로 그의 팔을 잘라버린 것이다.

"자, 이걸로 인질은 없다."

귀혁은 흑수귀가 들쳐 메고 있던 천유하를 되찾아서 지붕 위에 내려놓았다. 흑수귀가 내력을 운용하여 상처의 피를 막고는 귀혁을 노려보았다.

"기환술도 아니고 내력으로 이런 짓을 하다니, 네놈은 도대체 정체가 뭐냐?"

"곧 죽을 판인데 그런 게 궁금한가? 인간을 저버린 자에게 줄 답은 없다. 사령인씩이나 되니 목숨을 저울에 올려둘 필요도 없겠지. 죽어라."

"웃기지 마라!"

흑수귀가 노성을 지르며 손을 뻗었다. 그러자 그의 손바닥에서 시커먼 기운의 응축체가 뿜어져 나와 귀혁을 노렸다. 귀혁이 그것을 막는 순간 안개화하면서 뒤로 도약, 검은 유성처럼 날아간다. 그러나…….

구우… 웅!

갑자기 흑수귀의 귀에 무거운 소리가 울렸다. 그리고…….

'뭐지? 왜 이렇게… 느리지?'

검은 안개가 된 그의 몸이 이상할 정도로 느리게 날고 있었다. 그가 평소에 도약해서 날 때의 속도에 반도 미치지 않는다.

'공기가 무겁다.'

마치 물속을 헤엄치고 있는 것 같은 기분이었다. 공기를 헤치며 움직일 때의 저항이 이상할 정도로 심해서 움직임이 느려진다.

그 속에서 오로지 귀혁만이 빠르게 움직이고 있었다. 느려진 흑수귀를 쉽게 따라잡은 귀혁이 속삭였다.

"중압진(重壓陣)이라고 하느니라."

동시에 귀혁의 양손이 소나기처럼 공격을 쏟아냈다. 눈으로 따라갈 수도 없을 정도의 속도였다.

흑수귀는 급히 모든 힘을 동원해서 그것을 막아냈다. 검은 기운이 홍수처럼 쏟아져서 귀혁의 공격에 맞섰다. 오랜 세월 동안 인간의 영혼까지 유린하며 쌓아올린 그 힘은 귀혁은 물론이고 그가 발 딛고 선 건물 전체를 소멸시키고도 남을 위력이었다.

그러나……

콰콰콰콰콰콰!

귀혁이 쏟아내는 섬광이 폭풍처럼 휘몰아치며 흑수귀의 어둠을 불태웠다. 흑수귀가 비명을 질렀다.

"이런 말도 안 되는 일이……!"

그것이 흑수귀의 유언이 되었다. 압도적인 기세로 몰아친 섬광이 어둠을 불사르고 흑수귀를 갈가리 찢어버렸다.

"후우."

흑수귀를 소멸시킨 귀혁이 숨을 길게 내쉬었다.

곧 그는 한구석에 나동그라져 있던 천유하에게 다가갔다. 그리고 자신의 기운을 불어넣어서 그를 제압하고 있던 흑수귀의 힘을 몰아냈다.

"콜록! 콜록!"

자유로워진 천유하가 기침을 해댔다. 귀혁이 물었다.

"괜찮으냐?"

"콜록! 아, 네. 괜찮습니다."

"다행이군. 그럼 집에 데려다줄 사람도 있는 것 같으니 난 이만 실례하지."

귀혁은 고개를 끄덕이고는 몸을 돌렸다. 그 태도에 천유하가 당황해서 외쳤다.

"자, 잠깐만요!"

"음? 뭐냐?"

귀혁은 뭔가 볼일이 남았냐는 투로 물었다. 천유하는 당황했다.

"아, 저를… 데려가시려고 온 게 아닌가요?"

"아니다."

"……."

단호한 대답에 천유하는 충격을 받았다. 어이없어하는 표정으로 묻는다.

"그럼 어째서 저를 구하신 겁니까?"

"백주대낮에 괴한에게 납치당한 어린애를 구하는 데 어떤 이유가 필요하느냐?"

"……."

듣고 보니 그렇다.

말문이 막힌 천유하를 보던 귀혁이 혀를 찼다.

"구해줘서 고맙다는 말이 아니라 그런 말이 나오다니, 성운의 기재라고 다들 떠받들어줘서 애 버릇을 망쳤군. 쯧쯧."

"아, 죄송합니다. 경황이 없어서 그만."

"하긴 그럴 만도 하지. 무서운 일을 당한 직후인데 내 말이 심했구나. 신경 쓰지 않아도 된다."

귀혁은 다 이해한다는 듯 고개를 끄덕이고는 다시 몸을 돌렸다. 정말로 천유하에게는 조금도 관심이 없어 보이는 태도라 머릿속이 혼란스러워졌다.

'어떻게 저럴 수가 있지?'

얼마 전, 별의 힘이 개화한 순간부터 천유하의 인생은 극적으로 바뀌었다.

그는 더 이상 중소 표국주의 자식이 아니라, 힘있는 자들이 굽실거리며 자신들과 함께해 주길 원하는 성운의 기재였다. 그의 앞에 나타난 이들치고 대단하지 않은 이들이 없었고 그들 모두가 간절하게 자신을 원했다.

천유하는 이번 추격전으로 사람들의 기량을 알아볼 수 있었다. 다들 대단한 사람들이지만, 그를 구해준 귀혁은 그들 모두를 압도하는 강자다. 그가 자신을 구하는 과정에서 선보인 무공들은 황홀하기까지 했다.

그래서 그가 자신을 구해준 순간, 다른 누구도 아니고 그를 따라가고 싶다고 생각했다. 그런데 설마 이런 소리를 들을 줄이야?

가슴이 답답해졌다. 귀혁을 이렇게 보내고 싶지 않았다.

"왜죠?"

천유하가 다급하게 물었다. 귀혁이 찌푸린 얼굴로 돌아보았다.

"왜냐니?"

"왜 저를 데려가지 않으시는 건가요? 모두가 저를 원하는데, 별의 힘을 타고난 성운의 기재라는데……."

천유하는 자신의 재능이 존귀함을 알고 있었다. 모두가 자신을 원하는 것도 당연한 일이다. 천유하는 그들을 두고 자신의 가치를 가장 잘 살려줄 이가 누구인지를 고민하기만 하면 되었다.

그런데 정작 천유하가 선택한 사람은 그를 원하지 않았다.

"허 참."

귀혁이 기가 막히다는 표정을 지었다.

"천씨 꼬맹아, 정말 세상이 너를 중심으로 돈다고 믿느냐?"

"……."

"뭐, 성운의 기재니 그럴 만도 하군. 하지만 다시 말하건대 나는 너를 원하지 않는다."

"이유를… 가르쳐 주세요."

천유하가 입술을 깨물었다. 이대로는 도저히 납득할 수 없었다. 귀혁은 어쩔 수 없다는 듯 대답했다.

"네가 성운의 기재이기 때문이다."

"……!"

"나는 성운의 기재가 싫다. 과거에 너와 같은 자들이 나의

적이었으니까. 그리고 앞으로도 싫어할 것이다. 왜냐하면 나의 제자가 넘어야 할 산일 테니까."

"제자?"

"그래, 나의 제자가 너희를 뛰어넘을 것이다. 하늘이 부여한 별의 힘 따위가 아닌, 인간이 쌓아올린 힘으로."

귀혁은 그 말을 끝으로 지붕을 박차고 천유하 앞에서 떠났다. 하지만 형운이 가까운 곳까지 와 있었기에 천유하도 그 모습을 확인할 수 있었다.

'저게 제자라고?'

귀혁의 부하에게 업혀 있는 형운을 보는 순간, 천유하는 망치로 뒤통수를 얻어맞은 것 같았다. 그도 그럴 것이 며칠 전에 난장판이 되었던 객잔에서 형운을 보았던 기억이 있었기 때문이다.

성운의 기재를 손에 넣기를 포기하고 그 재능의 편린이나마 지닌 별 부스러기를 찾는 자들이 있었다. 그리고 형운은 그 별 부스러기조차 못 되는 보잘것없는 꼬마에 불과했다.

'말도 안 돼.'

별의 힘을 각성한 이래, 천유하는 뛰어난 힘을 가진 사람을 한눈에 알아볼 수 있는 특수한 안목을 갖게 되었다. 그것은 세월 속에서 단련한 기량뿐만이 아니라 재능에도 해당된다. 인간의 행동이나 몸짓, 그리고 풍겨나는 느낌 등을 통해서 그가 얼마나 잠재력이 뛰어난 존재인지 알아볼 수 있었다.

'저런 별 볼 일 없는 놈을… 도대체 어째서?'

하지만 형운에게서는 아무런 재능도 느껴지지 않았다. 그냥 길 가다가 고개 돌려보면 흔히 볼 수 있는 평범한 소년일 뿐이다.

'고작 저런 놈 때문에······.'

천유하는 입술을 깨물며 형운을 노려보았다. 그 시선을 받은 형운은 움찔했지만, 곧 표정을 굳히고 천유하를 마주 노려보았다.

그 시선에서 강렬한 적개심이 느껴졌기에 천유하는 당황했다.

형운은 그때 봤던 천유하가 성운의 기재임을 조금 전까지 모르고 있었다. 하지만 그를 알아보는 순간 며칠 전에 느꼈던 비참한 기분이 떠올라서 분노했다.

'그래, 그 대단한 성운의 기재라 나를 그렇게 무시했다 이거지?'

천유하와 같은 날, 같은 지역에서 태어났다는 이유만으로 당한 일들을 생각하면 이가 갈린다. 그것만으로도 천유하가 미워질 지경인데 그날 자신을 무시했던 일이 결정타가 되었다. 그 일은 평생 잊을 수 없을 것이다.

그래서 귀혁이 천유하를 무시했을 때는 정말 통쾌했다. 그가 원하는 사람이 그를 선택하지 않고 자신을 선택했다는 사실이 그렇게 기쁠 수가 없었다.

'반드시 너를 능가할 거야.'

형운은 그렇게 다짐했다. 귀혁을 믿는다. 지금까지는 자기가 처한 상황에 현실감이 없었다. 아무것도 아닌 자신이 과연 자신을 핍박했던 자들보다 더 대단한 무언가가 될 수 있으리라는… 그런 확신이 들지 않았다.

그러나 그가 흑수귀를 처치하는 것을 보면서 믿음이 생겼다. 귀혁이라면 할 수 있을 것이다. 스스로 호언장담한 대로 자신을 성운의 기재를 능가하는 존재로 만들어주리라.

"기다리게 했구나. 가자."

형운의 곁으로 온 귀혁이 손을 내밀었다. 형운은 그 손을 붙잡고는 그 자리를 떠났다.

제3장
기심법(氣心法)

성운을
먹는자

1

볼일을 마친 귀혁은 지체하지 않고 곧바로 호장성을 떠날
채비를 했다.

형운은 정말 몸만 따라가면 되었다. 딱히 짐이라고 할 만한
게 없었기 때문이다. 낡은 옷가지 몇 개와 깨작깨작 모아둔 돈
몇 푼이 전부다.

곧 귀혁의 부하가 마차를 수배해 왔다. 두 마리의 말이 끄는
마차를 본 형운의 눈이 휘둥그레졌다.

"어, 사부님? 그 마차는……."

"우리 마차다."

"네?"

"내가 애들한테 준비시킨 거다. 먼 길을 떠나야 할 텐데 걸

어 다닐 수는 없지 않느냐?'

마차는 돈 많은 사람들이나 타고 다니는 사치스러운 이동 수단이라고 알고 있던 형운은 입을 떡 벌렸다. 귀혁이 도대체 뭘 하는 사람인지 감이 안 잡혔다.

귀혁이 말했다.

"타거라."

"네."

"쾌적하지는 않겠지만 뭐, 다음에 들를 곳에는 좀 더 괜찮은 놈이 마련되어 있을 테니 당분간만 참거라."

'아니, 이 마차를 계속 타고 가는 게 아니란 말야?'

애당초 마차를 타본 적이 없으니 마차의 쾌적함을 어떤 기준으로 판단해야 하는지 모르겠다. 어쨌든 귀혁에게는 그리 만족스럽지 않은 모양이다. 하지만 마차라는 게 바꾸고 싶다고 바로 바꿀 수 있을 만큼 값싼 물건이었던가?

형운이 혼란스러워하는 사이 귀혁이 마부석에다 대고 말했다.

"그럼 출발하게."

"네, 그런데 괜찮을까요? 따라붙는 놈들이 좀 있습니다만?"

"놔둬도 된다. 밖까지 따라오면 그때는 치우고."

"알겠습니다."

마부석에 앉은 사내는 그렇게 대답하고 마차를 출발시켰다.

형운은 어안이 벙벙해져서 멍하니 있었다. 그런 제자의 표정을 즐기듯이 바라보던 귀혁이 물었다.

"놀라우냐?"

"솔직히 그래요."

"뭐가 놀라운데? 궁금한 게 있으면 물어봐라."

"어, 그러니까……."

형운은 잠시 혼란스러워하다가 물었다.

"사부님은 혹시 부자세요?"

"부자다."

"……."

"그러니 넌 앞으로 먹고 입는 걱정은 안 해도 된다."

객잔 심부름꾼 노릇이나 하던 형운 입장에서는 참 꿈같은 소리였다.

말문이 막힌 형운이 더 질문하지 못하고 머뭇거리자 귀혁이 웃었다.

"물어볼 게 그것뿐이냐? 좀 다른 걸 물어봐도 좋을 것을. 뭐 일단 내 정체에 대해서 이야기해 주마. '별의 수호자'의 무인들을 이끄는 영성이라 하느니라. 그리고 혼자 다니는 게 아니라 부하들과 함께 다니고 있지. 보통 거리를 두고 따라다니니 모두를 볼 일은 거의 없을 것이지만, 그렇게 알아두거라."

"별의 수호자라면… 연단술사들이 모여 있다는 그 단체를 말씀하시는 건가요?"

형운이 객잔에서 일하면서 들었던 강호의 이야기들 속에서 가끔 언급되는 이름이었다.

그들은 주도적으로 사건을 해결하는 무인들의 집단이 아니다. 황실에서도 인정받는 최고의 연단술사들이 모인 조직으로 강호에 그 이름이 알려진 수많은 비약을 만들어냈다고 알려져 있었다.

만약 형운이 좀 더 세상사에 밝았다면 자신이 이 집단에 들어간다는 사실에 경악했을 것이다. 일반인들에게는 별로 알려지지 않았지만, 별의 수호자는 대륙에서 가장 거대한 힘을 가진 집단 중에 하나였기 때문이다.

연단술의 정점에 선 연단술사(鍊丹術師)들의 집단, 그것이 바로 별의 수호자였다. 연단술로 만들어내는 각종 약을 팔아서 이익을 남기는 것은 물론, 그 자본을 바탕으로 여러 분야에 진출해 막대한 이익을 거두고 있는 상단이기도 하다.

"쉽게 말해서 대륙에서 가장 돈이 많은 집단 중 하나다. 집단의 부라는 기준으로 보면, 금룡상단과 백리세가 말고는 필적할 세력을 찾을 수 없을 거다. 물론 황가는 제외하고."

그 말에 형운은 입을 쩍 벌렸다. 세상에, 귀혁이 대단한 사람일 거라고 생각했지만 그런 신분을 가졌을 줄은 몰랐다. 이름 있는 가문도, 거대 문파도 아니고 연단술사 조직이라니?

형운은 연단술사 조직이라는 게 그렇게 대단한 집단이라고는 상상도 못했다. 그냥 약을 만드는 기환술사의 한 부류려니 했을 뿐이다.

당연한 일이다. 세상에 수많은 영웅담이 있지만 그중에 연단술사가 주인공으로 활약하는 이야기는 없으니까.

"하긴. 네 또래가 좋아할 만한 이야기 속에서 연단술사는 주인공한테 불가사의한 약을 만들어주는 역할이지?"

"네, 위기에 처한 주인공에게 비약(秘藥)을 줘서 더 큰 힘을 얻게 해준다든가……."

"그 인식이 틀린 건 아니다. 그리고 연단술사가 바로 그런 존재이기 때문에 거대한 부를 쌓은 거지."

연단술사는 사람을 살리는 약들은 물론이고, 다양한 효과를 발휘하는 약을 만든다.

그중에는 무인들의 힘을 증강시켜 주는 비약도 있었다. 그냥 훈련하면 십 년에 걸쳐서 쌓아야 할 힘을 일 년 만에 쌓을 수 있다면 당연히 다들 그 약을 원하지 않겠는가?

그러다 보니 별의 수호자들도 비약을 각지에 팔면서 엄청난 부를 쌓고 있었다.

"나머지는 차근차근 이야기해 주마. 총단에 도착할 때까지 시간이 많이 있으니까."

"네……."

형운은 여전히 어안이 벙벙한 기색으로 고개를 끄덕였다.

2

처음에는 예상치 못한 상황에 당황했던 형운이었지만, 혼란이 좀 가라앉고 나자 먼 곳으로 여행을 떠난다는 사실에 흥분했다.

"실은 마차 타보는 건 처음이에요."

"그렇겠구나."

"호장성을 떠나는 것도요."

형운은 태어나서 지금까지 한 번도 호장성을 떠나본 적이 없었다. 비록 힘들게 살아온 고아이긴 했어도 아주 어릴 적에 도시에 맡겨진 후로는 죽 도시에서만 살아왔던 것이다. 물론 호장성만 해도 어린 형운에게는 너무나도 넓은 세상이라 그 끝을 실감해 본 적도 없었다.

성 밖의 세상에 대해서는 객잔을 이용하는 여행객들이 하는 이야기로 들은 것이 전부였다. 튼튼한 성벽과 관군이 지켜주는 성내에서는 상상도 못할 위험들이 도사리고 있다고 했다.

"정말로 도적이 그렇게 많나요?"

"그렇게 많지는 않다. 성에서 멀리 떨어진 곳을 지나다 보면 운 나쁘게 걸리는 정도지."

"정말로 사람을 잡아먹는 집채만 한 마수(魔獸)들이 있나요?"

"있단다. 보기는 어렵지만 말이다."

세상에는 아직 인간의 손길이 닿지 않은 곳이 많고 그런 곳에는 온갖 사악하고 이질적인 존재가 있게 마련이다. 마도의 무리도 그런 곳에 몸을 숨기고 있다.

그렇기에 지금 시대에는 무인들이 대접받는 것이다. 그런 세상을 여행하기 위해서는 자신을 지킬 만한 무력이 필요했으니까. 표국 사업이 번창하는 것도 그런 이유였다.

태어나서 처음으로 긴 여행을 하는 형운의 흥분이 좀 가라앉자 귀혁이 미뤄두었던 이야기를 꺼냈다.

"앞으로의 일에 대해서 이야기해야겠구나. 궁금한 게 많겠
지?"

"네."

그 말에 형운은 자세를 바로 하고 귀혁을 바라보았다. 사부
에 대해서 물어보고 싶은 것은 산더미 같았다. 자신의 장래와
관련된 일인데 어찌 그렇지 않겠는가?

하지만 형운이 객잔에서 일하면서 배운 것은 자신을 감추고
사는 사람들은 먼저 다가가서 캐묻는 것을 좋아하지 않는다는
사실이다. 그래서 그가 먼저 운을 뗄 때를 참을성 있게 기다리
고 있었다.

"일단 어디로 가는지부터 이야기하는 게 좋겠지. 우리의 목
적지는 진해성이란다."

"아, 지난번에 그렇게 말씀하셨죠."

형운은 귀혁이 천가장의 무사에게 진해성에서 왔다고 말한
것을 기억해 냈다. 산운방 소속이라는 것이 위장 신분이라고
하더니 진해성에서 왔다는 것은 정말이었나 보다.

귀혁이 물었다.

"진해성이 어디 있는지 아느냐?"

"아뇨."

"우리 하운국(蝦雲國)은 열두 개의 성으로 이루어져 있다는
건 알지?"

"네."

광활한 대륙에서 가장 큰 세력을 가진 세 개의 나라, 중원삼

국(中原三國) 중에 하나인 하운국은 열두 개의 성으로 이루어져 있었다. 그 성 하나하나는 변방의 소국에 필적하는 규모인지라 대부분의 사람은 평생 자신이 태어난 성에서 살아가다 죽는다.

귀혁이 말을 이었다.

"이곳 호장성은 서남쪽에 있다. 그리고 진해성은 서북쪽에 있지. 아마 한 달 정도 걸릴 게다."

"그렇게나 먼가요?"

형운이 눈을 휘둥그레 떴다. 마차를 타고 가는 여행이라 그냥 걸어가는 것보다는 훨씬 빠를 것이다. 그런데도 한 달이나 걸린다니 도대체 얼마나 멀리 있단 말인가?

귀혁이 말했다.

"그것도 꽤 빨리 가는 거란다. 중간에 수로(水路)도 이용할 게다."

"배를 타나요?"

"그렇단다. 배를 타본 적도 없겠지?"

"네."

"좋은 경험이 되겠구나."

형운의 얼굴이 흥분으로 상기되었다. 귀혁이 말하는 것마다 가슴이 뛰는 것뿐이다.

"진해성은 이 사부가 소속되어 있는 별의 수호자의 총단이 있는 곳이다. 하지만 가는 동안에도 우리 조직이 어떤 곳인지는 알 수 있을 거란다."

그 말은 그날이 가기도 전에 실감할 수 있었다.

해가 지기 전에 도착한 마을에서 형운은 귀혁을 따라서 으리으리한 건물로 안내되었다. 적운루라 불리는 육 층 건물은 어지간히 부자가 아니고서는 출입할 엄두도 못 내는 곳이었다.

"이, 이런 곳에서 묵나요?"

호화찬란한 건물 안에 들어온 형운은 와서는 안 될 곳에 온 것처럼 마음이 불편했다. 평생 이런 곳에 들어와 볼 일이 있을 거라고는 생각해 본 적도 없었다.

귀혁이 말했다.

"여긴 우리 사업체 중 하나다."

"여기가요?"

"별의 수호자의 사업은 대륙 전역에 걸쳐 있다고 하지 않았느냐? 사업 분야도 굉장히 방대하지."

그렇게 설명해 준 귀혁은 문득 주변의 시선을 느꼈다. 공손한 태도로 자신을 안내한 이곳의 점원들이 형운을 향해 마땅찮은 시선을 보내고 있었다.

"아, 그렇군."

처음에는 자신의 제자를 그런 눈으로 보는 것에 울컥했던 귀혁이지만 이내 타당한 이유가 있음을 깨달았다.

"형운아."

"네?"

"옷을 새로 사야겠구나."

"옷을요?"

"솔직히 네 옷이 이곳에 머무르기에 어울려 보이진 않으니 어쩔 수 없구나. 내가 신경을 못 썼군."

평소 귀혁은 옷차림에 크게 신경을 쓰지 않았다. 마음만 먹으면 비단으로 만든 호화로운 옷을 매일매일 갈아입으면서 살 수도 있지만 어디 가서 얕잡아 보이지 않을 정도의 옷만을 입고 살았다. 그것도 그 본인이 신경 쓴다기보다는 수하들이 챙겨줘서 그만큼이라도 입고 다니는 것이다.

그러다 보니 형운에게 옷을 새로 사줘야겠다는 생각을 못했다. 형운은 처음 길을 떠날 때 입었던, 즉 객잔 하인 노릇을 하면서 입었던 낡고 지저분한 옷을 그대로 입고 있었다.

귀혁이 뒤를 돌아보며 혀를 찼다.

"좀 말해주지 그랬나?"

"죄송합니다. 영성님께서 아무 말씀도 안 하시기에 그만."

뒤에서 들려온 대답에 형운은 깜짝 놀랐다. 그도 그럴 것이 이곳에 들어올 때만 해도 뒤를 따르는 이는 이곳의 점원들뿐이었다. 그런데 어느새 무뚝뚝한 얼굴의 사내가 나타나서 대답하고 있었다.

그런 형운의 반응을 본 귀혁이 말했다.

"그러고 보니 아직 소개해 주지 않았구나. 이 녀석은 석준이라고 한다."

"영성 친위대장 진석준이 공자님을 뵙습니다."

석준이라는 사내가 공손하게 예를 표했다. 형운은 완전히 당황해 버렸다. 평소라면 자신이 감히 말도 못 붙여봤을 것 같은 사내가 예를 갖추는 건 그렇다 치고, 공자님이라고? 그런 호칭은 머리털 나고 처음 들어본다.

"아, 안녕하세요?"

"예를 갖추시지 않으셔도 됩니다. 공자님은 제 윗사람이시니까요. 명령권이 있으신 건 아니지만."

"어, 하지만……."

"당황스러우신 건 이해하지만, 그렇다는 것은 알아두시는 편이 좋습니다. 어쨌든 수하들에게 옷가게를 물색해 두라 일렀으니 나가셔서 마차를 타시면 될 겁니다. 그럼."

그렇게 말한 석준은 다시 고개를 숙여 보이더니…….

스슷.

눈앞에서 꺼지듯이 사라져 버렸다.

"어어어어어?"

상식 밖의 사태에 형운의 눈이 휘둥그레졌다. 이곳은 몸을 숨길 곳도 없는 좁은 복도다. 그런데 마치 허깨비처럼 사라져 버리다니?

"귀, 귀신?"

"강호인이라면 거기서는 기환술이냐고 의심할 거란다."

"기환술이요?"

"그래, 물론 지금 일어난 일은 기환술에 의한 것이 아니다마는. 석준은 은신술(隱身術)의 달인이지. 앞으로도 총단에 가기 전까지는 얼굴 보기 힘들 거다."

"왜 모습을 감추는 건데요?"

형운은 이해할 수가 없었다. 귀혁이 높은 지위에 있는 사람이라서 주변을 지키고 일을 대신해 주는 아랫사람들이 따른다는 것은 알겠다. 하지만 그건 그냥 드러내 놓고 해도 되는 일 아닌가?

귀혁이 피식 웃었다.

"내가 밖에서 정체를 드러내는 걸 별로 좋아하지 않기 때문이란다. 그리고 모습을 감추고 있을 때 할 수 있는 일이 많기도 하고. 뭐, 당장 이해하라고는 하지 않으마. 차차 알게 될 일이니."

귀혁은 그리 말하고는 밖으로 나가서 대기하고 있던 마차를 탔다. 마차는 두 사람을 번화가의 옷가게로 데려다주었고 그곳에서 형운은 새 옷을 여러 벌 맞췄다. 겉보기에는 수수하지만 좋은 옷감을 써서 지금까지 입던 옷과는 비교도 안 되게 편안한 느낌을 주는 옷들이었다.

그런 옷을 입고 적운루로 돌아가니 꼭대기 층으로 안내되었다. 아래층들과 달리 한 층이 통째로 거주하기 위한 공간처럼 꾸며져 있는 곳이었다.

형운이 신기해하며 주변을 두리번거리고 있자니 안에서 예쁜 시비들이 나와서 고개를 숙였다.

"물을 준비해 두었습니다. 몸을 씻으시지요."

"다녀오거라."

귀혁은 그리 말하고는 창가에 앉아서 그곳에 준비되어 있던 술잔을 기울였다. 더 이상 말이 필요 없다는 태도라 형운은 뭐가 뭔지 모르는 상태에서 시비들에게 이끌려 욕실로 갔다.

시비들은 욕실에 들어가자마자 능숙한 손길로 형운의 옷을 벗기려고 했다. 그제야 그녀들이 왜 대기하고 있었는지 깨달은 형운이 당황해서 옷자락을 붙잡았다.

"잠깐만요!"

"왜 그러시나요?"

형운의 반응에 시비들이 의아해하며 물었다. 형운이 얼굴을 붉혔다.

돈 많은 놈들은 목욕도 남들 손으로 한다더니 그게 진짜였을 줄이야. 하지만 누나뻘 되는 예쁜 시비들이 옷을 벗기고 몸을 씻겨주는 건 상상만으로도 부끄러워서 견딜 수가 없었다.

"호, 혼자서도 씻을 수 있어요."

그 말에 시비들은 서로를 바라보았다. 그러더니 뭔가 알겠다는 듯한 미소를 지으며 고개를 끄덕였다.

"알겠습니다. 그럼 물러가도 되겠습니까?"

"그, 그렇게 해주세요."

시비들은 공손하게 인사하고는 욕실 밖으로 나갔다. 혼자가 된 형운은 한숨을 쉬며 옷을 벗고 탕으로 들어갔다.

"후우."

시비들이 순순히 물러가줘서 다행이었다.

어쨌든 따뜻한 물로 목욕이라니, 지금까지는 상상도 못해본 사치였다. 겨울에는 아예 몸 씻는 걸 포기하고 살아온 빈곤한 인생이었건만.

그렇게 목욕을 즐기고 나오니 귀혁이 실소했다.

"그리도 부끄러운 게냐? 그것도 그 아이들의 일인 것을."

"으, 하지만 그런 건 생각도 해본 적이 없어서……."

"뭐 그럴 수도 있지. 나도 누가 몸을 씻겨주는 건 달가워하지 않는단다."

"역시 그렇죠? 아무리 그래도 그런 건 좀……."

반색을 하던 형운은 곧바로 이어진 귀혁의 말에 입을 다물었다.

"언제 자객이 나를 노릴지 모르거든. 목욕 중에는 무방비 상태로 노림을 받게 되니까 영 꺼려져. 저런 애들로 위장하는 놈도 많고."

"……."

"세상에는 내 목을 원하는 놈이 꽤나 많단다. 뭐, 너도 앞으로 그렇게 될 거다."

그 말에 형운은 침을 꿀꺽 삼켰다. 말투는 가볍지만 절대 농담하는 태도가 아니었다. 그저 그에게는 그런 살벌한 상황이 농담거리로 삼을 정도로 자연스럽다고나 할까?

문득 사제지연을 맺을 때 귀혁이 경고했던 것이 떠올랐다. 그때는 자신이 갈 길을 각오했다고 여겼는데 아직도 의지가 확고해지려면 거쳐야 할 일이 많을 것 같았다.

저녁은 내려갈 것도 없이 시비들이 가져다주었다. 호화찬란한 것도 그렇고 다 먹지도 못할 정도로 많았다. 귀혁은 적당히 배가 찰 때까지 맛만 보라고 했고, 형운은 아깝다고 생각하면서도 그렇게 할 수밖에 없었다.

저녁 식사를 마치고 나자 귀혁이 말했다.

"잠들기에는 아직 이르니, 이제 네가 배워야 할 것에 대해서 이야기해 보자꾸나."

"무공인가요?"

형운이 눈을 빛냈다. 이미 귀혁의 무공이 엄청난 수준임을 두 눈으로 똑똑히 확인한 바였다. 마침내 그런 무공을 배울 것을 생각하니 가슴이 두근거렸다.

귀혁이 고개를 끄덕였다.

"그래, 일단 기심법(氣心法)에 대해서 이야기해야겠구나."

3

"기심법?"

처음 들어보는 말이라 형운이 고개를 갸웃했다.

귀혁이 말했다.

"무공의 기본은 심법(心法)이다. 심법을 통해서 내력을 쌓으면 그것이 일반인의 한계를 초월하는 힘을 내는 바탕이 되지."

심법은 내면을 다스리는 공부다. 자연의 기운을 받아들여서 몸 안에 축적하고, 의념으로 그것을 다스림으로써 인간의 한계를 초월한다.

"심법은 숨 쉬는 법에서부터 시작된다. 네가 태어나서 지금까지 자연스럽게 해왔던, 들이쉬고 내쉬는 법 대신 완전히 다른 방법으로 숨을 쉬는 법을 가르칠 것이다. 그것이 자연스러워져서 언제 어느 때라도 그렇게 숨을 쉬게 되어야 한다."

무예를 통해 외공(外功)만을 단련한 자는 일반인과 별로 다르지 않다. 좀 더 튼튼하고 몸을 쓰는 기술을 알 뿐이다.

그러나 심법을 통해 내공(內功)을 닦은 자는 모든 면에서 일반인과 다르다.

숨을 쉬는 법이 다르고, 세상을 보는 법이 다르며, 몸을 쓰는 법이 달라진다. 그것이 강호인들이 일반인과는 다른 독특한 분위기를 풍기는 이유다. 다르게 숨쉬고, 다르게 움직이니 그저 길거리를 걷고 있을 뿐인데도 이질감이 풍기는 것이다.

"세상에 헤아릴 수 없을 정도로 많은 무공이 존재하며 그것들은 각자 다른 철학을 바탕으로 이루어졌지. 하지만 그 많은 무공도 단 한 가지 근본을 가진다. 그것이 바로 기심법이니라."

무공의 개요를 설명한 귀혁이 물었다.

"형운아, 인간이 살아 있는 상태를 유지하는 힘, 즉 생명력이 어디서 나온다고 생각하느냐?"

"그, 글쎄요?"

"무엇이든 좋으니 네 생각을 말해보거라. 추상적인 것 말고, 명확하게."

그 말에 형운은 곰곰이 생각해 보다가 대답했다.

"심장 아닐까요?"

"정답이다. 어떤 인간이든, 아니, 그 어떤 생명체라도 심장이 멈추면 죽는다. 심장이야말로 생명력의 근본이다."

기심법은 그러한 근거로부터 출발하는 초인술이었다.

인간의 생명력이 심장에서 비롯되기에, 내력의 운용 역시 심장에 속박된다. 호흡이 가빠지면 몸이 제대로 힘을 발휘할 수 없는 상황이 내력의 운용에도 똑같이 반영되는 것이다.

이것을 초월하기 위해 기심법에서는 기심(氣心)이라 불리는 가상의 심장을 만들어낸다.

"…심장을 만든다고요?"

형운이 뜨악한 표정을 지었다. 아니, 아무리 그래도 그렇지 심장을 어떻게 만든단 말인가?

귀혁이 말했다.

"그래서 가상의 심장이라고 했잖느냐? 생명력은 심장에서 비롯되며 동시에 심장에 속박된다. 인간이 가진 기운은 개개인마다 천차만별이지만, 심장에 담을 수 있는 총량은 거의 비슷하단다."

물론 그것은 인간의 힘을 평균 냈을 때의 이야기다. 인간 개개인의 힘을 보면 그 편차는 대단히 크다.

하지만 기심법을 익힌 무인의 기준으로 볼 때, 그 편차는 그리 대수롭지 않다. 자신은 훨씬 많은 기운을 가졌기에 일반인 기준으로는 강자도 약자도 지닌 기운의 총량이 비슷해 보이는 것이다.

"진짜 심장을 첫걸음으로 삼아 몸 안에 가상의 심장, 기심을 만든다. 그로써 더 많은 기운을 축적하는 것은 물론, 그 운용도

보다 자유로워진다."

그것이 바로 기심법의 요체였다. 심법이란 대자연의 기(氣)를 받아들여 기심을 형성하기 위한 방법이었다.

"내공심법의 역사는 아주 오래되어서 언제 시작되었는지 아무도 모른다. 누구는 인세의 명리를 초월한 천계의 존재들이 전했다고 하고 누구는 고대의 황제가 불로장생술을 연구하는 과정에서 탄생했다고 하지."

아득히 먼 옛날에는 오로지 무예를 통해 외공만을 단련할 수 있었다. 어떤 무인도 근골의 한계에 갇혀서 그 너머로 나아가지 못했다.

그러나 심법을 통해 자연의 기를 받아들여 축적함으로써 그들은 초인이 될 수 있었다. 아무리 극한까지 근육을 단련시켜도 도달할 수 없는 영역에 가 닿은 것이다.

"하지만 그것도 초기에는 그리 대수로운 것은 아니었다. 아직 모든 무공이 기심법이라는 개념으로 묶이기 전에는……."

그전에는 그저 자연의 기를 축적하고, 인체의 중심부라 여겨던 아랫배를 중심으로 운용할 뿐이었다고 한다. 그것만으로도 초인적인 힘을 낼 수 있었다.

하지만 기심법이 출현하면서 무공은 한 단계 더 나아갔다.

무인들의 내공은 이전과는 비교도 할 수 없는 수준으로 뛰어올랐고 그것을 운용하는 기술 역시 마찬가지였다. 지금의 무인들이 고대의 무공비급을 볼 때면 참으로 비효율적이라고 여긴다.

"기심법을 터득한 자들의 내공 수위는 명확한 기준으로 나뉜다. 1심, 2심, 3심, 4심… 이런 식으로 자신이 가진 기심의 숫자가 얼마나 되는지를 기준으로 삼게 되지."

자연의 기를 인지하는 감각, 즉 기감(氣感)을 갖지 못한 일반인은 스스로 지닌 힘조차 온전히 활용하지 못한다. 심법을 통해 기감을 일깨우고 그것을 통해 자신이 지닌 힘의 흐름을 파악하여 뜻대로 통제한다. 부단한 훈련을 통해 심장의 기능을 강화하는 것은 물론이고 내력을 꾸준히 증대시켜 그 안에 가득 채운다.

그 과정이 완료되었을 때, 기심법 1심의 경지가 완성된다. 그것만으로도 일반인의 눈으로 보기에는 초인으로 보일 정도의 능력을 갖게 된다.

"물론 내공 수위와 그것을 다루는 기술의 경지는 별개의 문제다. 하지만 내력이 많으면 많을수록 더 큰 힘을 발휘할 수 있지."

"그럼 사부님의 내공 수위는 어느 정도인가요?"

"9심이다."

진짜 심장과 기심을 합쳐 아홉 개의 심장을 가진 자.

이때의 형운은 몰랐지만, 그것은 세상에서 무공을 연마하는 자들이 정점이라 여기는 내공 수위였다.

귀혁이 말했다.

"너는 나 이상의 내공을 갖게 될 것이다. 그러기 위해서는 비약이 필요하지."

기심법이 처음 세상에 나온 이래, 최초의 하나로부터 무수히 많은 심법이 갈라져 나왔다. 그것들은 다양한 특성과 효율을 겨루면서 발전해 왔다.

하지만 현재 내공 그 자체를 증가시키는 속도는 한계에 달해 있었다. 평균값을 1이라고 칠 때, 가장 뛰어난 것도 1.5가 채 되지 않을 것이다.

결국 영약과 비약을 필요로 하게 되고, 그것을 만들어내는 연단술사의 가치는 높아져만 갔다. '별의 수호자'가 엄청난 권세를 자랑하게 된 것도 자연스러운 결과였다.

설명을 들은 형운은 진지한 표정으로 말했다.

"열심히 할게요."

"뭐, 서두를 필요는 없다. 내 가르침대로 하다 보면 언젠가는 될 테니까."

귀혁은 오히려 느긋한 태도로 말해주었다.

4

귀혁은 곧바로 한 가지 심법을 전수했다.

"내가 너에게 가르칠 심법의 이름은 광혼심법(廣魂心法)이라고 한다. 미리 말해두는데, 내가 익히고 있는 심법과는 다른 것이다."

"네? 달라요?"

형운이 눈을 크게 떴다. 아니, 제자에게 자기가 익힌 것과 다른 무공을 전수한다니 그럴 수도 있단 말인가?

귀혁은 형운의 반응을 예상했다는 듯 미소 지었다.

"난 예전부터 한 가지 구상을 하고 있었다."

"어떤 구상인가요?"

"내가 이용할 수 있는 모든 것을 동원해서 내 제자를 키워내기 위한 구상이다. 그리고 이 광혼심법은 그 목적에 부합하는 가장 이상적인 심법이란다."

형운은 특별한 재능이 없는 범재다. 명문이라 불리는 문파들의 제자가 대여섯 살, 이르면 서너 살부터 심법을 터득함을 감안하면 무공에 입문하기에는 너무 늦은 나이이기까지 하다.

귀혁은 그런 형운이 성운의 기재를 능가하도록 키워낼 생각이었다.

이쯤 되자 형운은 가슴속에 품었던 의문을 묻지 않을 수 없었다. 성운의 기재에 대해 알게 된 그 순간부터 내내 가슴속에 자리하고 있던 의문이었다.

"어떻게 하늘에게 선택받은 천재를 범재가 이길 수 있나요?"

귀혁의 말대로라면 그들은 천명을 받은 존재들이다. 역사에 이름을 남길 운명을 가진 이를 어떻게 범재가 능가할 수 있단 말인가?

귀혁은 그 질문을 기다렸다는 듯 대답해 주었다.

"하늘이 부여한 재능이라 해도 그것을 담는 그릇은 사람이다. 그러니 그것을 이길 방법은 사람이 쌓아올린 것을 활용하는 것이지."

"사람이 쌓아올린 거라니, 그게 뭔데요? 천재가 익히는 것보다 더 뛰어난 무공 같은 건가요?"

똑같은 수준의 무공을 터득한다면 범재가 천재를 이길 수 있을 리 없다. 그래서 떠올린 가능성이었지만 귀혁은 고개를 저었다.

"아니다. 뭐, 그것도 하나의 수단이긴 하지만 하늘 아래 절대적으로 뛰어난 기술 따윈 없는 법이다. 무공이든 기환술이든 마찬가지다."

"그럼요?"

"돈이다."

"…네?"

눈이 휘둥그레진 형운에게 귀혁은 자신만만하게 웃으며 말했다.

"인간이 쌓아올린 것들은 돈으로 가치가 매겨지고 거래되게 마련이지. 우리는 돈으로 하늘의 재능을 능가할 것이다."

"그게… 가능한 건가요?"

형운이 어이없어하며 물었다.

세간의 인식과는 완전히 반대되는 이야기였다. 돈이나 권력으로는 도저히 어찌할 수 없는, 그야말로 천명을 가진 자가 바로 영웅 아니던가? 그런데 돈으로 그것을 능가한다고?

하지만 귀혁은 확신하고 있었다.

"그게 아니면 무엇으로 하늘에 선택받은 자를 능가할 수 있겠느냐? 달리 생각나는 답이 있느냐?"

그 물음에 형운은 말문이 막혔다. 생각나는 것들이 있었지만 모두 공허했다.

죽도록 노력한다?

그거야 당연한 일일 것이다. 그리고 자기가 노력하는 동안 상대는 놀고 있겠는가? 그저 노력해서 원하는 걸 다 이룰 수 있다면 세상에 성공하는 사람은 지금보다는 훨씬 많을 것이다.

그렇다면 기연(奇緣)?

영웅담을 보면 항상 주인공이 기연을 통해 엄청난 보물들을 얻고는 하지만, 그게 아무한테나 찾아올 리가 있나? 애당초 기연이라는 건 범인보다는 성운의 기재에게 훨씬 어울린다.

귀혁이 말했다.

"노력만으로는 이길 수 없다. 상식을 초월하는 기연이 격차를 없애주길 기대할 수도 없지. 그렇다면 사람이 할 수 있는 일을 할 수밖에 없지 않겠느냐? 우연이 저들의 것이라면 우리는 필연으로 승부해야 한다."

사람의 힘으로 할 수 있는 일을 다한다. 귀혁은 그것만으로도 천명을 가진 자를 능가할 수 있으리라고 믿었다.

'너는 나와는 다르다. 하지만 너도 반드시 그놈들을…….'

잠시 옛일을 떠올린 귀혁은 형운에게 광혼심법을 전수하기 시작했다.

"일단 광혼심법의 구결(口訣)을 전하겠다."

광혼심법의 묘리를 말로 전한다. 그것이 바로 구결이다. 원래대로라면 비급 한 권 분량에 해당하는 구결이니만큼 분량이 길었다. 귀혁은 세 번에 걸쳐 반복해서 들려준 다음 물었다.

"외울 수 있겠느냐?"

"아, 저기, 그게……."

형운이 움츠러들었다. 귀혁이 들려준 구결은 천천히, 또박또박한 발음으로 반각(약 7~8분) 이상 이어진다. 그것을 고작 세 번 들었을 뿐인데 외울 수 있냐니?

형운의 표정만으로도 대답이 된 모양이다. 귀혁이 쓴웃음을 지었다.

"역시 안 되겠느냐?"

"…네, 죄송합니다."

"죄송할 일은 아니다. 크게 기대하진 않았단다."

그 말이 형운에게는 더욱 비수처럼 다가왔다. 형운이 물었다.

"사부님은… 예전에 하실 수 있었던 일인가요?"

"음."

귀혁은 잠시 망설였다. 어떻게 대답하는 게 좋을까? 다른 이였으면 담담하고 냉정하게 사실을 말하고 끝났겠지만, 형운은 하나뿐인 제자다. 그리고 애당초 재능 따윈 없다는 것을 알면서도 골랐다.

'어렵군.'

그런 아이를 배려하면서 사실을 전달한다. 그런 일을 귀혁은 해본 적이 없었다.

망설이는 그에게 형운이 말했다.

"사실대로 말씀해 주셔도 돼요. 제가 재능이 없다는 건 이미 말씀해 주셨으니까요."

"음, 알겠다. 나는 이 정도는… 한 번만 들으면 외울 수 있었단다."

"……."

형운은 한숨을 쉬고 싶은 것을 눌러 참았다. 무공의 재능이라는 것은 그저 몸으로 익히는 게 빠른 것뿐만 아니라 머리도 좋아야 하는 것이었단 말인가?

'어떻게 그럴 수가 있지? 아예 뜻도 모르는 말인데…….'

형운은 어려서부터 객잔의 하인으로 일했기 때문에 누군가의 지시나, 손님의 주문을 듣고 기억하는 것이 특기였다. 주변의 사람들을 보면 대부분 간단한 사항들도 잘 기억 못해서 헷갈리는 경우가 많아서 형운은 자신의 기억력이 나쁘진 않다고 생각했다.

그런데 세상에는 저렇게 긴말을 한 번 듣는 것만으로도 외우는 사람이 있단 말인가? 이해할 수 있는 말이라면 또 모를까, 형운에게는 아예 영문 모를 주문처럼 들리는 말인데…….

귀혁은 좀 난감해하면서 말했다.

"걱정할 필요는 없다. 방법은 생각해 놨으니."

"어떤 방법인가요?"

"내가 광혼심법의 구결을 종이에 적어줄 테니 갖고 다니면서 보고 외우도록 해라. 어쨌든 광혼심법은 완전히 숙지할 필요가 있으니. 그러면 문제없겠지."

"아, 저, 저기 사부님……."

그 말에 형운이 또다시 난처함을 드러냈다. 귀혁이 의아해하며 물었다.

"왜 그러느냐?"

"그게……."

"말해보거라. 뭐 곤란한 점이라도 있느냐? 말하면 얼마든지 반영하마."

귀혁의 말에 형운은 한숨을 쉬며 고백했다.

"저는… 글을 모르는데요."

"……."

귀혁은 할 말을 잃었다.

그는 어려서부터 별의 수호자라는 조직 속에서 살았다. 비록 출신 성분이 좋지 못해서 무인들 사이에서 잡일부터 시작하기는 했지만 글을 가르쳐 줄 사람은 주변에 넘쳤다. 그리고 글을 익힌 후에는 학문을 익히기 위한 서적을 구하는 것도 어렵지 않았다.

하지만 확실히 세상에는 글을 모르는 까막눈이 많았다. 가난한 아이들에게 있어서 글을 배우는 것이 굉장히 사치스러운 일이라는 것 정도는 귀혁도 알고 있었고, 잘 생각해 보니 형운이 바로 그 경우에 해당했다.

'재능도 없고 환경도 안 받쳐준다는 거… 진짜 힘든 거였군?'

귀혁은 형운을 가르치는 것이 자기가 생각했던 것보다 훨씬 힘든 일이 될 것임을 직감했다.

5

가르치는 자는 누구보다도 강인한 인내심을 가져야 한다. 때로 누군가를 가르치는 일은 영웅적인 시련을 이겨내는 것보다도 더한 인내심을 필요로 한다.

"…는 말을 예전에 내 글 선생에게 들은 적이 있었지."

귀혁은 옛일을 떠올리며 중얼거렸다. 그러자 그 뒤쪽에서 석준의 대꾸가 들려왔다.

"이제야 그 말을 실감하시는 겁니까?"

"음, 부끄럽게도 그렇군. 그때는 선생질이 뭐가 힘들다고 저렇게 잘난 척이냐고 생각했었는데."

귀혁은 어렸을 때부터 천재 소리를 듣고 자랐다. 무공이면 무공, 학문이면 학문, 가르치는 대로 착착 터득해서 스승들이 그에게 여러 번 가르침을 반복할 필요가 없을 정도였다.

하지만 자신이 누군가를 가르치는 입장이 되고 보니 그 글 선생의 말이 진리였다.

"이 나이 되어서도 배울 게 넘쳐나니 세상은 참으로 살 가치가 넘쳐나는도다. 석준, 자네가 전에 내가 제자를 안 들이는 것에 대해서 이야기했었지?"

"네."

"이제와 생각해 보니 내가 조직에서 추천한 기재들을 제자라고 들었으면 아마 울화통이 터져서 죽었을지도 모르겠어. 하나만 가르치는 것도 이리 힘든데 여럿을 가르친다니… 생각만 해도 무서운 일이야."

귀혁이 몸서리를 쳤다. 석준이 쓴웃음을 지었다.

"그들을 형운 공자님과 같은 기준으로 보는 건 좀……."

"내 제자가 어디가 어때서?"

귀혁이 째려보자 석준은 급히 말을 삼켰다.

"아, 형운 공자님을 무시하려고 한 말은 아닙니다."

"쯧. 뭐 자네가 뭔 말을 하려는지는 알고 있지. 하지만……."

귀혁이 눈살을 찌푸리며 말했다.

"그 기재 놈들도 어차피 다 나보다는 바보일 게 아닌가?"

"……."

이쯤 되면 무슨 표정을 지어야 할지 모르겠다. 난감해하던 석준은 겨우 어이없는 표정을 짓지 않고 버텨낼 수 있었다.

하지만 더 어이없는 것은… 귀혁의 말이 얼토당토않은 허풍은 아니라는 것이다.

'영성님은 전무후무한 천재 소리를 들으셨으니.'

듣기로는 별의 수호자 내에서 그는 성운의 기재에 필적하는 천재라는 평가를 들었다고 한다. 성운의 기재가 아니면서도 별의 수호자가 장구한 세월 동안 쌓아온 모든 것을 체화해 낸 남자, 그것이 바로 귀혁이었다.

귀혁이 말을 이었다.

"형운 하나를 가르치나 그런 놈들 여럿을 가르치나 마찬가지지. 난 솔직히 요즘 들어서 자네가 존경스러워."

"네?"

"자네는 영성 수호대의 교두 노릇도 하고 있지 않나? 아랫것들 가르치는 게 참 힘들지 않은가?"

"그야… 가르치다 보면 답답하기도 하고 짜증이 나기도 하고 그렇죠. 그래도 해야 되는 일이니까 합니다."

"그걸 참고 쓸 만해질 때까지 가르치는 게 대단하단 말이야."

귀혁이 한숨을 쉬었다.

형운을 데리고 호장성을 떠난 지도 벌써 일주일이 지났다.

원래 귀혁의 계획대로라면 형운은 광혼심법의 기초를 다 숙지하고 그것을 바탕으로 하는 무공의 기본적인 형태를 배우고 있었을 것이다.

광혼심법은 귀혁의 기준으로는 워낙 단순한 심법이라서 성실하게 반복 단련하는 게 중요하지, 그 요체를 파악하는 데 시간을 들일 필요는 별로 없었다. 형운이 재능이 없음을 고려해도 충분히 그럴 수 있다고 생각했다.

하지만 한 번도 남을 가르쳐 본 적이 없는 자가 제자의 자질을 상상한 것이 현실에서 딱 맞아떨어질 리가 있나?

무엇보다 형운은 귀혁의 상상을 초월할 정도로 재능이 없었다!

형운은 머리가 나빴다. 사실 일반인 기준으로 생각하면 괜찮은 기억력에 눈치도 빨랐지만 귀혁의 눈으로 보면 그냥 돌대가리였다.

형운은 근골(筋骨)도 나빴다. 못 먹고 자라서 몸이 빈약한 거야 앞으로 잘 먹이면 될 문제지만 무골들과 비교할 때 무공을 체화하기 위해서 월등히 많은 노력을 요구받을 것이다.

근골의 열악함은 내공과도 관련이 있다. 재능이 뛰어난 자라면 심법을 터득한 후 얼마 지나지 않아 기감이 눈을 뜬다. 하지만 형운은 귀혁이 매번 직접 내력을 불어넣어서 기를 실감하게 해주는데도 일주일이 지나도록 기감이 깨어나지 않았다.

"참으로 막막하군."

귀혁이 한숨을 쉬었다. 석준이 그에게 위로랍시고 한마디를 던졌다.

"그래도 열심히 하시잖습니까?"

"그건 당연한 거지."

형운은 뭘 가르치든지 열심히는 한다. 열심히······.

글공부도 그랬고, 무공도 그랬다. 배우는 속도는 울화통이 터질 정도로 느리지만 어쨌든 절대 꾀를 부리지 않았다.

형운의 마음가짐이 그렇게 성실하지 않았다면 귀혁도 못 참았을 것이다. 형운 앞에서는 제대로 못해도 절대 화내거나 짜증을 부리지 않는 마음 넓은 사부를 연기하고 있었지만 그럴 때마다 마음속으로 인내해야 한다는 말을 수백 번은 되뇌고 있었다.

"허허. 뭐 이것도 다 내가 자초한 일이지. 어차피 총단에 가기 전까지는 좀 어긋나도 상관없으니……."

아직 귀혁이 생각한 형운의 수련은 시작도 하지 않았다. 지금은 무공이 무엇인지를 알려주는 과정 정도다.

별의 수호자 총단에 도착하면 그때부터 진정한 수련이 시작될 것이다. 그때를 대비한 계획 수정이 지금 이 순간에도 귀혁의 머릿속에서 이루어지고 있었다.

"형운은 무얼 하고 있나?"

"글공부를 마치시고 나가 계십니다."

참고로 형운에게는 글 선생이 따로 붙어 있었다. 원래는 귀혁이 글까지 가르치려고 했지만 몇 번 해보니 도저히 할 짓이 아니라는 생각이 들었다. 그래서 적당한 인물을 수배해서 글 선생으로 붙인 것이다. 총단에 갈 때까지 하루 두 시간씩 글공부를 하기로 했다.

"나가다니? 어딜?"

"아, 멀리 나가신 것은 아니고 마당 쪽에서 수련을 하고 계십니다."

"벌써? 휴식 시간인데 쉬어두지 않고."

귀혁은 혀를 찼다.

석준이 물었다.

"그렇게 전할까요?"

"그러도록… 아니, 내가 직접 가지."

귀혁은 고개를 저으며 몸을 일으켰다.

귀혁과 형운은 마을에서 조금 떨어진 곳에 있는 장원을 통째로 빌려서 하루 묵어가고 있었다.

호장성을 떠난 지 일주일 동안 노숙을 해본 것은 단 한 번뿐이고, 그 외에는 마을이나 도시에 들러서 그럴싸한 잠자리를 이용했다. 그 잠자리라는 것이 형운 입장에서 보면 입이 떡 벌어질 만한 것들뿐인지라 도대체 돈을 얼마나 물 쓰듯이 쓰는지 궁금해진다.

저녁 식사 후, 글 선생에게 두 시간 동안 글을 배운 형운은 나와서 광혼심법을 수련하고 있었다.

광혼심법의 기초 수련법은 몸을 움직이면서 하는 동공(動功)과 멈춰 서서 하는 정공(靜功) 두 가지로 나뉘어져 있으며 동공은 총 여덟 동작으로 이루어져 있었다. 이 동작 자체는 전혀 어렵지 않았지만 거기에는 중요한 비결 두 가지가 포함되어 있었다.

"아, 호흡 틀렸네."

첫 번째는 바로 반드시 특수한 호흡과 각 동작이 딱 맞아떨어져야 한다는 점이다. 동작은 별거 아니었지만 독특한 호흡까지 유지하려면 고도의 집중력을 요구했다.

두 번째는 뚜렷한 심상을 상상해야 한다는 점이다. 몸 안에 투명한 빛이 일정한 궤도로 흐르는 심상을 강하게 상상해서 동작, 그리고 호흡과 맞춰야 한다.

이런 일을 쉬지 않고 스무 번 정도 반복하다 보니 금세 지치게 되었다.

"후우."

한차례 호흡을 고른 뒤 다시 열 번 정도를 반복한 다음 양손을 앞으로 비스듬히 모으고 몸을 곧게 편다. 정공은 두 가지 동작으로 이루어져 있었다. 하나는 선 자세고, 또 하나는 가부좌를 틀고 앉은 자세다.

동공의 목적은 몸을 자극하여 그 안에 잠재되어 있는 기운을 활성화시키는 것이 목적이다. 그에 비해 정공은 그렇게 활성화된 기운을 인지하여 의도한 대로 통제하는 것을 목적으로 삼는다.

꾸준히 이 광혼심법을 수련해 왔지만 아직까지는 사부가 말하는 기감이 깨어나지 않았다. 그래서 자연에 가득 차 있다는 기운의 존재를 전혀 느낄 수가 없었다.

'뭐 그런 기운을 하루 이틀 만에 뚝딱 가질 수는 없겠지만.'

아직 기감을 각성하지는 못했지만 그래도 그 기운을 느껴본 적은 있었다. 귀혁이 기를 불어넣어서 느끼게 해줬기 때문이다.

그때의 감각을 뭐라고 해야 할까?

분명히 지금까지 감각으로 받아들이는 정보와는 다른 어떤 느낌이 전신을 휘돌았다. 일시적으로 몸에 힘이 충만하면서 정신이 깨어나는 기분이 들었다.

한 번 그 감각을 맛보자 잊을 수가 없었다.

'갖고 싶어.'

귀혁의 도움 없이도 기감을 각성해서 그 감각을 완전히 자신의 것으로 하고 싶다. 그런 욕망이 형운을 수련으로 이끌고 있었다.

"휴식 시간에는 쉬라고 했는데도 그러는구나."

정공을 통해 명상에 빠지려는데 문득 귀혁의 목소리가 들려왔다. 형운은 퍼뜩 정신을 차리고 귀혁을 바라보았다.

"아, 사부님."

"갈 길이 멀다. 벌써부터 무리하면 안 된다."

"아니에요. 그냥 글공부를 하고 나니 영 답답해서요."

그 말은 어느 정도 사실이었다. 여태까지 글공부라는 것을 해보지 않은 형운은 글공부 시간이면 머리에 쥐가 나는 것 같았다.

그래도 열심히 해서 그런가, 착실하게 진도가 나가는 중이었다. 글 선생 말로는 총단에 갈 때까지 기초도 다 떼지 못할 거라고 하긴 했지만.

"녀석."

귀혁은 실소하고는 형운의 곁에 섰다. 그러자 형운이 물었다.

"사부님."

"말해보거라."

"아직까지 제 기감이 눈뜨지 않는 건… 제가 광혼심법의 요체를 제대로 알지 못하기 때문인가요?"

이전에 물으니 귀혁은 심법을 배운 당일에 기감에 눈을 떴다고 했다.

그에 비해 형운은 일주일 내내 열심히 수련했는데도 아직 기감이 눈을 뜰 기미가 없었다. 형운은 그 이유가 자신이 글을 몰라서 귀혁이 전수하려던 구결을 배우지 못한 것에 있지 않나 싶었다.

그러나 귀혁은 고개를 저었다.

"그렇진 않다. 난 광혼심법에 대해서 처음 전하려던 구결을 보다 쉽고 자세하게 풀어서 네게 전한 것이니까. 물론 그건 기초뿐이긴 하지만 지금 단계에서는 그것만으로도 충분하기도 하다."

처음에 귀혁이 전하려던 광혼심결의 구결은 방대한 내용을 담고 있다. 그것은 광혼심법을 익히기 전에는 의미를 알 수 없는 암호 같은 문장에 불과하지만 순서에 맞춰서 수련해 가다 보면 차츰 그 의미를 파악할 수 있게 된다.

하지만 형운은 그것을 한 번에 습득할 수 없었고, 그래서 귀혁은 기초부터 차분하게 풀어서 가르치는 쪽을 선택했다. 형운이 한 번에 전체를 알고 이해해 가지 못하면 어떤가? 자기가 차근차근 알려주면 그만이지.

'하긴 이게 스승의 역할이라는 거겠지.'

명문이라 불리는 문파들은 교육법 역시 체계화되어 있어서 어떤 둔재에게도 무공을 전할 수 있다고 한다. 그리고 그것은 별의 수호자 휘하의 무력집단도 마찬가지였다. 귀혁은 형운을 가르치기 위해서 석준의 조언을 들어가면서 교육 계획을 대폭 수정하는 중이었다.

형운이 물었다.

"그럼 왜죠? 역시 그냥 제가 재능이 없어서 그런 건가요?"

"솔직히 그렇다."

귀혁이 쓴웃음을 지었다. 처음에는 돌려서 말하려고 노력도 했지만, 이제는 그냥 직설적으로 진실을 말해주고 있었다. 형운이 그것을 원했기 때문이다.

"역시 그렇군요."

형운의 표정이 어두워졌다.

매번 대답을 들을 때마다 이런 식이다. 그런데도 형운은 상처받을 답을 구하는 것을 피하지 않았다.

귀혁이 말했다.

"하지만 다른 놈들 말을 듣자니 네가 특별하게 재능이 없는 건 아니라고 하더구나."

"네?"

"그냥 일반적인 수준이라고 한다. 내가 사람을 보는 기준은… 스스로 말하기는 뭣하지만 많이 왜곡되어 있거든."

귀혁은 어려서부터 별의 수호자에서 모은 온갖 기재와 경쟁하며 자랐다. 그리고 자라서는 그중에서도 혹독한 훈련을 거쳐서 선별된 이들에게 둘러싸여 있었다. 부하들도 다 비슷한 과정을 거친 놈들만 있다 보니 기재가 아닌 일반인이 어떤 존재인지에 대한 기준이 별로 없었다.

형운이 재능이 없다 하지만 그건 기재들과 비교해서 그렇다는 거고, 아주 둔재는 아니었다. 머리도 나쁘진 않고 몸이 둔하지도 않다. 모든 면에서 그냥 흔하고 평범한 수준이라고나 할까?

"명문이라 불리는 문파들은 제자를 받을 때 기재만 가려 받는 게 아니지. 그리고 기재가 아닌 자도 좋은 스승을 만나 긴 세월 동안 발전해 온 교육법을 통해서 꾸준히 노력해서 강호에 이름을 알리는 고수가 되는 경우가 많단다."

"그렇군요."

형운이 피식 웃었다. 귀혁이 자기를 위로하려고 저런 이야기를 한다는 것을 알았기 때문이다. 그의 성격상 거짓으로 저런 이야기를 꾸며내진 못할 테니 분명히 다른 사람들을 통해서 알아냈으리라. 그것도 형운에게 힘이 될 만한 이야기를 들려주고 싶어서.

'난 좋은 사부님을 만났어.'

형운은 그 사실만큼은 의심하지 않았다. 그러니 이런 자신을 선택하고 믿어주는 귀혁의 기대에 어떻게든 보답할 것이다.

문득 귀혁이 말했다.

"그리고 걱정할 것 없다. 내가 너를 위해 보완책을 준비했으니."

"보완책이요?"

"이걸 마시면 된다."

귀혁이 작은 병을 형운에게 건넸다. 형운이 받아 들고 마개를 뽑아보니 그 속에서 짙은 약 냄새가 풍겼다.

"약인가요?"

"그래, 내력을 증진시켜 주는 비약이다."

"이게요?"

형운의 눈이 휘둥그레졌다. 무인들이 강해지기 위해서 마신다는 비약을 자신이 마시게 되다니!

"그렇게 약효가 강한 약은 아니다. 그런 건 마셔봤자 지금의 네 몸이 받아들이질 못해서 몸을 망칠 뿐이지. 그 약은 네 몸 안의 기운을 활성화시켜 주는 역할을 할 거다."

무공을 익히지 않은 일반인이라도 연단술사들이 만든 비약을 먹으면 그 기운을 받아들이게 된다. 내공심법을 익히지 않으면 그 효율이 극히 떨어지긴 하지만 말이다.

귀혁은 그 점을 이용하기로 했다. 아무리 형운의 자질이 떨어지더라도 매일 비약을 먹어가면서 광혼심법을 수련하는데 기감이 안 깨어나고 배기겠는가?

가까운 곳에 은신해서 그것을 본 석준이 혀를 찼다.

'영성님은 진짜… 작정하셨군.'

형운이 마신 비약은 결코 싸구려가 아니다. 귀한 약재들이 들어가서 돈 좀 있다 싶은 문파에서도 직전제자에게 심법을 가르치는 초기에 투자할 만한 고급 비약이다. 내력을 증진시키는 효능은 약하지만 대신에 전신의 기맥을 활성화시키고 내공을 단련하기 위한 토대를 마련해 주는 효능이 탁월하다.

그런데 그 약을 아직 기감에 눈을 뜨지도 않은 아이에게 먹이다니? 더 무서운 점은 귀혁이 저 약을 형운이 기감에 눈을 뜰 때까지 매일 먹힐 생각을 하고 있다는 것이다.

아무리 돈 많은 곳이라고 해도 무인을 키울 때는 투자 대비 효율을 생각한다. 형운에게 저 비약을 주는 것은 그냥 땅에다가 쏟아버리는 거나 마찬가지다. 지금 형운이 받아들일 수 있는 약효는 일 푼이나 될까 의심스러울 지경이니까.

'영성님이 앞으로 제자를 더 받고 다 이런 식으로 키우겠다고 하신다면 장로회가 펄펄 뛸지도.'

저런 식이면 형운을 육성하는 데는 상상도 할 수 없을 정도로 엄청난 금액이 투자될 것이다. 다른 이들이 수십 명의 제자를 키우는 것 이상의.

귀혁이 지금까지 제자를 안 둬서 다행이다. 석준은 그렇게 생각하며 고개를 절레절레 저었다.

7

형운이 기감에 눈을 뜰 때까지 걸린 시간은 그로부터 나흘 뒤였다.

처음부터 형운의 자질을 살핀 이라면 놀랐으리라. 무슨 전설적인 절세의 신공을 익히지 않은 한에야 그렇게 빨리 진도를 나가는 게 불가능한 자질이었으니까.

귀혁은 그 기간을 단축하기 위해서 두 가지 방법을 썼다. 하나는 비약이었고, 또 하나는…….

"솔직히 전 영성님께서 공자에게 활혼금침대법까지 시술하실 줄은 상상도 못했습니다."

석준이 어이없어했다.

활혼금침대법(活魂金針大法).

강호에는 비교적 널리 알려진 것으로 의술과 기환술을 혼용한 일종의 의식이었다. 특수하게 제조된 108개의 금침을 몸에 꽂아서 기맥을 활성화시키고, 기환진을 통해 외부의 기를 유입시키는 방법이다.

이 대법을 시술할 수 있는 이는 제법 많아서 문파 비전이라고 할 정도는 아니었다. 하지만 의원과 기환술사 모두 뛰어난 기술의 소유자여야 하며, 금침을 제작하고 기환진을 구축하는데 막대한 돈이 드는지라 이것을 시술받는 이는 찾아보기 드물었다.

게다가 활혼금침대법은 아주 어릴 때, 기맥이 혼탁해지기 전에 받아야 제대로 효과를 볼 수 있다. 무공이라고는 전혀 모르는 채로 십삼 년을 살아온 형운이 받아봤자 기대할 수 있는 효과는 십 분의 일 정도는 될까? 엄청난 거금을 들이기에는 너무 아깝다.

하지만 귀혁은 전혀 망설이지 않고 형운에게 활혼금침대법을 시술받게 했다.

"왜? 아깝다고 생각하나?"

"솔직히 그렇습니다. 지금 매일 드시고 계시는 비약도 그렇고, 활혼금침대법도 그렇고… 낭비입니다."

석준은 내심을 숨기지 않고 솔직하게 말했다. 귀혁의 지위를 보면 형운이 특혜를 받는 건 당연하다. 거기에 대해서는 이의를 달 생각이 없었다.

하지만 제대로 효과를 보지 못하는 비약을 먹이거나, 대법을 시술하는 건 다른 문제다.

하다못해 형운이 기감에 눈을 뜨고 운기(運氣)를 시작한 뒤에 비약을 먹었다면, 그리고 토대가 어느 정도 갖춰진 후에 다른 적절한 대법을 받았다면 이런 식으로 말하진 않았으리라.

지고한 권력을 가진 윗사람에게 말하기에는 무모할 정도로 솔직한 의견에 귀혁이 피식 웃었다.

"효율이라는 기준으로 보면 자네 말이 맞지. 하지만 말이지. 여기서 낭비된 효율보다도 단축된 시간이 훨씬 귀하다고 생각한다."

"시간이라고요?"

"그래, 형운은 유감스럽게도 내가 생각했던 것보다 자질이 훨씬 더 부족했다."

형운을 가르치기 시작하면서 귀혁은 자신이 얼마나 안이했었는지를 깨달았다. 그리고 기존에 생각했던 방법으로는 도저히 목표를 달성할 수 없다는 결론을 내렸다.

"열세 살은 이미 무공에 입문하기에는 너무 늦은 나이지. 게다가 모든 면에서 자질이 부족하고. 그렇다면 무슨 수를 써서

든지 시작을 빠르게 할 필요가 있다."

명문 무가의 자식이라면 자질이 뛰어난 것은 물론, 시작부터 엄청난 특혜를 받는다. 아주 어려서부터 뛰어난 무공을 배우고, 몸에 좋은 약들을 먹고, 뛰어난 인물들의 지원을 받는 것이다.

그들과 형운의 격차는 절망적일 정도로 크다. 하물며 형운이 능가해야 할 것은 그런 '흔한 기재'들이 아닌, 천명을 이룰 존재라는 성운의 기재이지 않은가?

"그러니 진도를 조금이라도 더 빨리 나갈 수 있다면 어떤 투자든 아까운 게 아니야. 게다가 원래 내 제자라면 벌모세수(伐毛洗髓) 정도는 받아야 하지 않겠나?"

벌모세수는 갓 태어난 아이를 온갖 귀한 약재로 만든 약수로 씻기고, 내공이 뛰어난 고수들이 자신의 기운으로 전신 기맥을 활성화시킴으로써 무공에 적합한 신체를 갖도록 하는 의식이었다.

이것은 돈이 있다고 해서 받을 수 있는 것도 아니다. 왜냐하면 내공이 뛰어난 고수들에게 자신의 내력을 희생해서 도울 것을 요구하기 때문이다. 그렇기에 명문 무가의 후계자나 받을 수 있는 특혜다.

하지만 귀혁의 제자라면 그쯤은 받을 자격이 된다. 귀혁과 거의 대등한 지위에 있는 이들의 제자도 그런 특혜를 받았으니까.

귀혁이 말했다.

"처음에 자네가 장로회의 반발이 거셀 거라고 말했지. 그 반발은 나를 향한 것만은 아닐 게야. 형운이는 앞으로 굉장히 힘든 싸움을 하게 되겠지. 그러니 내가 해줄 수 있는 일은 다 해줄 생각이고."

"확실히 형운 공자가 영성님의 제자로 인정받으려면 그 정도 조치는 필요한지도 모르겠군요."

끔찍한 낭비지만 필요성이 있다는 점은 인정할 수밖에 없었다.

'하지만 그런다고 형운 공자가 성운의 기재를 능가할 수 있을까? 아니, 그 전에······.'

과연 귀혁의 제자로 인정받을 만한 기량을 갖출 수 있을까? 솔직히 석준은 그 점부터 회의적이었지만 감히 귀혁에게 말하지는 못했다.

대신 그는 다른 것을 물었다.

"한 가지 더 여쭤 봐도 되겠습니까?"

"뭐가 또 궁금한가?"

"형운 공자께서 익히고 계신 광혼심법 말입니다만······."

"음, 그게 왜?"

"이렇게 무방비하게 노출해도 괜찮은 겁니까? 영성님께서 선택하신 무공인데······."

원래 강호인들은 무공을 수련하는 모습을 남에게 보이길 꺼린다. 자기 무공을 훔쳐 배울 수도 있는데다가 약점을 파악당할 경우 목숨으로 직결될 수 있기 때문이다.

형운 역시 귀혁에게 이 점을 주의받았기에 광혼심법을 수련할 때는 남의 이목을 신경 쓰고 있었다. 하지만 그 '남'에 석준을 포함한 영성 호위대는 포함되지 않는다.

즉 매번 수련을 할 때마다 수십 명이 그걸 보고 있는 것이다.

귀혁이 피식 웃었다.

"난 또 뭐라고. 아무런 문제도 없다."

"네?"

"혹시 광혼심법을 훔쳐 배우고 싶으면 얼마든지 훔쳐 배워도 된다. 저건 그렇게 대단한 무공이 아니거든."

"그게 무슨 말씀이십니까?"

석준은 당황했다. 귀혁이 자기가 익힌, 별의 수호자가 가진 최고의 심법 대신에 선택한 무공인데 대단한 게 아니라니?

귀혁이 대답했다.

"말 그대로다. 광혼심법은 그렇게 대단한 무공이 아니야. 아주 기초에 충실하고 일체 잔재주를 부리지 않는, 그래서 익히기 쉽고 허점이 없지만 효율은 영 안 좋은 그런 심법이지."

"…어째서 그런 심법을 전수하시는 겁니까?"

심법이야말로 무공의 뿌리다. 어떤 심법을 터득했느냐에 따라서 얼마나 효율적으로 내공을 쌓을 수 있는지, 그리고 그것을 어떻게 운용했는지가 갈린다. 그런데 굳이 별로 대단하지 않은 심법을 선택해서 전수하다니?

귀혁이 말했다.

"난 말이지. 형운을 약점 없는 존재로 키우고 싶다."

"약점 없는 존재요?"

"뛰어난 심법이란 효율을 위해 돌출된 특성을 만들고 그로 인해 약점이 생기지. 내 불괴연혼신공조차도 그런 숙명을 피할 수 없고."

별의 수호자는 자신을 지키기 위한 무력단체를 만들고 그들의 수준을 끌어올리기 위해 갖은 노력을 기울였다. 많은 고수들과 무학자(武學者)들이 최고의 무공을 만들기 위한 노력을 대대로 쌓아왔다.

불괴연혼신공(不壞研魂神功)은 그렇게 해서 만들어진 최고의 신공이다.

별의 수호자 내에서도 귀혁을 포함한 다섯 명만이 그 신공을 터득할 수 있었으며 타인에게 함부로 전수할 수도 없었다. 귀혁도 영성의 지위에 오르기 전에는 그 토대가 되는 연혼기공(研魂氣功)만을 익히고 있었고, 형운에게 이 시점에서 전수할 수 있는 것도 그게 한계였다.

하지만 연혼기공 역시 최고의 심법 중에 하나다. 불괴연혼신공은 연혼기공으로 다져진 토대에 새로운 특성을 더할 뿐이다.

그런데 귀혁은 그 심법에도 약점이 있으니 만족할 수 없다고 말한다.

"일반적으로 뛰어난 재능을 가진 놈을 최고의 환경에서 키워낸다면 나 역시 연혼기공을 전수했겠지. 하지만 형운은 달리 키워야만 한다. 그리고 광혼심법은 형운이 익혔기에, 내가 그 아이의 스승이기에 의미를 가질 것이다. 다른 누군가가 익힌다 한들 별 쓸모가 없을 거야."

귀혁은 그렇게 말하며 의미심장하게 미소 지었다.

8

형운은 무서운 일을 당했다.

스승이 하래서 하긴 했지만 다시 떠올리기도 싫을 정도로 끔찍했다. 홀딱 벗고 침상 위에 누운 채로 전신에 의원들이 백 개도 넘는 금침을 박아 넣는 것은 두 번 다시 하고 싶지 않은 경험이었다.

'작은 침이었으면 또 몰라.'

손가락보다도 더 긴 침으로 몸을 관통하듯이 푹 찔러 넣는데, 저런 걸로 찔렀는데 피도 안 나고 죽지도 않는다는 게 더 기이하고 두려웠다.

'안 아픈 게 더 이상하고.'

전신을 침으로 막 찔러대는데 별로 아프지도 않았다. 자기 몸에 빽빽하게 침이 박혀 있는데 아픔은 없고 그냥 체온만 좀 상승하고 말았다. 그래서 더 무서웠다.

하지만 활혼금침대법이라는 그 시술을 받고 났을 때의 기분만은 죽을 때까지 잊을 수 없을 것 같았다.

살면서 지금까지 언제나 몸 구석구석에 뭔가가 누르는 듯한 피로감이 쌓여 있었다. 아무리 몸 상태가 좋은 날이라도 그게 완전히 사라지는 일은 없었다.

그런데 시술을 받은 후에는 몸이 날아갈 듯이 가벼웠다.

그 기분이 기감의 각성으로 이어졌다.

기감에 눈을 뜬 형운은 광혼심법을 통해 제대로 된 운기(運氣)가 가능하게 되었다. 동시에 자신이 바라보던 세상이 변했음을 깨달았다.

'느껴져.'

기감은 시각, 청각, 후각, 촉각, 미각과는 뚜렷하게 구분되는 또 다른 감각이었다. 기감에 눈을 뜸으로써 인간은 존재조차 알 수 없었던 기운의 실존을 확신하게 된다.

그것은 누구나 어느 정도는 가진 능력이었다. 사람을 대할 때 그 사람이 지닌 분위기를 감지하는 것도 기감의 일종이다. 무공을 익히기 위해서는 이것을 확실하게 각성해서 자기 뜻대로 쓸 수 있어야만 했다.

기감이 깨어나자 형운은 세상 모든 것이 새롭게 보였다. 그저 지나가는 사람을 보고 있기만 해도 질리지 않을 것 같은 기분이었다.

키가 큰 사람, 덩치가 작은 사람, 살찐 사람, 늙은 사람, 어린아이, 병약한 사람…….

그들이 가진 기운이 제각기 달랐다. 내공을 연마한 무인은 척 봐도 일반인과는 격이 다른 기운을 몸에 지니고 있음을 알아볼 수 있었다.

그러나…….

"사부님한테서는 아무것도 안 느껴져요. 왜죠?"

놀랍게도 귀혁은 다른 무인과는 달리 아무런 기운도 느낄 수 없었다. 기감을 눈 뜬 형운의 눈에도 귀혁은 그냥 평범한 사람으로밖에 보이지 않았다.

귀혁이 빙긋 웃으며 말했다.

"그건 내가 의도적으로 기운을 감추고 있기 때문이니라."

"그런 것도 가능한가요?"

"가능하지. 석준의 은신술이 그렇지 않느냐? 참고로 석준은 지금 네 뒤에 서 있는데 그의 기운을 기감으로 잡아낼 수 있겠느냐?"

그 말에 형운이 깜짝 놀라서 뒤를 돌아보았다. 귀혁의 말대로 어느새 석준이 열 발짝 정도 떨어진 곳에 서 있었다.

"전혀… 아무것도 안 느껴져요."

기감에 눈을 뜬 형운은 사람의 기척에 아주 예민해져서 누가 다가오면 저절로 알아차리게 되었다. 하지만 석준은 분명히 눈앞에 있는데도 아무런 기척이 느껴지지 않았다. 혹시 자신이 보고 있는 것이 환상이 아닌가 의심될 정도로…….

귀혁이 말했다.

"은신의 기초는 자신의 기척을 숨기는 것부터 시작한다. 기척을 차단하는 재주로만 보자면 나도 석준이를 따라가지 못한단다."

"사부님도요?"

형운이 깜짝 놀랐다. 지금까지 귀혁은 모든 면에서 석준보다 우위에 있다고 생각했다. 그런데 그게 아니란 말인가?

귀혁이 고개를 끄덕였다.

"그렇다. 석준은 은신술에 있어서는 경지에 이르렀고 난 은신술은 그리 깊게 파고들지 않았으니 당연하지. 잘 알아두거라. 무공이 더 강하다는 것이 모든 분야의 기술이 다 뛰어나다는 의미는 아니다. 권장법을 극한으로 익혔다고 해서 검술도 뛰어난 것이 아니듯이."

귀혁은 잠시 형운이 받아들일 시간을 주고는 말을 이었다.

"내가 기운을 감추는 방식은 석준이 하는 것과는 완전히 다르단다. 은신술이 자신을 완전히 감추는 것을 목표로 한다면, 내가 기운을 감추는 것은 평범한 사람처럼 보이기 위한 것이지."

"정말 그렇게 보여요."

"무인들끼리는 서로의 기운을 보고 강함을 짐작할 수 있기 때문에 상대에게 주는 정보를 조금이라도 차단하기 위해서라도 이 기술을 숙지하는 건 아주 중요하다. 물론 네게는 아직 먼 이야기다만."

형운은 이제 갓 기감에 눈을 떴을 뿐이다. 그 활용법을 터득하는데만도 갈 길이 한참 멀었다.

기감을 통해 몸 안팎의 기운을 감지하고, 의념으로 그것을 움직인다. 형운은 처음에 이 개념을 전혀 이해하지 못했다.

"느껴져요. 하지만 어떻게 움직이는지는 모르겠어요."

의념으로 움직인다 하면 마음먹음에 따른다는 의미일 것이다. 하지만 아무리 해도 그 기운들은 제멋대로 흐를 뿐, 형운이 원하는 대로 움직여주지 않았다.

귀혁이 말했다.

"처음에는 그런 것이 당연하다. 그저 의념만으로 기를 움직이는 경지는 아무나 도달할 수 있는 게 아니란다. 그리고 그렇기에 심법이 존재하는 것이지."

그 말을 들은 형운이 광혼심법의 기초 수련법을 시행해 보니 과연 몸 안팎의 기운이 일정하게 움직였다. 외부의 기운이 체내로 유입되고, 그 안에서 뚜렷한 규칙성이 있는 흐름을 이룬다. 그 흐름의 중심에는 심장이 있었다.

두근.

전신의 기맥을 따라 유유하게 흘러간 기운들이 심장을 통과한 뒤에 다시 밖으로 배출된다. 그런 일이 계속 반복되면서 심장이 지니고 있던 기운이 점점 커져가고 있었다.

'이게 바로 기심을 이루는 과정인가?'

형운은 전율했다. 기감으로 기를 인지하는 것도, 그리고 광혼심법을 통해 운기하는 것도, 그것을 통해 자신의 심장에 기가 쌓여가는 것도 상상도 못해본 경험이었다.

귀혁이 물었다.

"몸 안에 있는 기운이 느껴지느냐?"

"네."

"어떤 기운들이 있지?"

그 질문은 형운을 혼란스럽게 했다.

어떤 기운이 있냐니? 광혼심법을 통해서 외기(外氣)를 흡수해서 심장을 지나도록 운용할 뿐인데…….

'아.'

하지만 형운은 곧 그 질문의 의미를 깨달았다.

그의 몸에 이질적인 기운이 자리하고 있었다. 광혼심법으로 움직이는 기운과는 달리 정제되지 않고 제각각의 성향을 띤 채 몸 여기저기 흩어져 있는 기운들이.

"그것이 네가 먹은 비약이 품고 있던 힘이다."

운기할 수 없는 자는 비약의 약효를 도저히 제대로 흡수할 수 없다. 그렇다 해도 약효는 몸에 누적되지만 시간이 흐르면 눈 녹듯이 스러지고 만다.

형운의 몸에 남은 약효는 본래의 백분지일에도 미치지 못했다. 게다가 형운은 그것을 다 흡수할 수도 없었다.

"이건 어떻게 흡수해야 하죠?"

비약의 잔재는 광혼심법으로 이루는 기운의 흐름 밖에 있었다. 분명히 자신의 몸 안에 있는 힘인데도 어떻게 하면 그걸 끌어 올 수 있는지 모르겠다.

귀혁이 대답했다.

"지금은 그저 광혼심법을 운용하면서 알아서 흡수되는 것만 취할 수 있느니라."

이제야 갓 운기를 시작한 형운은 전신 기맥을 다 활용하지 못하고 극히 일부, 심장 부근에 있는 것만을 사용하고 있었다.

광혼심법이 쓰는 기맥 근처에 있는 약효만이 자연스럽게 끌려오길 기대하는 수밖에 없고, 그렇게 흡수되지 못한 약효는 그냥 사라져 버릴 것이다.

형운이 입맛을 다셨다.

"아깝네요."

이때 형운은 몰랐지만 뒤쪽에 은신한 석준이 백번 옳은 소리라며 고개를 끄덕이고 있었다.

피식 웃은 귀혁이 말했다.

"그 약은 네 기감을 깨움으로써 쓸모를 다했으니 아까워할 필요 없다. 자, 그럼 이제 본격적으로 운기의 묘리에 대해서 배워보자꾸나."

"사부님."

그때 형운이 귀혁을 불렀다.

귀혁이 물었다.

"음? 왜 그러느냐?"

"한 가지 부탁드려도 될까요?"

"무엇을 말이냐?"

"사부님이 감추고 계신 기운을 드러내 보여주실 수 있을까요?"

"그건 별로 어렵지 않다만… 왜 그러느냐?"

"궁금해서요."

귀혁이 대단하다는 건 잘 안다. 하지만 갓 각성한 기감으로 그것을 보다 직접적으로 체감하고 싶었다.

귀혁이 고개를 끄덕였다.

"알겠다. 다만 주의해야 한다."

"네?"

"넌 이제 막 기감을 각성한 상태라 스스로가 받아들이는 정보를 제어할 줄 모르지. 그러니 마음 단단히 먹거라."

귀혁은 그렇게 말하며 호흡을 천천히 했다.

동시에 그가 체내로 갈무리하고 있던 기운이 외부로 풀어져 나왔다.

"흡……!"

형운이 숨을 삼켰다.

기감을 통해서 막대한 압력이 쏟아져 들어왔다. 전신이 짓눌려서 터져 버릴 것 같은 공포감이 밀려온다.

'수, 숨을 쉴 수가 없어……!'

마치 폭풍우 한가운데 알몸으로 서 있는 것 같았다.

귀혁은 아무것도 하지 않았다. 그저 그 자리에 서 있을 뿐이다. 그런데 조금 전과는 완전히 다른 존재가 되었다.

"그만하자꾸나."

귀혁이 실소하면서 기운을 거두었다. 그러자 기감을 통해 폭풍처럼 쏟아져 들어오던 기운이 썰물처럼 빠져나가서 귀혁의 체내로 갈무리되었다.

동시에 형운은 다리에 힘이 풀려서 그 자리에 주저앉고 말았다.

"헉, 허억, 허……!"

숨이 안 쉬어진다. 형운은 가슴을 붙잡은 채 괴로워했다.

부들부들 떨고 있는 형운의 등을 귀혁이 부드럽게 쓸면서 내력을 주입해 주었다. 그러자 형운의 전신에 온기가 돌면서 좀 편안해졌다.

귀혁이 말했다.

"이래서 주의하라고 한 것이다. 갓난아기가 세상의 자극을 견뎌하지 못하듯 기감도 처음 깨어났을 때는 연약하기 때문이지. 네가 기감에 익숙해져서 제어할 수 있게 되어야만 강한 힘을 접해도 견뎌낼 수 있다."

그것은 마치 후각이 예민한 사람일수록 악취를 견디기 어려워하는 것과 비슷하다.

완전히 같다고 할 수 없는 이유는 기감은 예민해진다고 해서 무조건 강한 기운에 괴로워하지는 않기 때문이다. 고수일수록 더 기감이 예민하지만 그들은 기감을 통해 받아들이는 정보를 능숙하게 제어할 줄 안다.

겨우 상태가 안정된 형운이 물었다.

"세상에 사부님보다 더 내공이 강한 사람이 얼마나 있나요?"

"흠, 글쎄다?"

귀혁이 고개를 갸웃했다.

그 반응이 형운을 놀라게 했다. 당연히 제법 많다는 투의 대답이 돌아올 줄 알았는데, 귀혁은 진지하게 고민하고 있었던 것이다.

한참 고민하던 귀혁이 말했다.

"더 강한 놈은 모르겠고 비교해 볼 만한 놈은 한 넷 정도 있는 것 같다만?"

"……."

형운이 입을 쩍 벌렸다. 세상에, 그건 정말로 강호 최강이라는 소리이지 않은가?

그 반응에 귀혁이 어리둥절해했다.

"음? 형운아, 설마 이 사부가 별로 안 강할 거라고 생각한 거냐?"

"그, 그야 그런 건 아니지만 설마… 그러니까, 음."

형운이 솔직하게 말하지 못하고 머뭇거렸다. 귀혁이 웃으면서 물었다.

"설마? 솔직히 말해보거라. 화내지 않을 테니."

"그러니까… 정말로 세상에서 한 손에 꼽을 정도라고는 상상 못했어요."

"하하하."

귀혁이 유쾌하게 웃었다. 얼굴이 빨개진 형운 앞에서 한참 웃던 그가 물었다.

"형운아, 강호에 명성이 알려진 이들 중에 네가 아는 이가 누가 있느냐?"

"음, 이존(二尊)하고 팔객(八客)은 알아요."

이존팔객은 현 강호에서 가장 이름이 널리 알려진 열 명이다.

세상은 넓고 기인이사는 셀 수 없을 정도로 많다. 국경을 넘을 것도 없이 좀 멀리 떨어진 지방끼리는 서로 인정받는 이들이 다르다. 그런 세상에서 이존팔객은 대륙 전체를 아우르는 명성을 가진 자들이다. 객잔에 가면 그들에 대한 이야기를 해주고 돈을 받는 이야기꾼이 있을 정도인지라 형운도 알고 있었다.

그들 중 최강을 꼽으라면 무상검존(無想劍尊) 나윤극과 환예마존(幻藝魔尊) 이현이 있을 것이다.

무력단체 윤극성을 이끄는 나윤극은 세상을 위협하는 환마들의 연합을 격파하고 마도의 무리가 모여 결성한 시괴성(屍怪城)을 멸살시키는 등 대활약을 펼치면서 인세에 강림한 검신(劍神)이라는 소리를 들었다.

환예마존 이현은 중원삼국의 황제들조차 한 번쯤 얼굴을 보고 지혜를 청하고자 한다는 전설적인 기환술사다. 백 년 이상을 살아왔다고 알려져 있으며, 아무런 단체에도 소속되어 있지 않지만 그가 세상에 모습을 드러냈을 때는 반드시 커다란 사건이 있었다.

그리고 팔객은 두 사람보다는 처지지만 그래도 이름을 대면 다들 아는 명성의 소유자들이었다. 정도를 걷는 자만이 아니라 흉명을 떨치는 자도 있고 패도를 걷는 자도 있지만 모두가 사람들이 인정하는 협객으로서의 풍모를 보인 강자들이었다.

백무검룡(白霧劍龍) 홍자겸.

폭성검(暴星劍) 백리검운.

설산검후(雪山劍后) 이자령.

혼마(混魔) 한서우.

암야살예(暗夜殺藝) 자혼.

풍마창(風魔槍) 호준경.

선검(仙劍) 기영준.

폭풍권호(暴風拳豪).

팔객 중에 폭풍권호만은 이름이 알려지지 않은 정체불명의 인물이었다. 강호에서 이십 년 동안 활동했는데도 언제나 가면과 삿갓으로 얼굴을 감추고 나섰는데 오로지 두 주먹으로 폭풍을 일으키는 놀라운 무공만이 그를 증명한다고 한다.

귀혁이 고개를 끄덕였다.

"그래도 이존팔객 정도는 알고 있구나. 이 사부가 바로 폭풍권호이니라."

"…네?"

순간 형운은 자신의 귀를 의심했다.

귀혁이 씩 웃었다.

"별의 수호자의 영성이라는 입장상 늘 정체를 감추고 싸우기는 한다만 그래도 그럭저럭 이름이 알려지기는 하더구나."

"사, 사부님이 폭풍권호예요? 진짜로?"

"그래."

"와……."

형운의 눈이 초롱초롱해졌다.

폭풍권호에 대한 이야기는 사나이의 피를 끓게 하는 것이 많았다.

해적들이 들끓는 해안의 마을에서 어머니를 잃은 아이를 위해 혈혈단신으로 선단을 이끄는 거대한 해적의 무리 적룡우(赤龍雨)를 몰살시킨 일.

사악한 이들의 술책으로 수백 년 전의 봉인이 풀리며 쏟아져 나온 마계의 요괴들이 마을을 덮쳤을 때, 힘없는 이들이 도망칠 수 있도록 홀로 그들을 막아낸 일.

탐관오리의 횡포로 순결을 빼앗길 위기에 처한 어린 소녀를 지켜주면서 천 명의 관군과 싸운 일 등등…….

형운이 물었다.

"그럼 사부님이 진짜로 천 명의 관군과 싸웠어요?"

"그랬지. 오래된 일이다만."

"그때 정말로 아무도 안 죽이고, 아무도 불구로 만들지 않았고요?"

형운이 물은 그 사건에서 폭풍권호는 관군을 단 한 명도 죽이지 않고, 단 한 명도 불구로 만들지 않고 다른 이들이 탐관오리의 부정을 밝혀 그를 처단할 때까지 사흘밤낮을 싸웠다고 한다. 그 점이 그를 사람들이 기꺼이 팔객의 일원으로 꼽게 한 이유였다.

"그랬단다."

"세상에. 어떻게 그럴 수가 있죠?"

"하다 보니 되더구나. 처음에는 손속에 사정을 두고 싸운다는 기분이었는데 나중에는… 내 평생 그렇게 어려운 싸움이 별로 없었다."

귀혁은 그때를 회상하며 미소 지었다.

사흘밤낮으로 싸우는 것만으로도 힘든 일이었는데 아무도 안 죽이고, 불구로 만들지 않으면서 싸우는 것은 그를 극한까지 몰아붙였다. 부패한 탐관오리가 부리는 관군이라고 고수가 없는 게 아닌지라 위험한 고비를 셀 수 없이 넘겨야 했다.

형운이 눈을 반짝이며 물었다.

"그럼 그 싸움이 정말로… 한 소녀의 순결을 지키기 위해서 하신 거였나요?"

"…그랬지. 그 아이는 나중에 좋은 사람 만나서 시집가서 딸을 낳았단다."

"와……."

귀혁은 형운의 눈빛이 부담스러웠는지 슬쩍 시선을 돌리며 말했다.

"흠흠. 이 사부가 원래 좀 가슴을 울리는 사연에 약한 사람인지라… 젊을 때는 혈기가 넘치기도 했고."

"지금도 젊으시잖아요?"

"하하. 그런 말을 들으면 기쁘기는 하지만 내 나이도 벌써 예순 일곱이란다."

"네에? 예순 일곱? 거짓말하시는 거죠?"

형운이 깜짝 놀랐다. 그도 그럴 것이 귀혁은 겉으로 보기에 사십 대 중후반, 아무리 많게 봐줘도 오십 대 초반 정도로밖에 안 보였기 때문이다.

귀혁이 말했다.

"원래 내공이 깊은 사람은 노화가 늦게 일어나지."

"아무리 그래도 그렇지… 도저히 안 믿겨지는데요?"

"이것도 요 몇 년 새에 많이 나이 들어보이게 된 거란다. 오년 전까지만 해도 흰머리가 하나도 없었지."

"와……."

형운은 벌린 입을 다물지 못했다.

귀혁이 빙긋 웃으며 말했다.

"자, 그럼 충분히 놀았으니 다시 수련을 시작해 보자꾸나."

제4장
별의 수호자

성운을 먹는자

1

형운이 호장성을 떠나 진해성까지 가는 동안 별일이라고 할 만한 경험은 딱 한 번 있었다.

"그르르르… 인간, 멈춰라."

아무것도 없는 산길 한복판에서 맹수가 으르렁거리는 것 같은 목소리가 들려왔다. 형운은 깜짝 놀라서 마차 밖으로 고개를 내밀었지만 보이는 건 아무것도 없었다.

"어라라?"

형운이 의아해할 때였다. 갑자기 길 옆에서 육중한 소음이 울려 퍼졌다.

쿠구구구궁……!

"어, 어어어어?"

형운이 눈을 휘둥그레 떴다. 길옆에 있는 바위가 흙먼지를 일으키면서 일어나는 게 아닌가?

마치 돌로 어설프게 빚어낸 땅딸막한 인간 같은 형상이다. 얼굴이라고 할 수 있는 부분에 두 눈도 달려 있는데 내려다보는 시선이 섬뜩하다.

"돌거인이군. 쯧."

귀혁이 혀를 찼다. 그러자 석준이 옆에 나타나며 말했다.

"죄송합니다."

"엥?"

형운은 석준이 뭘 죄송하다고 하는지 알 수가 없었다. 귀혁이 고개를 저었다.

"됐다. 이런 놈들이 자연지물로 위장하고 있으면 찾기 힘들지."

쿵! 쿵!

귀혁이 마차에서 내리는 동안 돌거인이 움직였다. 압도적인 거구가 한 발 내딛을 때마다 땅이 뒤흔들린다.

너무나도 비현실적인 광경이라 형운은 입을 쩍 벌린 채 멍청하니 바라보고 있었다. 집채만 한 돌덩어리가 거인의 형상을 이루고 걸어 다니다니, 이런 존재를 현실에서 볼 수 있을 줄이야!

귀혁이 말했다.

"돌거인은 보기 힘든 요괴(妖怪)다. 보통은 인간의 발길이 닿지 않는 깊숙한 지역에서 살지."

"어? 그런가요? 하지만⋯⋯."

"우연히 한 번이라도 인간의 피와 살을 맛본 놈들은 이렇게 인간을 먹잇감으로 노린다."

"⋯⋯."

그 말에 형운이 침을 꿀꺽 삼켰다. 그 말인즉슨 저 돌거인이 자신을 잡아먹으려고 한다는 게 아닌가?

그때 돌거인이 말했다.

"인간, 도망 못 친다."

그러더니 주변의 바위를 들어서 공깃돌처럼 휙휙 던진다.

쿵! 쿵!

순식간에 마차로 올라온 산길이 바위로 막혀 버렸다. 형운은 당황해서 주변을 살폈다. 마차로 갈 길은 막혔지만 저 돌거인은 움직임이 별로 빠른 것 같지 않다. 그러니까 나무들 사이로 도망치면⋯⋯.

그때 귀혁이 느긋하게 턱을 쓰다듬으며 말했다.

"한 번쯤은 이런 것도 구경시켜 주고 싶었는데 잘됐군."

"네?"

"산적이나 마수나⋯ 그런 것들을 보고 싶어 하지 않았더냐? 석준이의 실수가 아주 좋은 기회가 되었구나."

"실수라뇨?"

"실은 우리는 여기까지 오는 동안 산적을 두 번, 마수를 한 번 만났었단다."

"저, 정말인가요?"

형운이 놀라서 묻자 귀혁이 빙긋 웃었다.

"석준이가 애들이랑 같이 미리미리 처리해서 만나지 못했을 뿐이다. 이렇게 먼 길을 오는데 아무런 위험도 없이 오는 것은 힘들단다. 무장한 인원 여럿을 모아서 스스로를 지킬 수 있다고 시위하며 오지 않는 한에는."

생각지도 못한 이야기에 형운은 어안이 벙벙해졌다. 자기도 모르는 새에 위험이 닥쳐왔었고, 처리되었다니 뭐 그런 경우가 다 있단 말인가?

"산적은 아무리 그래도 아직까지는 사람 상대로 생사가 오가는 싸움을 보여줄 때는 아닌 것 같아서 넘어갔는데, 이런 놈이 상대라니 잘되었구나."

"인간, 무슨 소리냐?"

자신을 앞에 두고도 여유가 넘치는 귀혁의 태도에 돌거인이 의아해했다. 지금까지 만난 인간들은 자신을 보면 겁에 질려서 비명을 지르거나 달아나기 바빴는데 귀혁에게서는 전혀 그런 기색을 찾아볼 수 없다.

귀혁이 대답했다.

"무슨 소리긴 무슨 소리겠느냐? 너를 교재 삼아서 내 제자에게 가르침을 내리겠다 이 말이지."

"크우? 미쳤나?"

"곧 알게 될 거다."

귀혁은 느긋한 걸음으로 돌거인 앞에 섰다.

그렇게 서 있으니 둘의 체격 차는 정말 압도적이다. 귀혁도 작은 키는 아닌데 돌거인은 그 두 배는 컸다.

"자, 어디 한번 쳐봐라."

"뭐라고?"

"형운아, 잘 보거라. 일단 이런 놈을 상대로 할 때는……."

돌거인은 당황하면서도 손을 들어 귀혁을 후려쳤다. 워낙 덩치가 커서 느릿느릿해 보이지만 실은 빠르고 강맹한 공격이었다.

쿠우우우우웅!

굉음이 울려 퍼지며 흙먼지가 튀어 올랐다. 형운이 눈을 부릅떴다. 저런 공격을 피하지 못하고 맞다니, 저래서는 아무리 귀혁이 대단한 고수라고 하더라도…….

"…어?"

형운이 멍청한 표정을 지었다. 그도 그럴 것이 뭉게뭉게 피어오르는 흙먼지 속에서 귀혁의 멀쩡한 모습이 드러났기 때문이다.

그의 팔이 자기 몸통만큼이나 커다란 돌거인의 손을 확실하게 막아내고 있었다. 충격이 어찌나 컸는지 발밑의 지반이 함몰되고 주변까지 갈라졌지만 그 자신은 전혀 다치지 않았다.

귀혁은 아무 일도 없었다는 듯 말을 이었다.

"공격을 정면으로 받으면 안 된다. 체격과 체중이 압도적으로 차이난다면 아무리 중후한 내공을 갖고 있어도 파괴력의 차이를 극복하기 힘들거든."

'사부님은 그랬잖아요!'

형운은 그렇게 소리치고 싶은 걸 참았다. 아니, 도대체 무슨 수를 썼길래 저런 공격을 제자리에서 받아내고 한 발짝도 안 움직일 수 있단 말인가?

마치 형운의 의문을 들은 것처럼 귀혁이 말했다.

"아, 이건 천근추(千斤錐)의 수법으로 몸의 무게를 일시적으로 늘리고 특수한 경기공(硬氣功)으로 몸의 강도를 극한까지 끌어 올려서 버텨낸 것이다. 내공이 보통 심후해서는 절대 안 되지만 나만큼 심후하면 그래도 된다. 그러니까 일단 이런 것도 가능하다고만 머릿속에 넣어두거라."

"……."

"자, 그럼……."

귀혁은 어안이 벙벙해져 있는 돌거인의 손을 밀어내서 치웠다. 그리고 손가락을 까딱거렸다.

"다시 쳐봐라."

"크, 크우우?"

당황한 돌거인은 거의 무의식중에 그 말에 따랐다. 커다란 돌 손바닥이 바람을 가르며 날아든다.

귀혁은 이번에는 움직여서 피했다. 돌거인이 손을 들어 올리는 동안 뒤로 느긋하게 두 걸음 이동하더니, 손을 휘두르자 팔을 안쪽에서 바깥으로 회전시키면서 휘두른다. 그러자 그의 팔과 돌거인의 손이 비스듬하게 맞닿더니 궤도가 꺾여서 헛손질을 했다.

돌거인이 반대쪽 손을 휘둘렀다. 그러자 귀혁은 이번에도 산보라도 하듯이 걸으면서 그것을 흘려 버린다.

"이런 놈하고 싸울 때는 이놈의 공격권에 오래 있으면 안 된다. 잽싸게 치고 빠져야지. 덩치가 커서 움직임이 느려 보이지만 실은 꽤 빠르거든. 바람 가르는 소리가 들리지 않느냐?"

'사부님이 하실 말씀이 아닌 것 같은데요!?'

세상에, 한 대 맞으면 몸이 박살 날 것 같은 공격을 물 흐르듯이 흘려 버리다니!

입을 다물지 못하는 형운 앞에서 귀혁의 움직임이 변화했다. 산보하는 듯한 걸음이 마치 바람처럼 가벼워진다. 한 발짝 내딛는 순간 무서운 속도로 쏘아져 나가서 위치를 바꾼다.

돌거인이 손을 휘둘러 댈 때마다 귀혁은 그 옆쪽에 가 있었다. 막 손을 휘두른 돌거인의 손이 닿지 않는 절묘한 위치로.

돌거인이 귀혁을 공격하기 위해서는 몸을 돌리고, 자세를 바꾼 뒤에 할 수밖에 없었다.

귀혁이 말을 이었다.

"하지만 치고 빠지라는 말을 오해하면 안 된다. 네 공격이 닿지 않는 곳까지 빠지라는 의미는 아니다. 거리는 유지하되, 이놈이 너를 때리기 위해서는 반드시 자세를 바꾸면서 공격을 쉴 수밖에 없는 사각지대를 찾아 움직여야 한다."

무예의 기초이자 진리인 '상대에게는 멀게, 자신에게는 가깝게'를 그대로 실천하는 모습이었다. 아직 무공에 입문한 지 얼마 안 된 형운조차도 그 사실을 알 수 있었다.

귀혁이 말을 이었다.

"자, 그럼 이제는 공격하는 법만 남았구나. 보다시피 이런 놈은 그냥 평범하게 때려서는 안 된다. 이놈만이 아니라 덩치 크고 단단해 보이는 놈들은 다 비슷하지. 검기를 일으킬 수 없다면 검 같은 날붙이로 때렸다가는 부러뜨려먹기 딱 좋다. 망치 같은 둔기가 좋지만 그런 병기를 쓰는 사람은 드물지."

귀혁은 그렇게 말하며 돌거인의 등을 맨주먹으로 한 대 후려갈겼다.

꾸아아앙!

폭음이 울리면서 돌거인이 그대로 주저앉았다. 귀혁이 돌거인을 가리키며 말했다.

"이게 나쁜 예다. 이러면 안 되는 거야. 주먹 부서지기 딱 좋다."

'나쁜 예치고는 너무 효과가 좋은데요!?'

커다란 망치로 후려쳐도 저렇게 되진 않을 것이다.

귀혁은 돌거인이 일어나기를 기다렸다가 말했다.

"일단 너보다 덩치 크고 힘세고 단단한 놈을 상대할 때는 약점을 노려야 한다. 뭐, 약점이라 하면 뻔하지. 일단……."

귀혁이 발로 돌거인의 가랑이 사이를 걷어찼다.

쫘앙!

돌거인이 들썩였다. 형운은 본능적으로 자기 가랑이 사이를 움켜쥐었다.

"인간이 상대라면 여기가 제일 효과가 좋은데, 요괴 상대로는 통하는 놈이 있고 안 통하는 놈이 있으니 가려서 써라. 그리고 가끔 인간 중에서도 거기까지 단단하게 단련한 괴악한 놈들이 있긴 하니까 과신하지는 말고."

"크워어어어어어!"

돌거인은 인간이 아니라 그런지 인간 남자였다면 인생이 끝장날 일격에도 별로 타격을 입지 않았다.

분노한 돌거인이 마구 손을 휘둘러 댔다. 방금 전까지와는 비교도 안 되는 기세라서 돌의 폭풍이 몰아치는 것 같았다.

하지만 귀혁은 물 흐르는 듯한 움직임으로 그것을 모조리 흘려보내면서 말했다.

"그 외에는 눈이나 목을 돌격하는 것도 좋은데, 이놈은 보다시피 다 돌이라 별로 소용없으니 거긴 생략하마. 대신……."

귀혁은 돌거인이 내질러오는 주먹을 슬쩍 피하더니 그걸 붙잡고 몸을 빙글 돌렸다. 그리고…….

콰직!

발차기로 무릎을 옆쪽에서 강타했다. 둔중한 파열음이 울리면서 돌거인이 주저앉았다.

"인간을 닮은 형태라면 관절을 공격하는 것은 대체로 유효하다. 물론 인간보다 훨씬 단단한 만큼 어지간한 위력으로는 효과를 보기 힘들지."

콰직!

무릎 다음에는 팔꿈치다. 손목을 잡고 바깥으로 꺾으면서 무릎으로 강타하자 팔이 부러졌다.

"하지만 이렇게 공격해 봤자 금방 회복하는 놈들도 있다. 인

간과 신체구조가 다른 놈들일수록 그렇지. 그러니까 이런 놈
들은⋯⋯."

귀혁은 무심하게 말하면서 슬쩍 돌거인의 몸에 손바닥을 짚
었다. 방문을 밀 듯이 전혀 힘이 안 들어간 것으로 보이는 움
직임이었다.

"크그극⋯⋯?"

돌거인이 의아해하며 손바닥이 닿은 곳을 바라보았다.

아무런 이상도 없다고 여긴 돌거인이 몸을 일으키려는 찰
나, 갑자기 전신이 떨리기 시작했다.

쿠르르르⋯⋯!

지진이라도 일어난 것처럼 돌거인이 뒤흔들리면서 굉음이
울려 퍼졌다. 그리고⋯⋯.

"크워어어어어!"

비명과 함께 그 몸이 무너져 내렸다. 몸을 이루는 돌에 쩍쩍
금이 가고 그 속에서 이미 박살 난 돌조각들이 모래처럼 흘러
내렸다.

쿠구구궁⋯⋯!

더 볼 것도 없다는 듯 몸을 돌린 귀혁이 피어오르는 흙먼지
를 뒤로하고 형운에게 돌아와 말을 이었다.

"내가중수법(內家重手法)으로 공격해야 하는 것이다. 물론
고도의 수법이니만큼 배우려면 한참 걸리겠지만, 너도 할 수
있게 될 거다."

"네⋯⋯."

형운은 멍청하니 고개를 끄덕였다.

2

그 후의 여정은 순조로웠다. 형운은 매일 약을 먹고 광혼심법과 체술의 기본 동작들만을 반복 수련하면서 기초를 다졌다. 귀혁은 총단에 도착하게 되면 제대로 된 환경에서 본격적인 수련을 시작할 것이라 했다.

문득 귀혁이 말했다.

"사실 여기까지 오면서 고민하던 게 하나 있었단다."

"뭔가요?"

"네게 산적들을 보여줄지 말지. 뭐, 결국 돌거인으로 만족하긴 했다만……."

"어째서인가요?"

형운이 물었다. 돌거인과 만난 것은 영성 호위대의 실수로 인한 것이다. 하지만 굳이 자신의 눈에 보이지 않게 그들을 처리하는 이유가 형운은 궁금했다. 귀혁이 높은 지위를 가진 인물이라 편안함을 추구해서만은 아닐 거라는 생각이 들었던 것이다.

"그런 놈들과 투닥거리다 보면 험한 꼴을 보게 될 게 뻔해서다."

"험한 꼴이라면……."

"물론 죽이는 것을 말한다."

"……."

"강호에서 칼을 겨눈 자들이 서로 죽고 죽이는 것은 흔한 일이지. 하물며 그 상대가 산적이라면 오히려 손속에 정을 두는 것이 죄악이다. 내가 그들을 놔준다고 해서 그들이 개과천선할 리도 없고, 또 그곳에 자리 잡고 있다가 힘없는 자들을 약탈할 테니."

그래서 형운에게는 산적들이 보이지 않게 했다. 귀혁의 제자가 된 지 얼마 안 된 형운이 강호를 이해하려면 아직 시간이 필요하다고 여겼기에.

"이렇게 말하기는 뭣하다만, 강호의 기준으로 보면 너는 곱게 자랐으니까 말이다."

"고, 곱게 자라요?"

생전 처음 들어보는 말이었다. 세상에, 살아생전 자신이 이런 말을 듣는 날이 올 줄이야!

귀혁이 말했다.

"가난한가 부유한가의 문제가 아니라 피를 피로 씻는 세계를 보아왔느냐 아니냐의 문제다. 예를 들어 해적이 들끓는 해안 지역에서, 마적 떼가 설치는 황야에서 사는 이들이라면 설령 강호인이 아니더라도 곱게 자랐다고는 할 수 없겠지."

그런 기준으로 보면 납득할 수밖에 없긴 하다.

문득 귀혁이 말했다.

"슬슬 총단에 도착할 것 같구나."

"아."

진해성에 들어선 것은 이틀 전이었다. 호장성이 그랬듯이 본성을 제외하고도 워낙 넓은 지역인지라 그 안에도 크고 작은 마을과 도시가 잔뜩 있었다.

귀혁이 설명하기로는 별의 수호자의 총단은 진해성 본성이 아닌 외곽에 위치한다고 한다. 진해성의 서쪽을 가로지르는 광운산맥을 등진 소도시 성해(星解)가 바로 그곳이다.

멀리서 성해의 성벽을 본 형운이 놀랐다.

"여기가 소도시라니, 호장성 본성보다 더 큰 것 같은데요?"

척 봐도 성해가 형운이 살던 호장성 본성보다 더 크고 번화하다는 것을 알 수 있었다.

귀혁이 말했다.

"호장성은 하운국 전체로 보면 시골이니까 본성도 그럴 수밖에. 진해성은 황궁이 있는 제도(帝都)와 바로 인접한 곳이라 모든 면에서 발전한 지역이란다. 그리고……"

그의 손이 도시 한편을 가리켰다. 그곳에는 성벽보다도 훨씬 높이 솟아오른 탑이 있었다. 주변의 다른 건물들이 상대가 안 될 정도로 높은 탑으로 전체가 돌로 지어져 있었다.

그 탑을 본 형운이 깜짝 놀랐다.

"어, 사부님. 저 탑 위에 저 돌이 허공에 떠올라 있어요!"

놀랍게도 높은 탑 위에 커다랗고 동그란 돌이 떠 있었다.

탑의 크기로 보건데 떨어졌다가는 재난이 일어날 것 같은 크기의 돌이었다. 돌의 표면에는 은은한 오색의 빛이 흐르고 있었고 그 주변에는 그보다 작은 돌들이 무리 지어서 띠처럼 주변에서 서서히 움직였다.

귀혁이 말했다.

"저게 바로 별의 수호자의 총단이다."

"저게요?"

성주 일족이 사는 성보다도 더 높고 웅장해 보이는 탑이었다. 귀혁이 말을 이었다.

"원래 법적으로 성주의 성보다 더 높은 건물은 있어서는 안된다만, 별의 수호자는 오래전에 황제 폐하께서 특례로 저 '성도(星道)의 탑'을 짓는 것을 허락하셨지. 저 정도 높아야 별의 운행을 관측하는 데 용이하다는 이유로 말이다."

연단술(錬丹術)이란 온갖 무학, 약학, 의학, 천문학, 기환술 등등 온갖 학문을 집대성하고 있다. 일반인이라면 별의 운행을 이해하는 것과 비약을 만드는 게 무슨 상관이냐고 하겠지만 연단술사들은 그것이 절대적으로 필요한 행위라고 말한다.

별의 수호자는 과거 비약(秘藥)으로 황제의 목숨을 구한 바 있어서 그 공적으로 많은 특혜를 받았다.

"그리고 성해는 별의 수호자의 총단이 있다 보니 도시 곳곳에 입김이 들어가 있기도 하고."

별의 수호자는 성해에서는 성주조차도 함부로 하지 못하는 강력한 권력을 갖고 있었다. 진해성에서 황실에 납부하는 세금의 반 이상이 별의 수호자에서 내는 것이라고 하니 이 도시가 얼마나 별의 수호자에 의존하고 있는지 알 만하다.

성해의 성벽 안으로 들어가자 형운은 번화한 거리의 정경에

푹 빠졌다. 어디나 깨끗하고 잘 꾸며져 있는데다가 사람이 많아서 호장성은 정말 시골이었구나 싶었다.

그렇게 마차로 거리를 한참 달려서 도시 한구석에 위치한 별의 수호자 총단에 도착하자 벌린 입을 다물 수 없었다. 성주의 성이 생각날 정도로 웅장한 건물들이 한곳에 모여 있었고 안쪽에는 계절감이 엉망이 될 정도로 색이 다채로운 나무와 꽃들이 가득한 정원이 보였다.

"여, 여기 혹시 성주님의 성에 잘못 온 거 아닌가요?"

"아니다. 성해에서는 여기가 제일 크긴 하다만."

형운의 순진한 반응에 귀혁이 빙긋 웃었다. 여기까지 오면서 드넓은 장원에도, 호화로운 숙소에도 그럭저럭 익숙해진 형운이었지만 총단은 정말 격이 달랐다.

게다가…….

"저거, 진짜 안 떨어지는 건가요?"

성도의 탑 위에 떠 있는 거대한 돌은 보면 볼수록 불안했다. 멀리서 볼 때는 그냥 큰가 보다 했는데 가까이 와서 보니 그 크기가 정말 어마어마해서 떨어지는 순간 돌이킬 수 없는 사태가 벌어질 것 같았다.

귀혁이 말했다.

"안 떨어진다."

"정말로요?"

"내가 태어나기 전부터 있었는데 한 번도 떨어질 기미가 안 보였으니 안심하거라."

"하지만… 어떻게 저런 일이 가능한 거죠?"

"기환술이 원래 이상한 일을 일으키는 기술이란다. 그러니까 저게 이상한 것도 당연하지."

총단은 중앙에 거대한 탑이 있고 그 주변을 다섯 개의 저택이 둘러싸고 있는 구조였다. 그중 귀혁이 머무는 저택은 북쪽에 위치해 있었는데 그것만 해도 형운이 지금까지 본 적 없는 규모였다.

"어쨌든 앞으로 네가 지낼 곳이니 빨리 익숙해지는 게 좋을 게다."

"여기만 해도 이렇게 으리으리한데 성도의 탑은 더 굉장한가요?"

그 말에 귀혁은 잠시 생각해 보더니 대답했다.

"아마 네가 말하는 '으리으리하다'는 것을 기준으로 삼는다면 비슷할 거다. 하지만 내부 구조가 재미있지. 기환술의 이치에 따라서 지어져서 완전히 별세계란다."

"별세계요?"

"내가 설명해 주는 것보다는 나중에 직접 보는 편이 낫겠구나."

귀혁은 그렇게 말하며 웃었다. 형운이 생각해 봐도 확실히 허공에 저렇게 거대한 돌을 띄워놓고 있는 성도의 탑이 평범할 것 같지는 않았다.

'스승님이 저렇게 말씀하실 정도면 정말 굉장하겠지?'

귀혁은 여기까지 오는 동안 아무리 호화찬란한 것을 봐도 무심한 모습을 보였다. 그동안 아무리 그가 부유해도 저런 태도를 보이는 건 대단하다고 생각했는데, 총단에 와보니 왜 그랬는지 이해가 갔다. 이런 곳에서 산다면 바깥세상에서 보는 것들은 다 시시해 보일 것이다.

저택으로 들어서는 동안 수많은 사람을 보았다. 하인으로 보이는 사람들이 있었고, 무사들이 있었고, 학자나 의원으로 보이는 이들도 있었다. 그들 모두가 나이를 불문하고 귀혁을 볼 때마다 공손하게 예를 표했다.

복도를 걷던 귀혁이 말을 이었다.

"참고로 성도의 탑을 둘러싼 다섯 개의 저택은 나를 비롯한 오성(五星)이 쓰는 곳이다. 부하들도 같이 머무르고 있고."

"오성?"

"별의 수호자를 지키는 무력집단 '별의 군세'를 이끄는 다섯 명의 수장을 말한다."

별의 수호자는 거대한 권력과 금력을 가진 단체다. 무인들에게 꿈이라 할 수 있는 내력을 늘려주는 비약을 만드는 것은 물론, 인간의 생로병사에 직접적으로 관여하는 약들은 그들에게 막대한 힘을 쥐어주었다.

문제는 그것을 탐내는 이가 한둘이 아니라는 점이다. 역사적으로 뛰어난 연단술사들은 권력자들의 탐욕에 휘둘리는 경우가 많았다. 도가의 신선술에 연원을 둔 연단술의 궁극적인 추구점, 선단(仙丹)을 제조하여 먹음으로써 불로장생의 존재인 선인이 될 수 있다는 것 때문이다.

이러한 일들에 넌더리가 난 연단술사들이 모여 별의 수호자를 결성했다. 그리고 자신들의 기술을 바탕으로 막대한 금력을 얻고, 권력자들을 배경으로 삼았으며, 나아가서는 스스로를 지킬 무력을 키워냈다.

그것이 바로 별의 수호자를 지키는 '별의 군세'다.

"각각 지성(地星), 화성(火星), 수성(水星), 풍성(風星), 영성(靈星)이라 불리지. 연단술에서 이야기하는 다섯 속성을 상징하지만, 그 의미는 별로 신경 쓸 거 없다. 각 조직의 특성은 이름하고는 별로 상관이 없거든. 연단술사들이 상징성을 워낙 좋아해서 그냥 붙여놓은 것뿐이지."

"영성은 사부님이죠?"

"그래, 그리고 현재 수호자의 직책을 갖고 있기도 하다."

"수호자?"

"다섯 별의 우두머리 역할이란다. 서열상 내가 명령을 내리면 나머지가 따라야 하지."

"그럼 사부님이 별의 수호자에서 가장 높은 거예요?"

"그렇지는 않다. 별의 수호자는 어디까지나 연단술사 조직이니까. 우리는 장로와 동급으로 대우받지만 장로회의 결정을 따라야 한다."

그렇다고 해도 귀혁의 직위가 높다는 것만은 분명했다. 별의 수호자 안에서 그에게 직접적으로 이래라저래라 할 수 있는 인물은 손에 꼽을 정도였으니까.

문득 형운이 물었다.

"그런데 돈이 있다고 해서 뛰어난 무사를 키울 수 있나요?"

무공은 돈으로 익히는 게 아니다.

그게 세상의 상식이었다. 거대한 상단을 이끌고 있는 부자는 고수를 비싼 돈을 주고 초빙할 수는 있어도 스스로 고수가 되지는 못하듯이.

그 말에 귀혁이 피식 웃었다.

"그 말은 반만 맞다. 확실히 돈이 있다고 해서 고수가 될 수 있는 건 아니다. 하지만 돈이 있어야 고수를 키우기에 용이하지."

"어떻게요?"

"알기 쉬운 것들을 예로 들자면 먹을 걱정 입을 걱정하지 않고 무공 수련에만 매달릴 수 있는 환경, 내공을 증진시켜 주는 비약, 더 좋은 훈련 시설과 무기가 있겠지."

"그것만으로 되는 건가요?"

"단체가 되면 그런 현실적인 요소들이 극복할 수 없을 정도로 중요하단다. 개인이 궁핍한 환경을 초월하여 빛나는 것 역시 어렵지. 오죽하면 개천에서 용 난다는 말이 있겠느냐? 사람들은 눈에 띄는 사례만을 보고 세상이 그렇게 돌아간다고 믿고 싶어 하지만, 네가 살면서 보고 들어온 것들을 되새겨 보거라. 정말로 그렇더냐?"

"……."

그 말에 형운은 할 말을 잃었다.

확실히 귀혁의 말대로였다. 좋은 집안에서 태어나 잘 먹고 잘 배우면서 자란 놈들이 좋은 자리에 올라간다. 형운 역시 자신의 환경에 절망하며 눈부신 미래 따윈 꿈꾸지 않고 살지 않았던가?

귀혁이 말을 이었다.

"꿈을 꾸되 현실을 잊지 말아야 한다. 희박한 성공 사례만을 보고 막연한 희망에 기대지 말고, 모든 성공과 실패를 다 본 뒤 자신이 성공하기 위한 방법을 궁리해야 한다. 그저 운에 기대어서 성공할 만큼 세상은 만만하지 않으니까. 그것이 네가 가야 할 길이다."

"네."

형운은 귀혁이 말하는 '사람이 할 수 있는 일을 다한다' 는 것이 어떤 의미인지 어렴풋이 깨달아가기 시작했다.

자신은 천운이 비호하는 영웅의 재목을 꺾어야 한다. 그것을 위해서는 철저하게 현실을 알고 그것을 극복할 방법을 찾아야만 할 것이다.

"미리 말해두마. 나를 제외한 다른 오성들은 많은 인재를 모아서 제자로 육성하고 있다."

그것은 별의 군세가 명맥을 유지하기 위한 전통적인 방식이었다. 여러 인재를 모아다가 교육시키고, 그중 가장 뛰어난 자를 오성으로 삼는다. 나머지 인재들은 각 별의 군세의 일원이 된다.

하지만 귀혁은 지금까지 제자를 들이지 않았다. 영성의 군세에 속한 훈련생들은 있지만 그들은 귀혁의 제자가 아니라 부하들의 제자다.

형운이 물었다.

"사부님은 왜 제자를 안 들이셨나요?"

"제자로 삼고 싶을 만큼 재미있는 녀석이 하나도 없어서였지."

"……."

솔직담백한 대답에 형운이 할 말을 잃었다.

귀혁이 미소 지었다.

"황당하겠지만 사실이란다. 그리고 너는 처음으로 내게 제자를 들여도 재미있겠다는 마음이 들게 한 녀석이지."

"그건 영광으로 생각해도 되는 거죠?"

"물론이다."

두 사람은 이 층 한구석에 있는 방에 도착했다. 귀혁이 문을 열며 말했다.

"여기가 앞으로 네가 지낼 방이다."

"이게요? 엄청 넓은데요?"

형운의 눈이 휘둥그레졌다. 그 방은 형운이 일하던 술집보다도 더 넓어서 도저히 그냥 방이라고는 보이지 않았다. 방 안이 여러 구획으로 나뉘어져 있어서 구조상으로는 그냥 집으로 보일 정도다.

귀혁이 말했다.

"별로 넓은 것도 아니다. 침상 옆하고 책상 위에 종이 있을 테니까 필요할 때 흔들면 시종들이 들어갈 거다."

"시종이라고요?"

"그래, 네 전속 시종들이 몇 명 붙을 거다. 앞으로 생활하는데 불편함이 없도록 해두었다."

"시종이라니……."

여기까지 오면서 귀한 대접을 받았지만 그건 어디까지나 객잔이나 식당 등의 손님으로서였다. 평범하게 생활하는데 전속시종이 붙을 거라고는 생각도 못했다.

귀혁은 형운의 머리를 쓰다듬어주고는 말했다.

"일단은 좀 쉬고 있어라. 난 일단 장로회에 인사를 다녀올테니까."

"어, 언제 오시는데요?"

낯선 곳에 혼자 남겨진다니 급격하게 불안해졌다. 그러한 불안을 읽은 귀혁이 말했다.

"글쎄다. 좀 시간을 잡아먹을지도 모르겠구나. 하지만 저녁먹기 전에는 돌아올 테니 걱정 말거라."

문을 닫으려던 귀혁은 잠시 머뭇거리더니 덧붙였다.

"형운아, 한 가지 말해두겠다."

"네."

그의 분위기가 진지했기에 형운도 표정을 고쳤다. 귀혁은그런 제자의 태도가 마음에 드는지 흡족해하며 말했다.

"여기까지 오면서 말했다시피… 이제부터 네 삶은 완전히달라질 것이다. 그러니 이제부터는 아무리 힘든 일이 있어도견뎌낼 각오를 해두거라."

3

귀혁이 돌아왔다는 소식이 전해지자 별의 수호자에서는 장로회가 소집되었다. 엉덩이가 무거운 장로들이 모인 이유는 당연히 귀혁의 제자, 형운이었다.

"영성, 자네는 언제나 우리를 당혹스럽게 만드는군."

"우리에겐 일언반구도 없이 제자를 들이다니."

"그것도 인재육성계획과는 전혀 상관없는 아이를……."

"아니, 그보다 성운의 기재를 보러 갔으면 성운의 기재를 데려오든가 그게 아니면 별 부스러기라도 데려와야지! 도대체 재능이라고는 하나도 없는 꼬맹이라며?"

귀혁이 들어오자마자 장로들이 떠들어댔다. 귀혁이 피식 웃으며 말했다.

"다들 그 나이에도 저 때문에 인생이 즐거우신 것 같아 기쁘군요."

"그런 이야기가 아니지 않나?"

"자네는 스스로가 어떤 위치에 있는지 알고는 있는 건가? 이제 사고는 그만 쳐줬으면 좋겠네."

장로회 입장에서 귀혁은 골칫거리였다.

일단 그는 별의 군세를 이끄는 우두머리이면서도 조직에 대한 책임감을 별로 보이지 않았다. 폭풍권호로 활동하는 일이 대표적으로, 예전에 관군과 싸웠던 일은 그의 위치를 생각하면 절대 해서는 안 되는 일이었다.

또한 그는 장로들의 뜻대로 움직일 수 없는 인물이었다. 다른 별의 수장들에게 장로들의 입김이 많이 들어간데 비해 그는 영성이 되기 전부터 장로들과 자주 충돌해 왔다.

하지만 그렇다고 귀혁을 영성 자리에서 끌어내릴 수도 없다는 게 문제다. 귀혁이 지금까지 이룬 업적이 워낙 많은데다가 그 엄청난 무력 때문에 추종자가 한둘이 아니었기 때문이다.

귀혁이 말했다.

"이번 일을 두고 사고를 쳤다고 말씀하시는 건 그만둬 주셨으면 좋겠습니다만."

"이게 사고 친 게 아니면 뭔가!"

신경질적으로 외친 것은 살집이 있고 눈이 가는 장로였다. 귀혁이 그를 노려보았다.

"제자를 들이는 것은 제 고유의 권한입니다."

"최소한 인재육성계획을 거친 아이를 제자로 삼았어야지!"

"그건 일종의 권고사항이지 의무사항이 아닙니다. 잔소리 정도는 들어드리겠습니다만, 진지하게 저를 비난하실 생각이라면 그쯤 하시죠. 전 호 장로님 당신의 아랫사람이 아닙니다."

"뭐, 뭐라고?"

"요즘 자주 망각하시는 것 같아서 드리는 말씀입니다."

귀혁이 똑바로 노려보자 호 장로라 불린 뚱뚱한 장로가 분노로 몸을 떨었다. 그가 폭발하기 직전, 그 옆에 있던 푸근한 인상의 장로가 지원사격에 나섰다.

"말이 심하군, 영성."

"운 장로님, 제가 호 장로님께 드리고 싶은 말이 바로 그거였습니다만."

귀혁은 한마디도 지지 않았다. 그러자 운 장로가 한숨을 쉬었다.

"뭐 자네 말이 타당하긴 하네만 존중해야 할 관례라는 게 있잖나? 최소한 우리에게 말이라도 해줬으면 좋았을 게야."

"그 점은 죄송하게 생각합니다. 하지만 인연이라는 건 갑자기 찾아오는 법 아니겠습니까."

"인연이라. 재미있군."

운 장로가 눈을 가늘게 떴다. 그런 그를 보며 귀혁은 슬쩍 미소 지었다. 이제부터가 진짜다.

총 열두 명으로 이루어진 장로회는 의외로 정치적인 인물만 모여 있는 건 아니다. 별의 수호자의 장로가 될 수 있는 자격 조건은 일단 연단술사여야 한다는 것, 그리고 연단술이 별의 수호자의 내부 평가 기준으로 평가했을 때 합당한 경지에 올라 있어야 한다는 것이다.

그렇기 때문에 권력에는 아무런 관심도 없는 이들도 장로의 직위를 갖고 여기에 모여 있었다. 하지만 호 장로나 운 장로는 권력을 쥐는 데 관심이 많은 이들이다.

'호 장로는 그렇다 치고 운 장로 당신이 그냥 넘어갈 리는 없지?'

운 장로는 예전부터 자기가 미는 사람을 오성으로 만들고 싶어 했다. 장로회의 중추를 장악하고 오성마저 자신의 사람으로 만든다면 별의 수호자를 완전히 자기 것으로 만드는 셈이기 때문이다.

그러니 그가 형운의 존재를 그냥 보아 넘길 리 없다. 자신이 마음에 들어 하는 인물을 미는 것으로 만족하지 않고 형운의 성장을 방해하려고 하리라.

운 장로가 말했다.

"자네가 죄송하게 생각한다면 우리한테도 좀 양보를 해주면 좋겠네. 우리가 왜 섭섭해하는지는 이해하고 있지 않은가?"

장로들은 줄곧 자신이 추천하는 인재를 귀혁에게 제자로 받아달라고 해왔다. 하지만 귀혁은 아직 제자를 들일 생각이 없다면서 거절했던 것이다.

귀혁이 물었다.

"무엇을 바라십니까?"

"적어도 수호자의 직위를 가진 자는 별의 군세를 강하게 만들기 위해 노력해야 하는 법이고, 자네가 가진 힘은 혼자만의 것이 아니라 별의 수호자의 재산일세. 그러니 그것은 별의 수호자를 위해 더 많은 이에게 이어져야 하네. 그건 인정하겠지?"

"물론입니다."

"그러니 기왕 제자를 들인 거, 다른 아이들도 좀 제자로 받게."

'역시 이렇게 나올 줄 알았지.'

형운을 제자로 들인 시점에서 귀혁이 매번 대던 제자를 들일 생각이 없다는 핑계는 더 이상 써먹을 수 없게 되었다. 게다가 별의 군세의 각 수장은 전통적으로 여러 제자를 두어오기도 했고.

형운이 성운의 기재도, 별 부스러기도 아니라는 정보를 들었을 때 운 장로는 쾌재를 불렀으리라. 다른 기재를 제자로 들이게만 한다면 형운이 그를 따라잡을 리 없다고 봤을 테니.

하지만 그에 대해서는 귀혁도 생각해 둔 바가 있었다.

"그러지요."

"정말인가?"

귀혁이 아주 선선하게 받아들이자 오히려 운 장로가 놀랐다. 분명히 뭔가 핑계를 대가면서 버틸 거라고 생각했던 것이다.

귀혁이 고개를 끄덕였다.

"네, 말씀하신 대로 제가 가진 힘은 후대로 이어져야 하는 것이지요. 제자를 들인 이상 많은 이를 가르칠 생각입니다. 다만……."

"다만?"

"저는 이 나이 되도록 제자를 들인 일이 처음입니다."

"그건 모두가 아는 사실일세."

"네, 그래서 제자를 가르치는 일이 굉장히 낯설고… 음. 부끄럽지만 서툽니다. 하루하루 배우는 기분이지요."

그 말은 아무런 속임수 없는 진심이었다. 누군가를 가르치는 게 이렇게나 힘들 거라고는 귀혁은 상상도 못했으니까.

운 장로가 물었다.

"그래서?"

"시간을 좀 주셨으면 합니다. 제가 누군가를 가르치는 데 능숙해질 때까지. 지금은 하나만도 감당하기 어렵군요."

"음……."

운 장로가 침음했다. 설마 귀혁이 이렇게 나올 줄은 몰랐다. 그가 뭐라고 말하기 전에, 귀혁이 말을 이었다.

"약속하겠습니다. 형운을 가르치는 일이 궤도에 오르고 나면 장로회에서 추천한 기재들을 모아서 제자단을 만들도록 하죠."

"제자단이라니……."

"좋네."

운 장로가 뭐라고 토를 달려는데 그때까지 조용히 있던 다른 장로가 대뜸 찬성하고 나섰다. 운 장로가 놀라서 그를 바라보니 하얗고 풍성한 수염이 인상적인 노인이 악동처럼 웃고 있었다.

"이 장로?"

"난 찬성일세. 일단 영성이 약속하지 않았나? 좀 기다려 달라고 하니 기다려 줘야지."

이 장로는 권력에 관심을 보이지 않았지만 최고의 연단술사로 평가받는 인물이다. 그렇기에 그의 말 한마디 한마디에 무게가 실렸다. 평소에는 운 장로가 뭘 하든 상관하지 않다가 귀혁을 압박한다 싶으면 이렇게 한마디씩 그를 두둔하고 나서서 운 장로 입장에서는 정말 눈엣가시 같은 존재다.

이 장로라 불린 노인은 운 장로의 노려보는 시선을 받으면서 천연덕스럽게 수염을 쓰다듬었다.

"다른 사람들은 어떤가? 난 영성이 이 정도로 성의를 보였으니 존중해 줘야 한다고 보네만."

"흠. 나도 이견 없네."

"그 정도면 되겠지."

다수의 제자를 받아들이는 것은 물론이고 장로회의 추천을 받은 인재들로 구성하겠다. 확실히 파격적인 양보라서 더 욕심을 부리기 어려웠다.

"알겠네. 그럼 조만간 제자를 소개나 시켜주게나."

"곧 데리고 인사드리도록 하겠습니다."

귀혁은 운 장로가 노려보는 시선을 태연하게 받아넘기면서 회의장을 나섰다.

4

귀혁이 회의장을 나오자 이 장로가 다가왔다.

"데려오라는 성운의 기재는 안 데려오고 엉뚱하게 제자를 들이다니."

"그러게 전 구경하러 간다고만 했잖습니까?"

"그래도 데려와 줬으면 좋았잖나. 이참에 최고의 후계자를 키워보고 싶었는데."

이 장로가 구시렁거렸다.

그가 바로 귀혁에게 성운의 기재, 천유하의 소재를 알려준 이였다. 귀혁은 그에게 성운의 기재를 구경하러 가겠다고 했고 정말로 구경만 하고 돌아왔다.

귀혁이 빙긋 웃으며 물었다.

"다른 성운의 기재는 어떻게 되었습니까?"

"하나는 위진국 황실에서 채갔네."

"위진국 황실에서? 어느 조직입니까?"

이 시대에 태어난 성운의 기재는 천유하 하나가 아니다. 이전에도 그랬듯이 여러 명이 태어났고 그들이 모두 몇 명인지는 아직 밝혀지지 않았다.

이 장로가 말했다.

"아직 결정 안 났다네. 그쪽에서도 그 문제로 아웅다웅하고 있는 모양이더군."

"그렇다면 백리검운이 제자로 삼느냐 아니냐가 변수겠군요."

"그렇지."

팔객의 한 사람, 폭성검 백리검운은 위진국의 장군이었다. 황실의 무공이 결코 강호의 인물들에게 뒤처지지 않음을 증명하는 산증인인 그가 성운의 기재를 제자로 들이냐 마느냐에 많은 세력이 촉각을 곤두세우리라.

이 장로가 말했다.

"그리고 다른 하나는 태극문(太極門)에서 데려갔고. 선검이 직접 나섰더군."

"기영준 그자가?"

강호에 이름을 떨치는 팔객 중 한 명, 선검 기영준.

그가 속한 태극문은 도문(道門)에 속하는 문파로 하운국뿐만 아니라 중원삼국 전체에서도 가장 명성 높은 열 개의 문파를 꼽는다면 반드시 들어가는 곳이다. 도문 계통의 무공으로 사이한 존재들을 무찌르며 활약하기 때문에 민중의 인기도 높은 문파이기도 하다.

"우리도 화성이 탐난다면서 갔다는데… 결국 선검한테 밀렸지."

"지금쯤 길길이 날뛰고 있겠군요."

귀혁이 킥킥 웃었다. 별의 군세를 이끄는 다섯 수장 중에 하나, 화성은 일신의 무공만으로는 능히 팔객 수준에 올라 있다. 하지만 외부 활동을 안 하니 명성으로는 도저히 선검과 경쟁할 수 없었으리라.

이 장로가 말했다.

"그리고 또 하나는 윤극성에서 데려갔고."

"설마 나윤극이 직접 움직인 겁니까?"

모두가 인정하는 강호 최강의 검객, 무상검존 나윤극.

그 역시 육십여 년 전에 태어난 성운의 기재였다. 이십 대에 이미 팔객의 일원으로 불렸으며 삼십 대에는 무상검존이라는 별호를 얻은 불세출의 천재다.

윤극성이라는 무력단체를 이끌고 있는 만큼 그는 이미 제자를 두었다. 하나도 아니고 일곱이나 되는 제자를 두었으며 그들로 하여금 윤극성의 후계자 자리를 두고 다투게 하고 있었다.

이 장로가 고개를 저었다.

"아닐세."

"그럼?"

"윤극성의 세 번째 제자 봉연후가 그 아이를 제자로 들였다는군."

"호오. 봉연후라는 자는 윤극성의 제자들 중에는 가장 무력이 처지는 걸로 알려져 있지 않습니까?"

"그렇지. 하지만 나이는 일곱 명 중에 가장 많고."

"그래 봤자 삼십 대 초반의 젊은이인데… 흥미롭군요."

"무슨 수를 썼는지 모를 일이야. 그건 그렇고 천유하라는 꼬마는 조검문에서 데려갔다며?"

"그렇습니다."

"조검문이 분에 넘치는 보물을 가졌군."

우격검 진규가 소속된 조검문은 호장성에서는 알아주는 대형문파다. 하지만 하운국 전체로 보면 그냥 벽지의 좀 큰 문파에 불과하다.

그런 곳에서 성운의 기재를 품을 수 있을까?

이 장로가 물었다.

"그 천유하라는 놈은 어떻던가?"

"탐욕스럽더군요. 성운의 기재답게."

"성운의 기재답게?"

"네, 무엇을 보던지 탐욕스럽게 그 이치를 자신의 것으로 만들고 싶어 하는 눈이었습니다. 성운의 기재는 다들 그렇죠."

귀혁이 아는 성운의 기재들은 다들 그랬다. 그들은 보다 새로운 것, 보다 뛰어난 것을 추구하며 그런 것을 발견하면 마치 불빛에 이끌린 밤벌레처럼 이끌려 들어갔다.

그래서 눈부시게 빛나는 이가 있었다. 그리고 선을 넘어 파멸한 이도 있었다.

이 장로가 물었다.

"조검문이 흥할 것 같은가?"

"그건 알 수 없는 일이지요. 현자인 척하면서 그놈의 눈빛이 그러하니 앞으로 어떻게 될 것이다, 하는 개소리에 제가 흥미 없는 거 잘 아시잖습니까? 인간이 어떻게 될지는 시간이 흘러서 결과가 나오기 전까지는 알 수 없는 법이죠."

"하긴, 자네는 그랬지."

이 장로가 피식 웃었다.

귀혁이 말했다.

"하지만……."

"음?"

"부디 시시한 놈으로 자라진 않았으면 합니다."

"어째서인가?"

"제 제자가 그놈에게 경쟁의식을 품고 있으니까요."

"둘 사이에 뭔가 일이 있었나?"

"좀 있었습니다. 그러니 그놈은 제 제자의 목표가 되어줘야 합니다. 그래야 앞으로 제가 할 일들을 견딜 수 있을 거고."

귀혁은 천유하의 행적에 관심을 두고 지속적으로 정보를 수집하고 있었다.

언젠가 형운과 천유하는 다시 만나게 될 것이다. 그때는 과연 사람이 할 수 있는 일을 다하는 것만으로 범재가 성운의 기재를 뛰어넘을 수 있을지 알 수 있을 터.

이 장로가 말했다.

"흐음, 도대체 제자 꼬맹이가 어떤 녀석인지 모르겠군. 빨리 소개해 주게나."

"곧 인사드리러 가겠습니다."

"그럴 필요 뭐 있나? 지금 가지."

"지금 말입니까?"

"안 되나?"

"아니, 상관없습니다."

장로의 체면상 이럴 때는 아무리 궁금해도 인사 오길 기다리는 게 정상인데 이 장로에게는 그런 상식이 통하지 않았다. 귀혁은 그와 함께 자신의 거처로 향했다.

5

"호오, 정말로……."

형운을 처음 본 이 장로는 매우 흥미로워했다.

"아무런 특징도 없는 녀석이구만?"

"……"

형운의 표정이 구겨졌다. 아무리 사실이라고 해도 그렇지, 보통 처음 보는 아이한테 이런 식으로 말하나?

하지만 이 장로는 형운이 어떤 반응을 보이던 개의치 않았다.

"흠, 그래도 딱히 병은 없고 건강한 편이군. 별로 잘 먹고 크진 않은 게 문젠데 그거야 앞으로 잘 먹어서 덩치 좀 키워주면 되겠고."

"그래야지요."

"하지만 정말로 아무것도 없군. 눈에 띄는 구석이 아무것도 없는데… 그래서 고른 건가?"

"그런 건 아닙니다. 그저……"

"그저?"

"형운이 가장 재미있었기 때문에 고른 거지요."

"하하핫! 정말이지 자네는 변하질 않는군. 아무리 귀한 금은 보화라도 마음을 움직이지 못하면 돌덩이와도 같은가?"

이 장로가 유쾌하게 웃었다. 한참을 웃던 그가 형운과 눈높이를 맞추며 물었다.

"형운이라고 했느냐?"

"네."

"나는 별의 수호자의 장로 중 하나인 이정운이라고 한다. 앞으로는 그냥 이 장로라고 부르거라."

"네, 이 장로님."

"그래, 그러면 하나 묻자. 형운아, 너는… 영성의 제자가 된다는 게 어떤 의미인지 알고 있느냐?"

방금 전까지 경박하게 웃고 떠들던 것이 거짓말이었던 것처럼 진지한 태도였다. 형운은 좀 당황스러웠지만 겉으로 표를 내지 않고 대답했다.

"모르겠습니다."

"…음? 몰라?"

"솔직히 잘 모르겠습니다. 아직 별의 수호자가 어떤 곳인지, 사부님이 어떤 분이신지도 잘 몰라요."

"그러면서 제자가 되었느냐? 앞으로 무슨 일이 기다리고 있을지 어찌 알고?"

"그건 몰라도 한 가지는 아니까요."

"무엇을?"

"사부님을 믿으면 성운의 기재를 능가할 수 있다는 것."

형운의 목소리는 확신에 차 있었다. 그것을 본 이 장로의 눈이 빛났다.

"네 사부가 어떤 사람인지 모르는데 어떻게 그 사실을 확신하느냐?"

"방금 전에 이 장로님께서 말씀하셨듯이……."

형운의 시선이 귀혁에게로 향했다.

"사부님은 어떤 금은보화도 돌처럼 보실 수 있는 분이죠."

"그렇지."

"하지만 반대로 길바닥의 돌이라도 금은보화보다 더 귀하게 여기실 수 있는 분이기도 하고요."

"호오."

놀라는 이 장로를 똑바로 바라보면서 형운이 말했다.

"그러니 사부님이 가치 있다고 말씀해 주신 제게는 그 정도 가치가 있다고 믿습니다."

지금까지 귀혁을 제외한 그 누구도 형운에게 그렇게 말해주지 않았다.

너는 가치 있는 사람이라고, 축복받은 환경에서 태어나서 빛나는 인재들보다도 더 큰사람이 될 수 있다고…….

귀혁이 그렇게 말해주었기에 형운은 자신의 가능성을 믿을 수 있었다.

이 장로가 심술궂게 웃으며 물었다.

"그렇구나. 하지만 만약 네 믿음이 틀렸다면 어쩔 테냐? 네 사부의 안목이 틀려서 네가 실패한다면?"

"그래도 괜찮아요."

"음?"

"적어도 저 자신을 믿고 도전해 볼 기회를 얻었으니까요. 스스로가 어떤 사람이 될지, 그런 걸 다른 사람에게 기대기만 할 수는 없잖아요."

호장성을 떠나서 여기까지 오면서 형운은 많은 것을 생각했다. 태어나서 지금까지 스스로에 대해서 그렇게 깊게 생각해

본 적이 없었다. 하루하루 살아가는 것만으로도 힘들었고, 앞날을 생각하면 암울한 절망만이 밀려왔으니까.

하지만 귀혁과 만나서 형운은 미래에 대해서 생각할 기회를 얻었다. 설령 귀혁의 말이 틀리다 해도 좋다. 자신은 처음으로 진흙탕을 뒹구는 비루한 벌레 같은 처지에서 벗어나 하늘을 날 기회를 얻었으니까.

이제 남은 것은 죽든 살든 온 힘을 다해 부딪쳐 보는 것뿐이다. 그 앞에 무엇이 기다리고 있든 후회는 하지 않으리라.

이 장로가 말했다.

"제법 재미있는 녀석을 제자로 받았군, 영성."

"저도 요즘 하루하루가 재미있습니다."

"허허, 그런가? 하지만… 어떻게 키울 생각인가?"

이 장로는 현실적인 의문을 던졌다.

형운은 경쟁자들에 비해 모든 면에서 뒤처져 있었다.

그들은 형운보다 뛰어난 재능을 가졌고 더 일찍 시작했다. 무공에 입문하는 것은 빠르면 빠를수록 좋은지라 열세 살이면 너무 늦었다고 할 수 있었다. 재능도 밀리는데 출발도 늦어서야 어떻게 그 격차를 극복할 수 있을까?

귀혁은 그 점에 대해서는 자신만만했다.

"물량으로 때울 겁니다."

"물량으로?"

"그렇잖아도 이 장로님께도 부탁드릴 게 있습니다."

"뭔가?"

"앞으로 오 년 안에 일월성단(日月星丹)을 세 개씩 준비해 주실 수 있겠습니까?"

"뭐라고?"

일월성단이란 각각 태양, 달, 별의 이름을 가진 단약을 말하는 것으로 별의 수호자에서 제조하는 비약 중에서도 거의 최상위에 속한다. 제조하는 데 엄청난 돈이 들어가는 것은 물론, 막대한 시간과 노력을 필요로 한다.

아무리 귀혁이 영성이라고 해도 이 세 가지는 그리 쉽게 요구할 수 있는 것이 아니다.

이 장로가 물었다.

"아니, 그걸 어디다 쓰려고 그러는가? 하나도 아니고 세 개씩이라니?"

"전부 형운이에게 먹일 겁니다."

"뭣!?"

이 장로는 방금 전과는 비교도 할 수 없을 정도로 크게 놀랐다.

일월성단은 황제조차도 평생 하나씩 먹는 것으로 만족할 정도로 어마어마한 가치를 지닌다. 그런데 그걸 한 사람에게 각각 세 개씩 먹일 생각이라고?

"자네 제정신인가? 그건 금은보화를 시궁창에다가 버리는 거나 마찬가지일세."

인간의 몸이 받아들일 수 있는 약의 기운에는 한계가 있다.

아무리 온갖 비약을 섭취한다고 해도 그 기운을 다 자신의 것으로 만들지는 못한다. 아무리 좋은 약을 먹는다 해도 그것을 받아들일 수 있는 토대가 마련되지 않았다면 그 가치를 전혀 살릴 수 없다.

또한 같은 비약을 연거푸 먹는 것 역시 별 의미가 없다. 인체란 오묘해서 같은 비약의 기운은 먹으면 먹을수록 그 효력이 줄어들기 때문이다.

일월성단이라면 평생 동안 그 하나의 기운조차도 다 제 것으로 할 수 있을지 의문스럽다.

영성이라 불리며 강호 무인들이 정점으로 생각하는 내공 수위, 9심의 경지에 도달한 귀혁조차도 일월성단을 다 먹지는 않았다. 그리고 지금 와서 더 먹을 생각도 하지 않는다. 의미가 없기 때문이다.

귀혁이 미소 지었다.

"지극히 제정신입니다."

"그런데 그런 짓을 하겠다고?"

"네."

"어째서인가?"

이 장로가 마음을 가라앉히고 물었다.

그가 아는 귀혁은 결코 어리석은 이가 아니었다. 어리석었다면 9심이라는 경천동지할 내공 수위를 이룩하지는 못했을 것이다. 별의 군세를 이끄는 오성은 모두 비슷한 지원을 받으며 자랐지만 그중에 내공이 9심의 경지에 도달한 것은 오로지 귀혁뿐이다.

귀혁이 말했다.

"이 장로님, 보고 싶지 않습니까?"

"무엇을 말인가?"

"사람의 몸으로 사람의 한계를 초월하는 것을. 한낱 인간이 신수의 일족과 필적하는 힘을 갖는 것을."

"그게 가능하다고 믿나?"

신수(神獸).

하운국의 황실을 수호하는 운룡(雲龍)처럼 신성(神性)을 가진 짐승을 일컫는 말이다. 그들은 천계에 거하는 초월자이며 아득히 오랜 세월을 살아간다.

그리고 신수의 일족이란 천계와 현계 양쪽에서 활동하는 신수의 권속을 말한다. 하운국 황실에 기거하는 운룡족(雲龍族)이 대표적이었다.

귀혁이 말했다.

"지금까지 인간이 그들을 능가하는 것은 오로지 기예를 연마하는 것으로만 가능했지요."

무공과 기환술, 사람의 한계를 초월하기 위한 비술을 극에 달하도록 연마한다면 각각의 분야에서는 신수의 일족조차 능가할 수 있다. 그러한 예는 역사에도 기록되어 있었다.

"그저 인간이라는 그릇에 그들을 능가하는 힘을 담는 것은 불가능했습니다. 지금까지는."

"자네에게는 그 불가능을 가능케 할 비책이 있다는 건가?"

"예, 오랫동안 연구해 온 것을 형운이를 통해서 현실화할 생각입니다."

"허어, 도대체 무슨 방법인지 짐작도 안 가는군."

"보시게 될 겁니다."

"흠, 이 아이가 그런 존재가 될 거라고 확신한단 말이지?"

이 장로는 호기심 가득한 눈으로 형운을 바라보았다.

형운 입장에서는 그 시선이 부담스러웠다. 당최 두 사람이 무슨 이야기를 하는지도 모르겠다.

'일월성단이라는 게 뭔가 대단한 약이라는 건 알겠는데… 신수?'

형운도 하운국 황실은 신수 운룡족이 수호하고 있다는 것 정도는 알고 있었다. 하지만 아무리 들어봐도 현실감이 안 드는 존재라서 그냥 그러려니 했을 뿐이다.

그런데 자신이 그런 전설적인 존재를 능가할 거라고?

'성운의 기재만 해도 현실감이 없는데… 사부님은 도대체 나를 어떻게 키우시려는 거지?'

도무지 상상이 안 간다. 귀혁이 바라보는 미래가 어떤 것인지.

이 장로가 말했다.

"알겠네. 다른 장로들이 알면 길길이 날뛸 텐데……."

"그 부분은 제가 손을 써보죠. 네 분 정도만 더 협력을 구하면 되지 않겠습니까?"

"일월성단의 공급 자체야 그렇겠지만 다른 문제가 생길걸세."

"그것도 제가 알아서 하겠습니다. 거래할 만한 재료들은 기억해 두었습니다."

"자네가 그렇게 말한다면 그런 거겠지. 알겠네. 대신……."

"대신?"

"반드시 자네가 말한 것을 실현시켜 보여주게."

"알겠습니다."

귀혁이 양손을 모아 포권하며 정중하게 고개를 숙였다. 이장로는 고개를 끄덕이고는 형운의 방을 나섰다.

잠시 후, 귀혁이 형운에게 말했다.

"형운아."

"네."

"네가 말한 나에 대한 평가 중 하나는 정정하고 싶구나."

"네?"

그 말에 형운이 눈을 크게 떴다. 귀혁이 말했다.

"나는 길바닥의 돌이라도 금은보화보다 더 귀하게 여길 수 있는 사람이 아니라……."

귀혁은 잠시 뜸을 들였다가 말했다.

"길바닥의 돌이라도 금은보화보다 더 귀하게 만들 수 있는 사람이고 싶다. 그렇게 할 것이다."

"……."

"나만이 인정하는 가치가 아니라 모두가 인정하는 가치를 갖게 만들 것이다."

형운은 귀혁이 말하고자 하는 바를 알 수 있었다. 말을 잃은 형운에게 귀혁이 쓴웃음을 지으며 말했다.

"그리고 이제부터 네가 겪어야 할 그 과정은 아주 힘들고 고통스러울 것이다. 나를 원망해도 좋으니 견뎌내거라. 내가 네게 바라는 것은 그것뿐이다."

귀혁은 그리 말하고는 형운의 방을 나섰다. 그러자 밖에서 대기하고 있던 석준이 물었다.

"영성님."

"무슨 일인가? 총단에 들어왔으니 이제 자네 볼일도 보고 그러게."

석준이 은신한 채로 귀혁을 호위하고 다녔던 것은 총단 밖이기에 그런 것이다. 안에서는 특별한 지시가 없으면 모습을 감추지도 않고 그렇게 많은 인원이 따라다니지도 않으며 석준도 다른 이들과 교대로 일을 맡는다.

"그러고 있습니다. 한 가지 여쭙고 싶은 게 있어서 왔습니다."

"뭔가?"

"수하들에게 지시하신 것을 보았는데……."

석준이 머뭇거렸다. 귀혁이 물었다.

"어느 거 말인가? 워낙 많이 지시해 놔서 그렇게 말하면 모르겠군."

"그러니까 형운 공자의 식생활 말입니다만."

"아아, 그거. 그게 왜?"

"그거… 진심이십니까?"

귀혁은 총단에 오자마자 부하들에게 많은 지시를 내렸다. 그 대부분은 형운을 수련시키기 위한 준비 작업이었고 대체로 많은 돈이 필요했다.

하지만 석준이 토를 단 것은 그저 돈이 많이 들어서가 아니다.

귀혁이 피식 웃었다.

"왜? 농담 같아 보이나?"

"아니, 아무리 그래도 이건……."

"그대로 시행할 것이야. 사람이 바뀌는 것은 먹는 것부터 시작임을 알아두게."

귀혁은 더 말하지 말라는 듯 손을 휘휘 젓고는 걸어가 버렸다. 석준은 눈살을 찌푸리며 중얼거렸다.

"…아무리 그래도 그렇지 사람이 이렇게 먹고 살 수 있나?"

제5장

약선(藥膳)

성운을 먹는자

1

운 장로, 운중산은 귀혁의 움직임을 예의 주시하고 있었다.

그가 외부에서 제자를 들였다는 정보를 입수한 순간, 그는 수하들을 통해서 무슨 일이 있었는지를 모조리 조사해 오게 했다. 형운이 어떤 아이이고 어떤 과정을 통해서 귀혁의 제자가 되었는지를 하나도 빠짐없이 알 수 있도록.

"영성… 정말로 종잡을 수 없는 남자야."

운중산은 장문의 보고서 뭉치를 던져두면서 말했다.

귀혁은 정말로 예측할 수 없는 인물이었다. 아무런 배경도 없이 자신의 힘만으로 영성의 자리에 올랐다는 점부터 강호에 남긴 행적까지 운 장로를 골치 아프게 하지 않는 것이 없었다.

운중산 앞에는 검은 장포를 입은 남자가 앉아 있었다. 날카로운 눈매를 가진 중년 남자였다.

"풍성, 자네는 이번 일을 어떻게 생각하나?"

"그답다고 생각합니다."

그는 오성 중 풍성(風星)의 직위를 가진 남자, 초후적이었
다. 강호에는 그 존재가 별로 드러나지 않았지만 일신의 무공
이 팔객과 비견해도 떨어지지 않는 강자다.

운중산이 말했다.

"형운이라는 아이는 정말이지 아무것도 아니군. 성운의 기
재는커녕 별 부스러기조차 아니고, 심지어 눈에 띄는 재능이
있는 것도 아닐세."

"게다가 열세 살이 되도록 무공을 익힌 적이 없기까지 하죠.
지금부터 무슨 수를 쓰더라도 고수로 키워내기 어려운 조건입
니다."

무공에 있어서 입문 시기는 엄청나게 중요한 조건이다. 내
공이라는 조건이 끼어들기에 그저 무예를 익히는 것과는 완전
히 기준이 달라진다. 기맥이 탁해지기 전에 내공을 수련하느
냐 아니냐는 향후 수십 년의 격차를 만들 수도 있는 문제였다.

그리고 그 격차가 절망적인 한계를 만든다. 인간의 육신이
나이가 들어갈수록 쇠하는 것은 자연스러운 일이며, 젊었을
때 기반을 닦아두지 않으면 내공의 증진은 훨씬 가혹한 벽에
부딪치게 된다.

"영성도 그 점을 감안하지 않은 건 아닌가 보더군."

"활혼금침대법을 시술하고 비약을 먹이고 있다고는 들었습

니다. 하지만 고작 그 정도로 될까요?"

형운이 한 달여간 받은 지원은 대단한 것이다.

하지만 그 대단한 지원조차도 형운의 조건을 고려하면 빛이 바랜다. 그 정도로는 형운이 안고 있는 불리함을 극복할 수 없다.

운중산이 말했다.

"육체의 성능을 높이는 건 가능하겠지."

"대법과 비약을 비효율적으로 퍼부어서라도 많은 내공을 갖게 하는 것 자체는 가능하겠죠. 하지만 그것조차도 한계가 있습니다. 무공을 터득하고 이해하는 건 또 별개의 문제고."

"그래, 나도 안 될 거라고 생각하네. 하지만… 좀 마음에 걸리는 점이 있군."

"무엇입니까?"

"일단 영약을 대규모로 모으고 있네."

"그건 조금 전에 하신 말씀과도 맞아떨어지지 않습니까?"

"종류가 좀 이상하단 말이야."

"무엇이기에 그러십니까?"

"일단 공청석유(空靑石乳)가 있네."

공청석유는 지하 깊숙한 곳에 있는 동굴에서 대지를 타고 흐르는 기운을 받은 돌에서 흘러나오는 우윳빛 액체를 말한다. 그 효능은 무인이 한 방울만 마셔도 내력이 극적으로 상승할 정도라고 전해진다.

"음? 그게 뭐가 이상합니까?"

"그것만으로는 이상할 게 없지. 양을 좀 많이 요구했지만 그럴 수도 있는 일이고. 그보다는……."

공청석유는 엄청나게 귀한 영약으로 사실 한 방울을 모으는 것조차 어렵다. 하지만 별의 수호자에서는 그렇게 보기 어렵지 않았다. 왜냐하면 전설보다는 많이 효능이 떨어지지만 그래도 공청석유를 인공적으로 만들어내는 데 성공했기 때문이다!

"십년화리(十年火鯉), 천영초(天影草) 기름, 영채화(映彩花)의 꿀, 조령미(早靈米)……."

운중산의 입에서 강호에 전설처럼 전해지는 영약들의 이름이 줄줄이 흘러나왔다. 그것들은 공청석유처럼 별의 수호자에서 인공적으로 만들어내는 데 성공한 것들이기도 했다.

그 목록을 들은 초후적이 눈살을 찌푸렸다.

"영약이란 영약은 다 나오는군요."

"하지만 정작 이것들로 만든 비약은 거의 요구를 안 하고 있다는 게 이상한 걸세."

"네?"

"비약도 요구를 하긴 하는데 그 양이 예상보다 훨씬 적고 저런 영약들이 대부분일세."

연단술사들이 만들어내는 비약은 귀한 약재와 각종 영약을 배합, 다양한 조제법으로 만들어낸 결과물이다. 그런데 귀혁은 그런 비약이 아니라 저런 원재료들만 대거 모으고 있었던 것이다.

그제야 초후적도 운중산이 무엇을 의아해하는지 알 수 있었다.

"확실히 그건 이상하군요. 설마 이제 와서 독자적인 비약을 만들어내겠다고 설칠 만큼 어리석을 리는 없고, 도무지 무슨 꿍꿍이인지……."

"나도 짐작이 안 가네. 그래서 무서운 거지. 그가 9심의 경지를 성취했을 때도 그랬듯이……."

"음."

그 말에 초후적이 침음했다.

귀혁이 달성한 9심이라는 내공 수위는 사실상 인간의 한계라고 일컬어진다. 인체라는 그릇은 그 이상의 힘을 담아둘 수 없다는 게 정설이었다.

현 강호에서 9심의 경지를 성취한 무인은 드러난 자 중에서는 단 한 명, 팔객의 일원인 설산검후 이자령뿐이다. 그리고 별의 수호자의 정보망으로 파악한 바로도 귀혁을 포함해서 단 세 명만이 그 경지에 도달해 있었다.

별의 수호자는 그 어떤 조직보다도 내공 증진에 유리한 조건을 가졌다. 하지만 많은 무학자와 연단술사, 기환술사의 연구에도 불구하고 9심에 확실히 도달할 수 있는 방법은 아직 개발되지 않았다.

그렇기에 귀혁은 별의 수호자 내에서도 불가해한 존재였다. 그는 강한 무인이면서 동시에 타의 추종을 불허하는 무학자이기도 했다.

운중산이 말했다.

"그는 늘 무학원(武學園)에 의미를 파악하기 어려운 자잘한 것들의 연구를 요구하지. 그리고 그렇게 나온 것들을 조합해서 우리는 알 수 없는 결과를 내왔다."

별의 수호자는 독자적인 무공연구기관, 무학원을 운용하고 있었다. 귀혁은 여기에 늘 새로운 과제를 던져주고는 했는데 그것들은 하나하나만 봐서는 큰 의미가 없어 보이는 자잘한 것들이었다.

하지만 일단 그것들의 연구가 결실을 맺고 나면, 귀혁은 그것들을 조합해서 무시무시한 결과를 내놓고는 했다. 그가 9심의 내공 수위를 달성한 것 역시 그런 과정을 거쳐서 이루어진 일이다.

운중산이 말했다.

"그러니 그가 하는 일이라면 우리 눈에는 아무 쓸모없는 기행으로 보인다 하더라도 경계할 필요가 있네. 그렇지 않은가?"

"맞는 말씀입니다. 하지만……."

초후적이 눈살을 찌푸렸다. 운중산이 바라보자 그가 말을 이었다.

"그런다고 대비할 수 있는 성질의 일을 꾸미고 있는지 의문이군요."

"음."

"뭐 일단은 예의 주시하는 수밖에 없겠습니다. 밖으로 나돌기 시작할 때까지는…….”

2

별의 수호자 총단에 도착한 다음 날부터 형운의 새로운 일
과가 시작되었다.

“형운 공자님, 기침하실 시간입니다.”

“아, 응.”

객잔에서 심부름꾼 노릇을 해온 형운은 늦잠과는 거리가 멀
었다. 전속 시비가 깨우러 오기도 전에 이미 일어나서 몸을 풀
고 있었다.

하지만 누군가 자신을 깨우러 와서 쓸데없이 넓은 침실 밖
에 대기한 채 정중하게 말을 걸어오는 것은 적응이 되질 않는
다. 순간적으로 자기한테 하는 말이라는 것을 눈치채지 못했
을 정도였다.

‘으, 진짜 어색하다.’

게다가 형운의 시중을 드는 것은 모두 여자였다. 여자들이
생활에 밀착해서 시중을 들어준다니 너무나도 어색하다.

그중에서 가장 형운에게 밀착해서 시중을 드는 것은 열한
살 소녀 예은이었다. 시비라고는 해도 외모도 귀엽고 귀티도
나서 형운보다 훨씬 부잣집 딸 같다.

침실 밖으로 나오자 갈아입을 옷이 준비되어 있었다. 어제
는 시종들이 몸을 씻겨주고 옷을 갈아입혀 주려고 했지만 형

운은 앞으로는 씻고, 입는 것은 혼자서 하겠다고 선언했다.

하지만 그래도 그들의 손길에서 완전히 자유로운 것은 아니다. 시종들이 준비해 준 물로 세수를 하고, 옷을 입고 나오자 누나뻘의 예쁜 시비 두 명이 기다리고 있었다.

"공자님, 이리로……."

시비들은 형운을 거울 앞으로 이끌었다.

거울 앞에 선 형운은 멍하니 거울에 비춰진 자신의 모습을 바라보았다.

'보면 볼수록 신기하네. 이거 도대체 어떻게 만든 거지?'

표면이 매끈해서 사람의 모습을 놀랍도록 선명하게 비춰주는 거울은 일반인에게는 완전히 별세계의 물건이었다. 어지간한 부호라도 동경(銅鏡)을 쓰지 이런 거울을 갖는 것은 꿈도 꾸지 못할 것이다.

하지만 형운의 방에는 전신을 다 비출 정도로 커다란 거울이 마련되어 있었다. 처음 이걸 보는 순간 형운은 요괴의 술수가 아닌가 의심하고 겁을 집어먹었다.

형운이 그 앞에 앉자 시비들이 머리를 다듬어주고 옷매무새를 정리해 주었다. 그러자 형운의 행색도 조금은 봐줄 만했다.

거처 내의 식당으로 가서 넓은 식탁 앞에 앉아 혼자 먹기에는 너무 많은 음식을 마주하고 있자니 예은이 그 옆에 서서 말했다.

"영성님께서 아침 식사는 같이하자는 전갈을 남기셨습니다."

"사부님이? 사부님 방이 어디죠… 가 아니라 어디지?"

아무래도 자기보다 귀티 나는 상대다 보니 자연스럽게 존댓말이 나올 뻔했다. 형운은 허겁지겁 말투를 바꾸고는 얼굴을 붉혔다.

예은은 모른 척하고 대답했다.

"제가 안내하겠습니다."

"응. 부탁해."

형운은 예은을 따라서 방을 나섰다. 복도를 걷는 동안 마주치는 사람들이 공손하게 고개를 숙여 예를 표했다.

'으아, 도망치고 싶다.'

평생 남에게 굽실거리고 살아왔는데 이제는 누군지도 모르는 사람들이 자길 보면서 굽실거린다. 그것이 견디기 힘들 정도로 어색했다.

귀혁의 방으로 들어서자 앞에 대기하고 있던 시종이 문을 열어주었다. 형운이 안에 들어서자 안에서 뭔가 고소하고 기름진 냄새가 났다.

'요리하는 냄새? 그런 것치고는 좀… 무슨 약 냄새 같기도 하고?'

형운의 방에는 주방이 없어서 귀혁의 방도 그럴 줄 알았는데 아니었단 말인가?

하지만 이 냄새는 좀 이상하다. 분명히 고기를 불에다 익히고 볶는 냄새가 나기는 하는데 동시에 약재상에 갔을 때나 맡을 법한 약 냄새들이 가득했다.

그렇게 생각하면서 방 안을 보니 좀 괴상하다. 형운의 방처럼 호화로운 게 아니라 용도를 알 수 없는 것들이 난잡하게 널려 있었다.

'사부님 방이 맞긴 맞나?'

형운이 의아해할 때였다. 안쪽에서 귀혁이 모습을 드러냈다.

"흠, 왔구나."

"사부님, 밤새 평안하셨어요?"

"딱딱한 인사치레는 됐다. 그보다 거기 앉거라. 음식을 내올 테니."

"네?"

형운이 놀랐다. 그도 그럴 것이 귀혁과 여기까지 오는 동안 그가 음식을 나르거나 하는 일을 스스로 하는 경우를 한 번도 못 봤기 때문이다.

하지만 귀혁은 개의치 않고 주방으로 추측되는 방으로 돌아갔다. 그리고 잠시 후, 형운의 눈이 휘둥그레졌다.

"사, 사사사부님……."

"음? 왜 그러느냐?"

"귀, 귀귀귀귀귀이……."

"귀?"

"귀신이다아아아!"

형운이 펄쩍 뛰었다. 그도 그럴 것이 귀혁의 곁에 음식이 담긴 그릇들이 허공에 둥둥 떠 있었던 것이다!

귀혁은 그런 반응은 생각지도 못했다는 듯 조금 놀란 표정을 지었다.

"호오, 신선하구나. 그런 반응은 처음이로군."

"사부님! 도, 도망치세요!"

"진정하거라."

귀혁이 피식 웃으면서 손을 들었다. 그러자 형운은 놀라운 경험을 해야 했다. 몸이 자신의 의지와는 상관없이 두둥실 떠오르더니 앞에 있는 의자에 앉혀진 것이다.

귀혁이 말했다.

"이건 허공섭물(虛空攝物)이라는 것이다. 기를 이용해서 사물을 자신의 뜻대로 움직이는 기술이지."

"……."

"의념으로 기를 움직여 세상에 영향을 끼치는 경지에 이르면 너도 할 수 있는 거란다. 별거 아니니 놀랄 필요 없다."

'그게 별게 아니면 세상에 별거가 어디 있어요!'

형운은 비명을 지르고 싶은 것을 참았다. 그동안 귀혁에 대해서 어느 정도 알았다고 생각했는데 완전 착각이었다. 귀혁의 사고방식은 형운이 이해하기에는 너무나도 심오했다.

형운 앞에 음식이 담긴 그릇들이 하나하나 내려왔다. 형운은 여전히 눈앞에서 일어나는 일이 귀신놀음이라는 의심에서 벗어나지 못한 채 조심스럽게 음식들을 관찰했다.

누리끼리한 광택이 좌르르 흐르는 밥에 고기가 들어 있는 국, 새 구이, 잉어찜과 각종 나물 무침이 보인다. 여기까지 오면서 먹었던 것들에 비해서는 소박하지만 형운 입장에서는 충분히 호화로웠다.

형운이 물었다.

"그런데 사부님, 직접 요리도 하세요?"

"취미란다. 그리고 이 요리들은 남한테 시키기에는 주의점이 너무 많아서."

"주의점이요?"

"이건 약선(藥膳)이다."

"약선?"

"약이 되는 요리라는 것이지. 이건 내가 독자적으로 연구한 약선들이다. 한동안은 이걸 먹어야 한다."

"한동안이라면… 얼마 동안인데요?

"글쎄다. 언제라고 딱 잘라서 말하기는 어렵군. 어느 정도 단계가 지나면 먹지 않아도 되겠지. 아, 그러고 보니 물을 잊었군."

귀혁은 그리 말하며 방 한구석을 바라보았다. 그곳에는 쇠로 틀을 만들고 자기로 만든 그릇을 몇 개나 겹겹이 쌓아둔 이상한 기구가 있었다.

귀혁이 손짓을 하니 다른 곳에서 물잔이 휙 날아오르더니 그 아래로 향한다. 그리고 기구의 옆쪽에서 달칵하는 소리와 함께 손잡이가 돌면서 물잔으로 물이 방울져서 떨어져 내렸다.

"물은 마실 일이 많으니 미리 담아놔야겠군. 쯧. 시중을 물려놓으니 이게 불편해."

"왜 사람들을 물리신 건데요?"

형운이 의아해하며 물었다. 귀혁은 남에게 시중받는 것에 익숙한 사람이었다. 여기까지 오는 동안에도 내내 그랬다. 그런데 왜 이제 와서 시중을 물리고 자기가 직접 요리까지 하는 것일까?

귀혁이 대답했다.

"그건 이 사부가 연구실을 누가 건드리는 걸 싫어하기 때문이다."

"연구실이요? 여기가요?"

"그래."

"그렇구나⋯⋯."

형운은 그제야 이 괴상한 풍경이 납득이 갔다. 이 약 냄새하며 이상한 기구들과 약재들, 한구석에 잔뜩 쌓여 있는 서책들까지 연구실이라는 말이 딱 들어맞는다.

귀혁이 말했다.

"여기도 내 방의 일부이긴 하다. 다른 곳과 구획을 분리해두었을 뿐이지. 앞으로 내가 연구실이 아니고 그냥 내 방으로 오라고 하면 여기 말고 반대쪽 입구로 오면 된다."

"입구가 두 개예요?"

"내 방은 넓어서 그렇게 해두고 있다. 참고로 네 방의 열 배쯤 되지."

"⋯⋯."

"필요하면 네 방도 더 넓혀줄 수 있단다."

"아니, 그건 됐어요."

지금의 방도 충분히 넓다. 형운이 고개를 설레설레 젓자 귀혁은 피식 웃으면서 손을 뻗었다. 그러자 그새 물이 찬 물잔이 그의 손으로 날아들었다.

"형운아, 찬물이 좋으냐 아니면 따뜻한 물이 좋으냐?"

"찬물이요."

"그럼 차게 해주마."

쉬이이이…….

형운이 아무 생각 없이 대답하는 순간, 귀혁의 손에서 새하얀 한기가 일어나서 물잔을 차갑게 식혔다. 귀혁이 그것을 앞에 놓아주자 형운은 벌린 입을 다물지 못했다.

"뭘 하신 거예요?"

"음한지기(陰寒之氣)를 일으켜서 물을 식힌 것이다."

"……."

"별것 아니다. 너도 자신의 기운을 음양(陰陽)으로 나누어서 운용할 수 있게 되면 할 수 있단다."

'그러니까 별거의 기준이 도대체 뭐냐고요!'

형운은 비명을 눌러 참으면서 물잔을 들어보았다. 정말 한겨울에 밖에 내놓기라도 한 것처럼 차가웠다.

"세상에……."

"무공이 싸우는 데만 유용하다고 생각하는 놈들도 있는데, 실은 높은 경지에 오르면 실생활에도 아주 유용하단다. 한여

름에도 시원한 얼음물을 마실 수 있고 불 없이도 음식을 데워 먹을 수 있지."

"……."

뭔가 무공에 대한 인식이 와장창 깨져 나가는 기분이다. 황당해하는 형운에게 귀혁이 말했다.

"자, 그럼 음식이 식기 전에 들자꾸나. 모처럼 솜씨를 부렸으니."

"네."

형운은 왠지 지친 기분으로 누리끼리한 광택이 도는 밥을 한 숟갈 떠서 먹었다. 그리고 깜짝 놀랐다.

'써!'

그것은 밥이라기에는 너무 썼다.

일그러진 형운의 표정을 보면서 귀혁이 물었다.

"맛이 어떠냐? 그건 조령미라는 쌀로 지은 밥인데 우리 조직 말고는 거의 생산하는 곳이 없는 영약에 가까운 품종이란다."

"아, 그, 그게… 맛있네요."

"그러냐? 다행이구나. 밥 짓는 게 오랜만이라. 어디 다른 것도 먹어 보거라."

"네."

형운은 애써 미소 지으며 국을 한 숟갈 떠서 먹었다.

'이건 뭐야!'

분명히 고깃국인데 입에 닿는 감촉은 이상하게 점착성이 강한 액체였고 맛은 탕약(湯藥)처럼 썼다.

귀혁이 말했다.

"너는 영양이 부족하고 몸이 부실해서 신경 좀 썼단다. 거기 잉어찜 좀 먹어 보거라. 그게 밖에서는 큰돈을 줘도 맛보기 어려운 십년화리라는 거란다."

"그, 그렇군요."

형운은 귀혁의 말대로 잉어찜에 젓가락을 가져갔다. 설마 이것도 쓰진 않겠지?

'우읍!'

쓰고 시큼하다. 형운은 그대로 굳은 채로 몸을 부들부들 떨었다. 씹히는 맛이 살아 있어서 식감만으로 보면 입이 호강하는 느낌이거늘 어찌 이럴 수가!

'하, 하하하… 설마 새 구이도 맛이 이상하지는 않겠지? 아닐 거야, 아암.'

밥과 국과 잉어찜마저 쓴맛이 나는데 나물 무침들이 멀쩡할 거라는 기대는 하지도 않았다. 하지만 설마 새 구이까지 쓰진 않으리라. 형운은 최후의 희망을 걸고 새 구이에 젓가락을 가져갔다.

껍질은 바삭하고 육질은 아주 야들야들해서 식감은 일품이다. 하지만…….

"우, 우읍!"

입에서 불이 나는 것 같다. 맵고 썼다.

'아니, 매운 거야 그렇다 치고 왜 쓴 거냐고!'

얼굴이 새빨개져서 몸을 뒤트는 형운에게 귀혁이 물었다.

"왜 그러느냐?"

"아, 아니… 아하하, 조, 조금 매워서요."

"좀 맵긴 할 게다. 이건 화기(火氣)가 강한 만화조(萬火鳥)라는 새를 주염(朱鹽)이라는 특별한 소금으로 구운 거란다. 그럼 이것도 한번 먹어 보거라."

이어서 귀혁이 권하는 각종 나물 무침을 먹은 형운은 당장에라도 쓰러질 듯 비틀거렸다.

'사, 살려주세요…….'

얼마 먹지도 않았는데 벌써부터 정신적으로 한계가 왔다. 먹으면 먹을수록 식은땀이 나고 속이 뒤집어지는 것 같았다.

게다가…….

'이건 도대체 왜 다 쓴 거야…….'

괴로운 요인은 가지각색인데, 모두가 한 가지 공통점을 갖고 있었다.

어쨌거나 쓰다.

시고 쓰고, 맵고 쓰고, 짜고 쓰고… 하여튼 하나같이 강렬하고 괴악한데 그 속에 쓴맛이 무조건 섞여 있었다.

'물, 물을 마셔야 해.'

형운은 반쯤 정신이 나간 상태로 물잔을 손에 들었다. 귀혁이 음한지기로 식힌 덕분에 시원한 감각이 마음에 들었다. 그리고…….

'으아아아아아아!'

참 시원하지만 소름 끼치는 쓴맛에 절망하고 말았다.

3

귀혁과 함께한 아침 식사는 형운이 겪어보지 못한 새로운 형태의 시련이었다.

하지만 형운은 결국 자기 몫을 다 해치우고야 말았고 그것을 해낸 스스로가 정말 대견하다고 여겼다. 드디어 이 지옥이 끝났다고 생각하는 순간, 청천벽력 같은 한마디가 떨어졌다.

"흠, 생각보다 괜찮았나 보구나. 앞으로 매일 세 끼를 이렇게 먹을 거다. 물론 음식은 조금씩 달라질 테니 질릴 염려는 없을 거고……."

"네에에에에?"

결국 형운은 벌떡 일어나며 소리를 지르고 말았다.

한 끼 먹는 것만으로도 지옥 같았거늘, 이걸 앞으로 매 끼니마다 반복해야 한다고?

귀혁이 피식 웃었다.

"맛이 없었느냐?"

"그, 그야……."

형운은 쉽게 대답하지 못하고 머뭇거렸다. 귀혁이 그럴 줄 알았다는 듯 대답했다.

"네게 맛있었다면 그게 더 이상하지."

"네?"

"애쓰더구나. 언제 말하려나 했는데 끝까지 그냥 먹어서 놀랐다. 역시 너는 제법 근성이 있어."

"……."

형운은 멍청한 얼굴로 귀혁을 바라보았다. 이럴 때는 무슨 표정을 지어야 할지 모르겠다.

귀혁이 말했다.

"형운아, 세상에는 한 가지 진리가 있다. 뭔지 아느냐?"

"무엇인가요?"

"좋은 약은 입에 쓰다."

"……."

"그러니 약선 역시 몸에 좋은 것이니 쓴 것이 당연한 거란다."

"…아니, 근데 아무리 그래도 이렇게 다 쓴 건 말이 안 되잖아요?"

"똑같이 쓰기만 한 게 아니라 쓴맛이 근간에 깔려 있을 뿐 다 다른 맛 아니냐?"

"그렇기야 하지만… 으으, 안 쓴 약선은 없는 건가요?"

"있긴 한데 별로 효과가 없다. 잘 챙겨 먹어봤자 건강을 유지하는 정도?"

"그, 그 정도로도 괜찮지 않나요?"

"당연히 안 된다. 넌 이제 일반인이 아니라 무인이다. 그것도 성운의 기재를 뛰어넘어야 하는 몸이지. 그러니 당연히 모든 면에서 최고의 효과를 가진 것으로 몸을 개선해야 한다."

"……."

단호한 귀혁의 태도에 형운은 할 말이 없었다.

'맞는 말씀이다. 그렇기는 한데……'

자신은 절대적으로 불리한 조건을 뒤집고 성운의 기재를 능가해야 한다. 그런데 사소한 일로 징징거려서야 어떻게 그 목표를 이루겠는가?

하지만…….

'아니 근데 그거랑 식사랑 무슨 상관이냐고요?'

아무리 생각해도 이해할 수가 없다.

귀혁이 말했다.

"뭐 혼자 견디라고는 하지 않으마. 네가 이걸 먹는 동안은 나도 똑같이 먹을 거다."

"사부님도요?"

"지금도 같이 먹었지 않느냐? 나도 이렇게 먹고 지낸 적이 있어서 효과가 검증되었으니 네게 먹이는 것이다."

"그렇군요."

"애당초 이 발상을 한 건 만년석균(萬年石菌) 때문이었지."

"만년석균이 뭔데요?"

"네가 좋아하는 강호협사들의 이야기를 보면 그런 경우가 있지 않느냐? 죽음의 위기를 넘기고 눈을 떠보니 알 수 없는 동굴 속이더라."

"있죠. 거기에는 옛 고인들의 비전이나 절세의 영약들이 남아 있는 기연이 기다리고……."

"동굴 벽에서 자라는 희미한 빛을 발하는 이끼를 먹었더니 엄청난 힘이 생기더라는 이야기는 들은 적 없느냐?"

"아, 있어요."

"그게 만년석균이다. 전설적인 영약 중에 하나지. 그 이야기 때문에 이 약선을 연구하게 된 것이다."

"사부님."

"음?"

"그 이야기가 어떻게 그런 결론으로 연결되는 건지 이해가 안 되는데요?"

동굴에 떨어진 주인공이 거기에서 자라는 만년석균을 발견하고 먹는 것과 이런 가지각색의 약선을 연구해 먹는 것이 무슨 관계란 말인가?

귀혁이 빙긋 웃었다.

"이야기를 끝까지 들어 보거라. 보통 만년석균이 등장한 이야기를 보면 주인공은 몸도 만신창이가 되었고, 동굴에서 탈출할 방법도 찾을 수가 없고, 거기에 먹을 식량이라고는 만년석균밖에 없기까지 하지 않느냐?"

"네, 그런 경우가 많아요."

"그리고 짧으면 몇 개월, 길면 몇 년에 걸쳐서 만년석균만 먹으면서 거기에 있던 무공을 연마했더니 몸이 다 회복되는 것은 물론이고 이전보다 힘이 철철 넘치지?"

"그렇죠?"

"넌 그게 말이 된다고 생각하느냐? 인간이 이끼만 먹고 몇 년을 산다는 게?"

"어……."

형운은 말문이 막혔다.

그야 말도 안 되는 일이다. 사람이 어떻게 이끼만 먹고 살겠는가?

하지만 동시에 그럴 수도 있지 않나? 하는 생각이 든다.

"그냥 이끼가 아니고 영약이니까 그럴 수도 있지 않나요?"

영약이란 영험한 효능이 있는 약이다. 연단술사들이 만든 비약만 해도 먹으면 기운이 넘치는데, 저런 전설적인 영약이라면 상식을 초월한 일도 가능하지 않을까?

귀혁이 고개를 끄덕였다.

"나도 그렇게 생각했다. 그래서 실험해 봤지."

"네? 도대체 왜……."

"실험해 보지 않고서야 어떻게 진짜인지 가짜인지 확신하겠느냐?"

"아, 아니. 제가 말을 잘못했어요. 도대체 어떻게요?"

만년석균이라는 것은 이야기 속의 주인공이나 만날 법한 기연 속에서나 찾아볼 수 있는 전설적인 영약이 아닌가? 그런데 어떻게 그걸 구해서 실험을 할 수 있을까?

귀혁이 태연자약하게 말했다.

"아, 우리 조직은 이미 아주 오래전에 만년석균을 양식하는 데 성공했단다."

"네? 그게 말이 돼요?"

"되니까 하고 있는 거 아니겠느냐? 뭐, 인공적으로 양식한 것은 전설 속의 만년석균에 비하면 효능이 떨어지긴 한다. 만년석균만 그런 게 아니라 인공적으로 만든 영약들이 다 그렇기는 하지. 그래서 그걸 조합해서 비약을 만드는 거고."

"그것만이 아닌 거예요?"

"자연상에 존재하는 영약들이 어떤 과정으로 탄생하는가를 밝혀내고 인공적으로 같은 것을 만들어내는 것 역시 별의 수호자에서 오랫동안 연구해 온 과제다. 이미 많은 성과를 냈으니 그것들이 비약의 재료로 들어가는 거지."

"우와……."

형운은 새삼 왜 별의 수호자가 돈을 많이 버는지 알 것 같았다.

심마니들이 백 년 묵은 산삼 한 뿌리만 캐도 먹고살 걱정이 없다고 한다. 그런데 그런 것을 인공적으로 만들어낼 수 있다면 당연히 떼돈을 벌지 않겠는가?

귀혁이 말했다.

"어쨌거나 산의 정기나 혹은 용맥의 기운이 강한 폐쇄된 환경 속에서 만년석균만 먹으면서 무공을 수련하면 어떻게 되는가? 삼 개월에 걸쳐 실험해 본 적이 있었는데……."

그 결과, 귀혁은 그게 말도 안 되는 소리라는 결론을 내렸다.

"필요한 영양을 섭취하지 않으면 점점 인간의 육체는 쇠할 뿐이다. 뼈가 약해지고 근육이 죽어가고 내장 기능이 약해지지. 만년석균에 아무리 많은 기운이 담겼고 그것을 흡수해서 몸에 기를 가득 채우더라도 육체 그 자체의 쇠함을 막을 수 없었다."

그래서 귀혁은 약선을 연구하기 시작했다. 한 가지 영약만 먹고 정순한 기운을 기르면서 육체를 쇠하지 않게 유지하는 게 불가능하다면, 인간이 필요로 하는 모든 영양소를 채우면서 그 속에 영약의 효능을 담으면 되는 것 아니겠는가?

여기서 형운은 한 가지 의문점이 생겼다.

"꼭 식사를 그렇게 해야 할 필요가 있나요? 비약을 먹잖아요?"

형운은 지금도 꼬박꼬박 비약을 마셔가면서 내공을 수련하고 있었다. 그런데 왜 약선까지 먹어야 한단 말인가?

귀혁이 대답했다.

"비약은 약이고 약선은 식사이기 때문이다."

"하나만 해도 되는 거 아니에요?"

"식사와 약은 서로 영향을 끼치는 부분이 다르다. 그리고 약선을 안 먹으면 영양은 충분할 수 있어도 몸에 해가 되는 것도 먹을 수 있으니, 원하는 성장을 위해 완전히 상황을 통제하기 위한 방법이라고 할 수 있지. 사실 약만 먹고 살면 되지 않을까 고민해 본 적도 있는데… 그것도 만년석균 문제와 비슷한 결론에 이르렀다."

"으음."

"그러니 당분간은 꾹 참고 먹어 보거라."

"으으으으……."

반박을 허락하지 않는 귀혁의 말에 형운은 신음하며 머리를 감싸 쥐고 말았다.

4

"자, 그럼 식사도 했으니 수련장으로 가보자꾸나."

귀혁은 먹은 그릇들을 허공섭물로 들어서 연구실 밖에 내놓았다. 그래도 설거지는 시종들이 하는 모양이었다.

"음? 사부님, 어디 가세요?"

형운이 의아해하며 물었다. 귀혁이 형운이 들어온 문이 아니라 이 방의 다른 구획으로 통하는 곳으로 갔기 때문이다.

"수련장으로 갈 거다."

"수련장도 사부님 방 안에 있나요?"

"소소하게 연무할 만한 공간은 있다만 본격적인 수련을 하기에는 좀 좁지. 수련장은 따로 있다."

"그런데 왜 밖으로 안 나가시고……."

"입구가 내 방에 있기 때문이다. 뭐 걸어가도 된다만 쓸데없이 멀지."

"으음?"

형운은 이해할 수가 없어서 고개를 갸웃거리면서 귀혁의 뒤를 따랐다.

연구실 구획만 난잡할 뿐, 귀혁의 방은 전체적으로 정갈하고 고급스럽게 꾸며져 있었다. 형운이 주변을 구경하며 걷고 있자니 귀혁이 말했다.

"여기다."

"네? 문이 없는데요?"

그곳은 방의 여러 구획으로 이어지는 중계점 같은 장소였다. 귀혁은 대답 대신 바닥을 한 번 가볍게 굴렀다.

그러자 갑자기 주변이 어둠으로 물들었다.

"어?"

형운이 당황하는 순간, 어둠이 사라지면서 주변이 밝아졌다. 그런데······.

"여긴 어디죠? 뭐가 어떻게 된 건가요?"

조금 전의 그 장소가 아니었다.

천장의 높이만도 십 장(약 30미터)이 넘고 넓이는 수백 명을 수용해도 될 것 같은 공간이었다. 장식은 거의 없고 외곽에 일정한 거리를 두고 배치된 기둥들에는 희미한 빛을 발하는 문자가 수도 없이 적혀서 알 수 없는 위압감을 주었다.

귀혁이 말했다.

"여기가 내 개인 연무장이다."

"여기가요? 어, 도대체 어떻게 여기로 온 거죠?"

"축지(縮地)의 힘이 담긴 기환진을 발동해서 온 거다. 축지법이 무엇인지는 알지?"

"그 먼 곳으로 한 번에 갈 수 있다는 신비한 술법이요?"

"바로 그거다."

"그거··· 진짜로 있는 거였어요?"

세상에, 한 장소에서 다른 장소로 걷지도 뛰지도 않고 한순간에 이동하는 게 정말로 가능한 일이었단 말인가?

귀혁이 말했다.

"너도 알겠지만 내 거처가 좀 넓은지라 일일이 복도를 걸어서 다녔다가는 시간 낭비가 많단다. 그래서 몇몇 장소는 이렇게 축지 기환진으로 연결해 두었다."

"……."

형운은 어이가 없었다. 축지법이라는 게 그런 데다가 써먹는 것이었던가?

귀혁이 피식 웃었다.

"여기는 워낙 기환술사가 많다 보니 생활 속에서 쓸 수 있는 기환술의 결과물이 여럿 있단다. 너도 앞으로 하나하나 알아가게 될 거다."

"그렇군요."

형운은 고개를 절레절레 저었다. 정말이지 일일이 놀라다 보면 한도 끝도 없었다.

"그런데 여기 왜 이렇게 넓죠?"

개인 연무장이라고 부르기에는 지나치게 넓다. 이건 공간 낭비가 너무 심하지 않은가?

귀혁이 말했다.

"많은 상황에 대응하기 위해서란다."

"어떤 상황이요?"

"그건 차차 알게 될 거다."

"음, 그럼 혹시 여긴 지하인가요?"

"그렇단다."

"왜 연무장이 지하에 있어요?"

"무공 수련을 남에게 보이지 않기 위해서지. 외부에서 수련하는 것은 아무리 주의를 기울여도 남의 눈을 피하기 어려우니까."

"아하."

무공을 수련하는 모습을 남에게 보이지 않아야 하는 이유는 간단했다. 무공에 대한 정보가 알려지면 파해법이 나올 수 있기 때문이다. 그 속에 담긴 이치가 해석되고 파해법이 나온 무공은 가치를 상실하고 만다.

하지만 그 비밀을 지키기 위해서 이렇게 거창한 연무장을 만들다니. 새삼 별의 수호자라는 조직이, 그리고 귀혁이 대단해 보였다.

귀혁이 말했다.

"자, 그럼 미리 말한 대로… 오늘부터 본격적인 무공 수련을 할 것이다."

호장성에서 여기까지 오는 동안 배운 것은 기초 중의 기초였다. 그리고 여행 중이었기 때문에 수련이 가능한 시간이 한정되어 있어서 효율이 떨어졌다.

이제부터는 다를 것이다. 형운의 모든 생활이 무공 수련에 집중될 테니까.

귀혁이 말했다.

"미리 말해두마. 앞으로 정말 힘들 것이다. 죽도록 고생할 각오를 하거라."

그 말에 형운은 침을 꿀꺽 삼켰다.

귀혁은 여행 중에 누누이 말했다. 총단에 들어가서 본격적으로 가르치게 되면 무공 수련 중에는 인간적인 정을 끊고 철저하게 몰아붙일 거라고.

그래서 각오는 하고 있었다. 귀혁은 형운에게 있어 누구보다도 자상한 사부였지만, 동시에 무서운 사람이라는 것도 잊지 않았다.

귀혁이 말했다.

"가장 중점을 두는 것은 내공 수련이다. 사실 이것 말고는 천천히 익혀도 된다."

"내공이 제일 중요하기 때문인가요?"

"그렇기도 하지만 나머지는 속성으로 진도를 빼기가 힘들거든. 네 스스로 열심히 해서 익히는 수밖에 없으니 말이다. 물론 그걸 위한 바탕은 다 준비해 줄 것이다."

"지금까지 광혼심법을 수련하는 것과 뭐가 다른가요?"

"기본적으로는 똑같다. 하지만 기환진과 기관을 더해서 효과를 낼 것이고 의식주를 모두 활용할 것이다."

"의식주요?"

"그래."

"그러니까… 먹는 것만이 아니라 입는 거랑 잠자는 거랑 그런 거요?"

"그렇다."

"어떻게요?"

먹는 거야 약선으로 내공 증진을 꾀한다는 것을 알겠다. 하지만 입는 것과 거주환경을 어떻게 이용한다는 건지 알 수가 없었다.

귀혁이 말했다.

"그건 준비가 끝나는 대로 차차 알게 될 것이니 일단 궁금증은 뒤로 미뤄 두거라. 그리고… 기초적인 체력을 단련하고 체술, 보법, 경공술을 익히게 될 텐데 이건 네가 차근차근 노력하거라. 보채지는 않을 테니."

그 말에 형운이 물었다.

"사부님, 그럼 무기를 다루는 법은 안 배우는 건가요?"

"이 사부의 별호가 무엇이냐?"

"폭풍권호… 아."

"따라서 네게 전할 무공 역시 맨손을 기본으로 한다. 나중에 여유가 생기면 무기술도 가르쳐 줄 수 있다만, 글쎄, 그럴 여유가 생길 것 같지 않구나."

무기를 든 자가 맨손인 자보다 유리하다. 그것은 무공을 익힌 자들 사이에서도 똑같이 통용되는 진리다.

그러나 기의 수발이 자유로워지는 경지에 이르면 그러한 상식을 초월하게 된다. 주먹으로 바위를 부수고 발로 대지를 뒤흔드는 자들 사이에서 병기의 유무가 그렇게 큰 영향을 끼칠까?

형운이 물었다.

"그럼 그런 경지에 도달하기 전까지는 무기를 든 사람보다 불리한가요?"

"유감스럽게도 그렇다. 말하자면 보통 사람의 상식이 통하는 영역과 그 밖의 영역으로 나누어 둘 수 있겠구나. 그러니 높은 경지에 이르기 전까지는 칼 든 놈 보면 조심해라."

참 알기 쉬운 지침이었다.

귀혁이 말했다.

"그리고 내공 수련도 며칠 동안은 평범하게 할 것이다. 그 준비를 마치기 전에 일단 방어 무공부터 하나 가르쳐 주마. 감극도(感隙道)라고 한다."

"감극도요?"

"앞으로 네가 스스로를 지키는 방패가 될 것이다. 어떤 의미에서는 내 무공의 생명선이기도 하지."

감극도. 그것은 귀혁이 창안해 낸 방어 무공으로 감각의 틈새를 좇는다는 의미를 가졌다.

"인간의 감각은 불완전하다. 왜인지 아느냐?"

"감각으로 파악할 수 있는 한계가 있어서요?"

"그것도 하나의 답이다. 하지만 내가 말하고 싶은 부분은 감각으로 감지하는 것과 머리로 알고 반응하는 것 사이에 간극이 존재한다는 것이다."

인간이 감각으로 포착한 정보가 정신에 전달되고, 그것에 반응하기까지는 생각보다 많은 시간이 걸린다. 무공의 경지가 깊어질수록 이 간극은 줄어들지만 그래도 완전히 없앨 수는 없다.

"그것을 나는 감극(感隙)이라고 정의했다."

귀혁은 감극도의 구결을 형운에게 전했다. 구결이 워낙 길고 복잡한지라 형운이 한 번 듣고 외울 수는 없었기에 차근차근 풀어서 가르쳐 주었다.

"감극도는 총 삼 단계로 나뉘는데 일 단계는 감각이 포착하는 순간 반응하는 것이다. 일단 그 상태를 체감하게 해주마."

귀혁은 형운의 몸을 붙잡고 기를 불어넣었다. 그러자 일순간에 형운의 체내 기운이 귀혁의 의지에 장악, 통제권이 넘어가 버린다.

귀혁을 절대적으로 신뢰하는 형운조차도 일순 공포를 느꼈다. 의식은 살아 있는데 몸의 통제권을 빼앗기는 것은 그만큼 섬뜩한 경험이었다.

하지만 귀혁은 형운의 반응에는 개의치 않고 다른 쪽 손을 들었다. 그러자 한구석에 있던 근력 단련용 철구가 두둥실 떠오르더니 형운의 시야 사각으로 날아갔다.

그리고…….

팍!

"어?"

다음 순간, 형운은 사각에서 날아든 철구가 자신의 손에 잡혀 있는 것을 보고는 깜짝 놀랐다.

아무리 몸의 통제권을 빼앗겼다고 해도 체내의 기운이 어떻게 운용되는지, 몸이 어떻게 움직이는지는 명확하게 인지하고 있었다. 그런데 방금 전에는 철구가 날아드는 것도, 그리고 자신의 손이 움직여서 그것을 잡아냈다는 사실도 몰랐다.

귀혁이 말했다.

"반사적인 행동을 방어 의지와 결합하는 것이지. 네 내공이 깊어져서 사고 속도가 감각 속도를 따라잡기 전까지는 방어가 네 인식보다도 먼저 이루어질 것이다."

"사부님이 제 몸을 통제하지 않으셔도 이렇게 된다고요?"

"그래."

"세상에, 그러면 무적이겠는데요?"

"그렇지는 않다. 약점도 여럿 있지. 이건 감극도의 첫 번째 단계일 뿐이다."

감각으로 알고 머리로 판단하고 다시 몸이 움직인다. 이 과정을 줄이기 위해서 생각하기 전에 몸이 반응하도록 훈련하는 것은 무인들이 흔히 추구하는 길이다.

하지만 그것만으로는 부족하다.

반사적인 행동에만 의존한다면 허를 찔리기 쉽다. 그렇기에 마음이 가는 곳과 몸이 가는 곳을 일치시키는 공부가 필요하다. 그것이 바로 진정한 고수들이 이룩하는 경지다.

귀혁은 그것조차도 부족하다고 보았다.

그럼에도 여전히 그가 감극이라고 정의한 허점이 존재한다. 그것은 아무리 열심히 노력하더라도 인간인 이상 안고 있을 수밖에 없는 허점이다.

감극도는 그 허점을 완전히 없애는 것을 목표로 하는 무공이었다.

귀혁이 말했다.

"그걸 전부 설명한다면 수련 시간이 다 갈 테니 차근차근 이야기하마. 오늘은 감극도의 기본을 숙지하는 것부터 시작하자꾸나."

"네."

그렇게 형운의 본격적인 무공 수련이 시작되었다.

5

형운은 몸을 혹사한다는 게 어떤 것인지 잘 알고 있었다.

잘 먹지도 못하고 추울 때는 잘 입지도 못하고 오들오들 떨어가면서도 할 일을 해야 했다. 주인한테 맞고 손님들의 행패에 당해가면서 아플 때도 끙끙거리면서도 일을 하지 않으면 안 되었다.

그러니 지금의 환경은 힘들긴 해도 극락처럼 여겨져야 하리라. 고통은 강해지기 위해 감수해야 하는 것이며 예전에는 상상도 할 수 없었던 감각의 황홀경을 경험하고 배를 곯는 일도 없고 아프면 자신을 돌봐주고 치료해 주는 사람도 있지 않은가?

하지만 무공 수련으로 몸을 혹사하는 것은 형운이 알고 있는 것과 전혀 다른 고통을 선사했다.

그저 몸을 움직여 하는 수련은 괜찮았다. 심법을 수련하고 무공 초식들을 배워서 반복 숙련하는 것이야 힘들지만 충실감도 있어서 얼마든지 할 수 있었다.

'나는 강해지고 있다.'

녹초가 될 때까지 몸을 움직이고 나면 그런 실감이 들었다.

하지만 귀혁의 수련은 그것만으로 끝나지 않았다.

"앞으로 일흔여덟 번 남았다."

"큭……."

무심한 귀혁의 목소리에 형운이 바닥에 주저앉은 채로 신음했다.

귀혁은 목소리만 들려올 뿐 보이지 않는다. 주변은 자욱한 안개로 둘러싸여 있어서 반경 이 장(약 6미터) 앞으로는 뭐가 있는지 알 수가 없었다.

이곳은 분명히 귀혁의 개인 연무장이다. 그곳에 설치된 기환진이 작동, 이런 상황을 만들어내고 있었다.

형운은 몸을 일으키고는 흐트러진 호흡을 정돈했다. 그리고 체내의 내력을 정해진 경로대로 순환시키면서 감각을 곤두세웠다.

쉭!

곧 옆쪽에서 안개를 뚫고 뭔가가 날아들었다.

픅!

"크윽!"

형운은 그걸 어깨에 맞고 비틀거렸다.

반응이 늦었다. 쓰러질 뻔한 몸을 바로잡으면서 이를 악물었다. 고통을 참아내면서 정신을 더욱 집중했다.

"허억, 허억……."

다음 순간, 형운의 손이 전광석화처럼 움직였다.

"일흔일곱 번 남았다."

곧 귀혁의 무심한 목소리가 들려왔다.

옆으로 뻗어 나간 형운의 손에는 주먹만 한 모래주머니가 들려 있었다. 이것이 안개 속에서 불쑥 튀어나와 형운을 때린 물체의 정체였다.

귀혁이 직접 창안한 방어 무공, 감극도의 수련이었다. 시야를 제약시켜 두고 그 너머에서 귀혁이 던지는 모래주머니를 감극도를 활용해서 막아낸다.

아직 무공이 일천한 형운이 인식하기도 전에 몸이 반응해서 막아내야 한다. 그것을 백 번 성공하기 전까지는 이 상황이 계속된다.

모래주머니라고 하면 가벼워 보이지만 그렇지 않다. 한 대 맞을 때마다 주먹으로 얻어맞은 것 같은 묵직한 타격을 입어서 형운의 전신은 멍투성이였고 몇 번이나 기절하기까지 했다.

닷새간 계속된 이 수련을 형운은 한 번도 완료하지 못했다. 목표를 반도 달성하기 전에 기력이 다해서 기절하고 말았다.

귀혁은 여기에 대해서 질책하지 않았다. 그저 매일 환경을 바꿔가면서 같은 목표를 달성할 때까지 반복할 뿐이다.

"헉, 허억, 헉……."

모래주머니가 언제, 어디서 날아들지 모른다. 잔뜩 긴장한 채 신경을 곤두세우고 있는 형운의 정신력은 빠르게 소모되고 있었다.

퍽!

"아악!"

또 막지 못했다.

감극도를 제대로 쓰려면 숨 쉬듯이 자연스럽게 운용해야 한다. 하지만 광혼심법조차도 의식하지 않으면 제대로 운용하지 못하는 형운이다 보니 감극도의 숙련도는 형편없었다.

결국 집중력이 떨어진 형운은 연달아 모래주머니를 맞고 쓰러졌다.

'아, 아직… 일흔 번도 넘게 남았는데…….'

형운은 오늘도 결국 목표를 채 절반도 달성하지 못하고 의식을 잃었다.

6

귀혁은 형운에게 한 가지 수련만을 반복하게 하지 않았다. 감극도의 수련도 진도가 느렸지만 전혀 개의치 않고 다른 수련도 병행했다.

"경공은 아주 중요하다."

경공술(輕功術).

빠른 이동을 위한 무공이다. 경공술의 고수라면 전력 질주하는 준마(駿馬)보다도 빠르게 질주하고 절벽을 달려 올라가며, 심지어 새처럼 하늘을 날 수도 있었다.

"맞서 싸우는 힘도 중요하지만 세상 살다 보면 의외로 도망칠 일도 많거든. 그리고 누굴 쫓을 일도 많고. 무엇보다……."

그렇게 말하는 귀혁은 나무 꼭대기에 올라가 있었다. 금방이라도 부러질 것 같은 얇은 나뭇가지 위에 발끝으로 선 채 숲속을 달리고 있는 형운에게 이야기한다.

형운이 바로 앞에 앉아 있는 듯 여유로운 목소리였다. 분명히 십 장 넘게 떨어져 있고 정신없이 달리는 상황인데도 형운의 귓가에는 한 점의 잡음도 섞이지 않고 자연스럽게 울렸다.

"경공이 뛰어난 자는 전장에서 스스로 원하는 장소를 선택할 수 있다."

형운은 그 말을 들으면서 바쁘게 발을 놀리고 있었다.

"헉, 헉, 헉……!"

예전에 전력 질주하는 것만큼이나 빠른 속도였다. 굴곡이 있는 산길을 지속적으로 달리면서도 그 속도를 꾸준히 유지한다.

어느 순간, 길게 이어지는 경사가 눈에 들어왔다. 그러자 형운이 숨을 조금 깊게 들이쉰 다음 기합을 내질렀다.

"하앗!"

동시에 속도가 폭발적으로 높아졌다. 경공의 기초를 연마함으로써 장거리를 빠르게 달리는 것은 물론이고 필요할 때는 깜짝 놀랄 정도로 가속할 수 있었다.

귀혁은 나무들 위를 사뿐사뿐 날아서 형운과의 거리를 일정 수준으로 유지했다. 그러면서 여전히 느긋한 어조로 말했다.

"너도 느꼈겠지만 경공 수련은 종합적인 신체 단련에도 아주 좋다. 산을 달리면서 균형 감각을 기를 수 있고, 전신 근육을 쓰는 법도 알게 되지. 또한 심장과 폐를 혹사시켜서 체력과 지구력을 기를 수 있게 되고."

'게다가 아프지도 않지요!'

경공 수련 역시 힘들다. 심장은 터질 것 같고 폐는 불타는 것 같다. 하지만 적어도 맞아서 아플 일은 없지 않은가?

"네 경공 수준이 높았다면 그저 달리는 것만이 아니라 도약하고, 나무를 박차서 궤도를 비틀고, 그 위로 날아서 길을 선택할 수 있었을 것이다."

'그거밖에 못한다는 거 잘 아시면서!'

형운은 아직 빠르게 달리는 것 말고 다른 경공술을 배우지 못했다.

귀혁은 마치 그 생각을 읽은 것처럼 말했다.

"물론 네가 그럴 수 있게 된다면 이 수련도 좀 더 어렵게 변할 것이다. 장애물도 배치하고, 길도 막아두고, 가짜 길도 만들고, 중간에 방해꾼이 불쑥불쑥 튀어나오거나 멀리서 뭔가 날아와서 속도를 늦출 수도 있지."

'그건 상상만 해도 싫은데요!'

악몽 같은 미래의 계획을 들은 형운은 진저리를 쳤다.

경공 수련은 처음에는 귀혁의 개인 연무장에서 평지를 달리는 것부터 시작했다. 그다음에는 건물 하나를 통째로 비워놓고 구불구불한 복도를 따라 달리고, 계단을 오르락내리락하는 경로가 추가되었고 이제는 산을 타고 달리고 있었다.

"헉, 헉, 헉······!"

죽을 것처럼 힘들다. 얼마나 달렸는지는 모르겠지만 자신이 이렇게 오래 달릴 수 있다는 사실이 경이로웠다.

'조금만 더!'

경사진 길을 다 달려 올라가는 순간, 눈앞이 확 트였다. 형운은 자기도 모르게 외쳤다.

"얏호!"

신이 나서 완만한 내리막길을 따라 가속하니 지금까지보다 훨씬 빨라진다. 달리면서 스스로 무서워질 정도로!

하지만 주춤하지 않는다. 한계를 알기 위해 계속해서 가속한다!

마치 바람이 된 것 같다. 이 순간, 심장이 터져 버릴 것처럼 힘들지만 그 어느 때보다도 기분이 좋았다.

'갈 수 있어!'

형운은 속으로 수를 세고 있었다.

그것은 감극도의 훈련으로 얻은 흔들리지 않는 시간 감각. 아직 완벽하지는 않지만 언제 어느 때라도 정확하게 시간을 잴 수 있다.

귀혁은 경공 수련에도 목표 기록을 설정해 둔다. 그 기록은 다른 수련의 단계적인 목표와는 달리 현재의 형운도 달성할 수 있다고 생각하는 수준이었다.

그렇기에 형운은 그 기록을 반드시 달성하고자 노력해 왔
다. 오늘 수련은 같은 길을 반복해서 달렸기에 앞서 다섯 번
달린 것으로 지형과 길을 파악하고, 구간별로 어느 정도 기록
을 유지해야 한다는 판단을 마쳤다. 남은 것은 전력을 다해 달
리는 것뿐.

형운을 보는 귀혁의 입가에 미소가 어렸다.

"해냈구나."

동시에 형운이 목표 지점을 통과했다.

7

귀혁이 무공 수련에 있어 중시하는 것이 있다면 반드시 사
람을 상대해 보면서 익혀야 한다는 것이다. 그렇기에 그는 초
반부터 형운에게 대련을 경험하게 했다.

"혼자서만 수련한 무공은 죽은 무공이다. 실제로 사람을 상
대하며 그 활용법을 터득해야만 비로소 살아 있는 무공을 익
힐 수 있는 법."

처음 상대는 귀혁 자신이었다. 기술을 가르치고 그것을 자
신을 상대로 쓰게 하면서 실제로 사용하는 감각을 익히게 했
다.

그것도 언제나 똑같은 환경에서 이루어지지는 않았다.

형운은 울퉁불퉁한 산악 지형에서, 지붕 위에서, 경사진 계

단이 이어진 곳에서… 실로 다양한 환경에서 자신이 배운 것을 활용해야 했다. 그리고 물론 제대로 못했을 때는 두들겨 맞는 고통이 기다리고 있었다.

그리고 며칠이 지나자 이제는 상대가 바뀌기 시작했다.

"똑같은 상대와 겨루는 것도 자극을 둔화시키지. 그리고 너와 나의 격차는 너무 크니 다른 의미에서 긴장감이 약할 게다."

이길 수 있을 리가 없다. 그런 생각은 향상심을 둔화시킨다.

귀혁은 그렇게 생각하고 형운을 위해 다른 대련 상대를 준비했다.

그렇다고 해서 외부에서 상대를 섭외해 왔냐 하면 그건 아니다. 아직까지 형운은 모든 면에서 철저하게 비밀이 유지되는 폐쇄적인 환경 속에서 수련하고 있었다.

귀혁이 말했다.

"오늘 상대는 너보다 작은 아이다."

형운 앞에 목각인형이 나타났다. 형운보다도 머리 하나는 작은 아이의 체형을 가진 목각인형이었는데, 거기에 안개 같은 기운이 스며드나 싶더니 정말 작은 사내아이의 모습으로 변했다.

형운이 물었다.

"제가 이길 수 있는 상대예요?"

"글쎄다?"

"그 정도는 알려주셔도 되잖아요."

"상대의 역량을 파악하는 것 역시 수련의 일부란다."

"끄응."

형운이 표정을 구겼다.

목각인형이 인간의 모습을 갖추고 움직이는 것 역시 기환술에 의한 것이다. 하지만 그것을 조종하는 것은 귀혁이었다. 매번 다른 체격의 목각인형을 매번 다른 수준으로, 매번 다른 무공을 사용하도록 조작해서 형운과 대련한다.

'와, 진짜 사부님은 도대체 어떻게 이러실 수가 있는 거지?'

그 대련 때마다 형운은 놀라고 있었다.

귀혁이 조종하는 목각인형은 정말 매번 다른 사람 같았다. 기골이 장대해서 힘으로 몰아붙이는 경우가 있는가 하면 공격하는 족족 부드럽게 흘려 버리는 자가 있고 쓰러질 듯 말 듯 비틀거리면서도 신경을 건드리는 공격을 가해오는 자도 있었다. 겉모습을 제외하더라도 도저히 같은 사람이 조종한다고는 믿을 수 없을 정도로 차이가 컸다.

이번에도 마찬가지였다.

사내아이가 몸을 숙인다 싶더니 형운의 체감으로는 마치 바닥에 달라붙은 듯이 낮은 자세로 돌진해 왔다.

팍!

첫 번째 공격이 형운의 손에 막혔다.

하지만 의식하고 막은 게 아니다. 한 박자 늦게 형운의 간담이 서늘해졌다.

'으아, 이 꼬맹이 엄청 빠르잖아!'

감극도의 작용이었다.

보름 넘게 강도 높은 수련으로 혹사당하다 보니 그럭저럭 감극도가 몸에 붙었다. 이런 식으로 초반에 기습적으로 허를 찔러오는 공격은 거의 대부분 막아낼 수 있었다.

하지만 이어지는 공격에 대한 대응이 완벽하지 않았다. 사내아이는 낮게 몸을 숙이고 재빠르게 움직이면서 맹공을 퍼부었다.

"윽, 억, 악!"

위력이 강하지는 않지만 그래도 아프다. 형운은 눈으로 따라가기도 어려운 움직임에 당황하면서도 감극도에 의지해서 반쯤은 공격을 막고 있었다.

그런데 갑자기 바닥이 크게 기울었다.

"어, 어어어어?"

정신없이 사내아이의 움직임을 따라가던 형운의 균형이 무너졌다. 그리고 그 틈을 타서 사내아이가 뛰어들면서 박치기!

"푸업!"

턱을 들이받힌 형운이 뒤로 넘어갔다. 그러자 사내아이가 형운의 발을 후려서 쓰러뜨리면서 밀쳤다.

"으아아아아!"

바닥이 기우뚱하면서 형운이 데굴데굴 굴러갔다.

현재 대련이 이루어지는 환경은 평지가 아니다. 이곳은 강 위에 뜬 커다란 배 위라는 설정이었고 그래서 물결에 따라서 조금씩 출렁이고 있었다.

형운은 약간의 출렁임에는 흔들리지 않았지만 갑자기 큰 출렁임이 오자 그대로 균형이 무너졌고, 그 틈을 찔려서 데굴데굴 굴러간 결과……

풍덩!

물에 빠지고 말았다.

"어푸! 어푸푸푸! 사, 사부님 살려주세요!"

"음?"

귀혁이 의아해했다. 물에 빠진 형운이 버둥거리는 꼴이 어째 생각보다 필사적이었기 때문이다.

"쿠업! 저, 저 헤엄 못… 꾸르르륵!"

도시에서만 살았던 형운은 헤엄치는 법을 배운 적이 없었던 것이다.

그대로 꼬르륵 가라앉는 형운을 보면서 귀혁이 난감한 듯 중얼거렸다.

"으음, 헤엄치는 법도 가르쳐야겠군……"

8

그렇게 혹독한 훈련의 나날이 계속되었다.

하지만 그런 날도 하루도 거르지 않고 계속될 수만은 없었다. 귀혁에게는 영성이며 오성의 우두머리, 수호자라는 입장이 있었기 때문이다. 결국 형운의 수련이 시작된 지 한 달여 만에 공적인 일에 나서야 했다.

귀혁은 그날 하루는 특별히 형운에게 휴식을 주기로 했다.

"음, 이런 때 쉬게 해도 정말 괜찮은 건지 모르겠군."

하지만 정작 그런 조치를 취한 귀혁은 의구심을 품고 있었다. 애당초 형운을 쉬게 하자고 생각한 게 그가 아니었기 때문이다.

석준이 말했다.

"지금이라도 일정을 바꾸자고 하셔도……."

"자네가 쉬게 하자고 해놓고 그런 말을 하는 건가? 이미 한 번 정한 일이니 번복할 수는 없지."

형운에게 휴일을 주자고 한 것은 석준이었다.

자기가 자리를 비운 오늘, 형운을 어떻게 빡세게 굴릴까 고민하는 귀혁을 보고는 한숨을 쉬면서 그렇게 제안했던 것이다. 요즘 귀혁은 형운의 훈련 방법을 고민하면서 신이 나서 어쩔 줄 몰라 하는 것으로 보였다.

석준이 말했다.

"형운 공자가 여기 와서 바깥 구경을 한 번도 못한 건 알고 계십니까?"

"음?"

"처음에 장로님들께 인사 다닐 때하고 영성님께서 훈련 장소를 밖으로 잡았을 때 말고는 한 번도 밖으로 나가시질 않았습니다."

"…그랬나?"

자유 시간을 안 주는 것은 아니다. 하루 한 시진(두 시간) 정도는 형운을 자유롭게 놔두었다. 하지만 그 시간도 띄엄띄엄 나누어져 있었고, 형운은 한 번 수련을 마치고 나면 초주검이 되기 때문에 멍하니 휴식을 취하다가 끝났다.

귀혁이 물었다.

"그래도 다들 그 정도는 하지 않나? 가뜩이나 형운은 많이 뒤처져서 불리한 상황인데……."

"일반적으로는 이런 식으로는 안 하지요. 특수한 인원을 길러내려고 훈련을 시키는 경우는 있지만……."

"형운도 특수한 경우이지 않나?"

"하지만 그 전에 형운 공자님은 아직 애잖습니까. 그것도 얼마 전까지는 그냥 일반인이었던."

"음……."

귀혁이 눈살을 찌푸렸다.

그는 누군가에 몰아붙여져서 성장하지 않았다. 항상 스스로의 한계를 자극할 방법을 찾아서 심신을 채찍질해 가면서 지금에 이르렀다.

그러다 보니 남을 가르칠 때 어떻게 해야 하는지, 특정 상황에서 남이 어떤 심정일지를 상상하기가 어려웠다. 오늘 형운에게 휴일을 준 것도 자기보다 석준이 경험이 많으니 유연한 판단을 내릴 거라고 생각했기 때문이지 스스로 납득해서가 아니다.

그 점을 눈치챈 석준이 설득을 시도했다.

"쇠를 담금질할 때도 무작정 달구고 두드리기만 하는 게 아니라 식혀야 할 때도 있지 않습니까? 사람도 그와 같습니다. 당근과 채찍을 두루 갖춰야지요."

"당근이라면 있지 않은가?"

"네?"

"힘든 수련을 이겨내고 나면 확실하게 강해지는데. 그것만 한 당근이 어디 있나."

"……."

틀렸다. 사고방식이 달라도 너무 다르다.

석준은 한숨을 참으면서 말했다.

"보통 사람은 그것만으로는 견디기 어렵습니다. 애들 빡세게 굴려보면 알죠."

"계속해 보게."

"전 누군가를 가르칠 때 가장 중요한 게 망가지지 않도록 하는 거라고 생각합니다."

"그 점은 나도 신경 쓰고 있다."

"육체적으로는 그렇죠."

귀혁이 형운을 강도 높게 훈련시키기는 하지만 동시에 세심한 주의를 기울이고 있다. 큰 부상을 입지 않도록, 한계를 자극하되 그걸 넘어서 몸이 파괴되는 일이 없도록.

석준이 말했다.

"하지만 몸만 멀쩡하다고 다가 아니니까요. 힘든 시간이 계속될 때, 휴식이라는 보상이 없으면 견딜 수 없습니다. 아직 그런 일에 익숙하지 않을수록 그렇고 형운 공자는 무공에 입문한 지 얼마 되지도 않았지요."

"음……."

"그리고 가끔은 끈질기게 달라붙어 있는 것보다 쉴 때 답이 나오기도 하는 법 아닙니까? 휴식도 수련의 일부니까요."

"그건 그렇지. 음. 확실히 내가 그 점을 고려하지 않았군."

"……."

다른 건 영 마땅찮아 하더니 '휴식도 수련의 일부'라는 말에는 고개를 끄덕인다.

석준은 속으로 한숨을 쉬었다. 사실 그도 형운이 그냥 빡세게 훈련받을 뿐이었다면 쉽게 해줘야겠다는 생각은 안 했을 것이다.

'아무리 그래도 의식주를 다 수련으로 채우는 건 너무했지.'

귀혁은 제자를 가르칠 때의 발상이나 접근 방식이 다른 이들과는 좀 많이 달랐다. 그래서 형운은 사실상 무공 수련을 하지 않을 때도, 즉 남이라면 정신적으로 휴식을 취할 수 있는 상황에도 끊임없이 고통받고 있었다.

'그리고 보면 형운 공자도 은근히 정신력이 강해.'

석준은 형운이 그렇게 의지가 강하리라고는 생각지 못했다. 겉으로 보기에 진중한 유형도, 독기가 풀풀 풍기는 유형도 아니다. 그런데도 귀혁의 가혹한 계획에 잘 따라와 주고 있었다.

'끝까지 이런 식이라면 버틸 수 있을지 모르겠지만…….'

귀혁이 형운을 키우는 방식은 괴상하다. 수련의 강도 면에서만 보면 초보자한테 너무 강한 게 아닌가 싶은 수준에서 끝나는데, 근본적인 철학부터가 일반적인 상식에서 괴리되어 있다.

문득 귀혁이 말했다.

"어쨌든 자네 말은 알겠어. 납득했으니 너무 걱정하지 말게."

"예."

"나는 형운에게 견딜 수 없는 시련은 주지 않아. 스스로 그점을 확신하지 않고 도박을 거는 것은, 스승으로서는 해서는 안 되는 무책임한 짓이라고 생각하네."

"……."

"내 욕심으로 녀석을 망가뜨리는 일은 없어야 한다. 그랬다가는 내 목표 역시 이룰 수 없으니까."

그 말에 석준은 왠지 소름이 끼쳤다.

언뜻 듣기로는 형운에 대한 배려심이 담긴 말로 보인다. 하지만 그 속뜻을 들여다보면 형운의 의지와는 상관없이 자신이 목적한 바를 이루기 위해서는 그래야 한다는 것이 아닌가?

'이분은… 정말 알 수가 없어.'

석준은 속으로 고개를 절레절레 저었다.

9

"으윽, 기대하면 안 되는 거였는데."

총단에 들어온 후 처음으로 휴일을 받은 형운은 얼굴을 있는 대로 찌푸리고 있었다.

아침은 귀혁과 함께했지만 점심은 혼자서 먹었다. 그래서 은근히 기대하고 있었다. 약선이 아닌 평범한 음식을 먹는 것을.

하지만 헛된 꿈이었다.

귀혁은 자신이 자리를 비울 경우를 대비해서 형운을 위한 식단을 짜두었다. 귀혁 스스로 만드는 것에 비해서 주의가 별로 필요하지 않은, 보통 사람이라도 재료와 조리법만 알면 만들 수 있는 수준의 요리들로 구성된 식단이었다.

참고로 그 요리들은 죽과 국, 나물 정도고 간이 거의 없이 그냥 쓰기만 했다.

"진짜 약만 먹은 기분이네. 쩝."

형운은 지금까지 살면서 먹는 데서 즐거움을 찾아본 적이 별로 없었다.

안 굶고 끼니만 때울 수 있어도 감지덕지했으니 그럴 수밖에 없다. 가끔 객잔 주인이 선심을 써서 고기 요리를 주거나 특별한 날이라 당과라도 하나 먹게 되면 그렇게 좋을 수가 없었다.

그러니 맛있는 걸 못 먹고 사는 정도는 별로 힘들지 않을 것이다. 매번 끼니때마다 힘들기는 했지만 견딜 수 있을 거라고 생각했다.

그래 봤자 좀 쓰고 맵고 짜고 실 뿐 아닌가? 어쨌거나 배불리 먹을 수 있으니 얼마나 좋은가?

착각이었다.

형운이 여기 와서 입에 댄 것 중 멀쩡한 게 없었다. 모든 것이 약선이었다.

예전 그대로였어도 힘들었을 것이다. 그런데 귀혁과 만나서 여기까지 오는 동안에는 참 잘 먹었다. 삼시세끼 입이 호강하는 호화판 요리들만 먹지 않았던가?

그 기억이 형운이 느끼는 고난을 배가시켰다. 종종 그때 먹었던 맛있는 요리들이 떠올라서 눈물이 나올 것 같았다.

'물, 물 마시고 싶다……. 시원한 물. 쓴맛 안 나는 물!'

심지어 형운은 평소에도 멀쩡한 물 한 모금 마시지 못했다. 언제나 귀혁이 만든 약수만을 마셔야 했다.

'그래, 지금이라면!'

귀혁이 없는 지금이라면 물 정도는 마실 수 있지 않을까?

맛있는 건 바라지도 않는다. 그냥 평범한 물 한 잔이면 된다.

"그런데 여기 어디냐……."

형운은 길을 잃고 헤매고 있었다.

영성의 저택은 너무 넓었다. 예전 호장성에 살 때 형운의 행동반경보다도 훨씬 넓었고 궁전처럼 커다란 건물들의 구조가 너무 복잡했다.

그래서 좀 구경 좀 해야겠다고 생각하고 돌아다니다 보면 길을 잃을 때가 한두 번이 아니었다. 이번에도 그랬다.

"아, 혹시 나가려면 어느 쪽으로 가야 돼요?"

형운은 지나가던 사람을 붙잡고 물었다. 이곳 사람들은 다들 형운을 알고 있었기에 공손한 태도로 대답을 해주었다.

그렇게 밖으로 나오자 상쾌한 공기가 형운을 반겨준다.

"이제 슬슬 겨울인데……."

형운은 실감이 안 가는 듯 주변을 둘러보았다.

여기 온 지도 어언 한 달이 지나서 11월도 벌써 중순이다. 진해성이 호장성보다 북쪽이니 날이 싸늘해야 할 것 같은데 이게 웬걸? 이곳 날씨는 딱 선선해서 좋은 정도였다.

이 총단에는 엄청난 규모의 기환진이 펼쳐져 있었다. 귀혁의 말로는 그 유명한 환예마존 이현이 이 기환진의 구축에 관여했다고 한다.

이 기환진은 내부의 계절 감각을 뒤틀어 최대한 인간이 생활하기 좋은 기온을 유지하며 공간조차 뒤틀어 놓는다. 정해진 길들 말고는 미로와도 같으니 함부로 돌아다녀선 안 된다고 경고를 받았다.

"겨울이 춥지 않다니, 이런 건 꿈에도 생각 못했는데……."

형운에게 겨울이란 언제나 가혹한 계절이었다. 누더기 같은 얇은 옷 한 벌만 있었고, 방은 난방하고는 인연이 없었다. 오히려 객잔에서 일할 때가 가장 따뜻하게 보낼 수 있는 시간이었으니……

그렇게 생각하며 걷는다. 으리으리한 건물들도 그렇지만 정원도 아름답게 꾸며져 있고 신기한 광경이 많아서 구경하는 맛이 쏠쏠했다.

'물, 마실 수 있는 물이 어디 있을 텐데…….'

형운은 멀쩡한 물 한 잔을 마시고 싶어서 주변을 세세하게 보고 있었다. 그렇게 영성의 저택에서 나와서 중앙 정원을 거닐다가 마침내 발견하고야 말았다.

'물이다!'

형운의 눈이 반짝 빛났다.

정원 한구석에 앉아서 쉬어 가라고 마련해 둔 공간이 있었다. 그리고 거기에는 시원한 물이 졸졸 나와서 고여 있는, 물 한 잔 마시고 가라고 잔까지 동동 띄워둔 식수대가 보였다.

형운은 더 생각할 것도 없이 거기로 뛰어갔다. 그런데 그때였다.

"오, 드디어 만나는군."

그 앞을 가로막는 소년이 있었다. 형운은 깜짝 놀라서 멈춰섰다.

'이 녀석… 기척이 전혀 안 느껴졌어.'

감극도를 수련하면서 형운은 기감을 예리하게 갈고닦아왔다. 그래서 주변의 인기척을 아주 민감하게 감지할 수 있었다.

그런데 이 소년은 바로 옆에 다가올 때까지 아무런 기척도 느끼지 못했다. 마치 은신한 석준이 다가올 때처럼.

허리에 완만하게 휘어진 도(刀)를 찬 소년의 키는 형운과 비슷한 정도로 별로 크지 않았다. 귀티가 나는 얼굴도 형운과 비슷한 또래로 보인다. 그런데…….

'뭐야? 이 녀석, 눈이 왜 저래?'

형운이 흠칫했다. 소년의 눈동자가 짙은 푸른색을 띠고 있었기 때문이다.

'특이체질인가? 아니면 무공 때문에?'

강호의 무인들 중에는 간혹 자기가 터득한 무공의 특성 때문에 특이한 외모를 갖는 경우가 있었다. 이 소년도 그런 부류인 것일까?

소년이 말했다.

"네가 형운이지? 이번에 영성의 제자가 되었다는?"

"맞는데… 넌 누구야?"

"난 마곡정."

소년이 화사하게 웃었다.

"풍성의 일곱 번째 제자야."

"아, 그렇구나. 만나서 반가워."

형운은 짐짓 태연한 척을 하면서 인사했다. 하지만 속으로는 경계심을 세우고 있었다.

'이 녀석, 수상해.'

마곡정은 여기 와서 별로 얼굴을 알리고 다니지 않은 자신을 대번에 알아봤다. 그리고 마치 영성의 저택 밖으로 나오길 기다렸다는 듯이 마주치지 않았는가?

'우연이라고 보긴 힘들지? 적의는 느껴지지 않지만…….'

인간이 가식으로 본심을 감추는 거야 쉬운 일 아닌가? 진심을 내보였다가는 무슨 일을 당할지 알 수 없었기에 언제나 비굴하게 웃으며 살아온 형운은 겉으로 드러난 표정으로 사람을 쉽게 믿지 않는다.

마곡정이 말했다.

"꼭 한 번쯤 만나보고 싶었어. 요즘 어딜 가나 네 얘기가 들리거든."

"그, 그래?"

그건 전혀 모르고 있었다.

하지만 생각해 보면 당연한 일이다. 귀혁의 지위를 보면 제자를 들이는 것 자체가 큰 사건이다. 그런데 그가 수십 년 동안 제자를 들이지 않아서 사람들 속을 썩이고 있기까지 했으니…….

마곡정이 말했다.

"영성님께서 성운의 기재를 걷어차고 선택한 인재라고 소문이 자자하지. 다들 널 보고 싶어서 안달이 났을걸."

"으음."

그런 상황이었을 줄은 몰랐다.

마곡정이 물었다.

"성운의 기재를 만났어?"

"만나보긴 했지."

"어땠어?"

"잘 모르겠어. 그냥 납치당한 걸 스승님이 구해주시는 걸 봤을 뿐이라."

"그래? 아쉽네."

마곡정은 눈을 반짝이면서 계속 떠들어댔는데 형운의 관심

은 점점 그의 말에서 멀어져 갔다. 그와 마주쳤을 때의 당혹감
이 옅어지면서 아주 중요한 일이 생각났기 때문이다.

'아우, 이 녀석은 언제까지 떠들어댈 거야? 물 마셔야 하는
데……'

형운의 주의는 온통 마곡정의 바로 뒤에 있는 물에 팔려 있
었다. 물을 마시고 싶다. 시원하고 쓴맛 안 나는 멀쩡한 물을!

그런 태도가 드러난 것일까? 문득 마곡정이 조잘거리는 걸
멈추고 물었다.

"듣고 있어?"

"아, 응."

형운은 움찔하며 고개를 끄덕였다. 그리고 조심스럽게 말했
다.

"저기, 미안한데… 나 잠깐 물 한 잔만 마시면 안 될까? 목이
너무 말라서 그래."

슬슬 물을 마시고 싶은 마음을 주체할 수가 없었다.

"흠."

그 말에 마곡정의 표정이 갑자기 싸늘해졌다. 그는 조금 전
까지와는 완전 딴판인 차가운 눈으로 형운을 쏘아보며 말했다.

"내 말을 무시한 이유가 고작 그거야?"

"응?"

"영성님이 처음으로 들인 제자고 나랑 비슷한 또래라기에
어떤 녀석인가 했는데… 꽤나 오만하네."

"뭐어?"

형운은 어이가 없었다. 살면서 오만하다는 말은 생전 처음 들어본다.

하지만 마곡정은 형운의 황당함을 개의치 않고 피식 웃는다. 다음 순간 파공음이 울려 퍼졌다.

파앗!

형운은 한 박자 늦게 자신의 손이 마곡정의 주먹을 막아낸 것을 알아차렸다.

감극도가 발동한 결과였다. 감각이 마곡정의 공격을 감지하는 순간, 형운이 그 정보를 의식하는 것보다도 빠르게 몸이 반응했다.

'아슬아슬했어.'

등골이 오싹하다. 마곡정에게 경계심을 품고 있었기에 망정이지, 그렇지 않았다면 아직 미숙한 감극도가 발동하지 않았을 것이다.

"호오?"

마곡정이 감탄했다. 기습적으로 내지른 공격을 이렇게 쉽게 막아낼 줄이야?

"과연. 영성님의 제자가 되기 전까지는 무공을 익힌 적이 없다고 들었는데, 역시 한 수는 갖추고 있었다 이거지?"

"갑자기 무슨 짓이야?"

"아, 얼마나 잘났길래 초면부터 사람 무시하는지 궁금해서."

"그런 이유로 다짜고짜 주먹을 휘둘러?"

"무인이라면 무공으로 말해야 하는 법 아니겠어? 어차피 명성이 자자한 영성님의 제자 실력이 궁금하기도 했고."

원하는 반응이 나오지 않자 그냥 되도 않는 억지를 부리면서 폭력을 휘두르려고 한다. 형운은 이런 부류의 인간을 자주 봐왔다.

'이 자식 대낮부터 술이라도 처먹었냐?'

바로 만취한 술꾼들이 그렇다.

어이없어하는 형운 앞에서 마곡정이 재차 공격을 가해왔다. 형운은 그것을 아슬아슬하게 받아냈다.

'기척을 전혀 읽을 수가 없어. 왜지?'

분명히 마곡정의 손이 다가오는 게 눈에 보이는데 전혀 기척이 느껴지지 않는다. 마치 환영 같아서 빤히 보면서도 그 움직임을 읽을 수가 없다.

식은땀이 흐른다. 감극도가 아니었다면 두 번 다 맞았으리라.

퍽!

순간 숨이 턱 막혔다. 앞에 있는 마곡정은 상반신의 움직임이 전혀 없는데 갑자기 옆쪽에서 발차기가 날아드는 바람에 그대로 직격당할 뻔했다.

그러나 위력이 너무 강해서 제대로 막았는데도 몸 전체가 저릿저릿했다. 옆으로 밀리다 쓰러질 뻔한 것을 겨우 버텨냈다.

'젠장, 차이가 이 정도로 큰가? 장난이 아닌데?'

지난 한 달간 혹독하게 수련한 형운은 어느 정도 자신감이 생겼다. 매일 쉬지도 않고 약선과 비약을 먹어가면서 수련했으니 자신이 조금은 강해졌으리라 생각했다.

하지만 마곡정과 싸워 보니 절망적인 격차가 느껴졌다. 마곡정의 공격은 완벽하게 막았는데도 팔이 마비될 정도의 위력이 있었고, 감극도가 아니었더라면 막기는커녕 제대로 보지도 못했을 정도로 빨랐다.

마곡정도 놀라고 있었다.

"이걸 막았어?"

처음 두 번은 그렇다 치고 발차기는 완전히 사각에서 날아들었는데도 막아내다니, 의외다.

'완전 초짜가 어떻게?'

영성의 제자는 이제 갓 무공을 익힌 초보자다.

그건 공공연하게 알려져 있는 사실이었다. 영성이 직접 붙잡고 가르쳤다지만 여기까지 오는 데 걸린 시간까지 합쳐도 두 달밖에 안 지났다. 고작 그 기간 동안 제대로 된 무공을 익힐 수 있으면 세상 무인들은 다 입에 칼 물고 죽어야 할 것이다.

그런데 어째 예상했던 것보다는 좀 실력이 있는 것 같지 않은가?

마곡정이 눈을 가늘게 떴다.

"흐음. 방어는 제법 하네. 어디 이것도 막아보시지."

그리고 그가 벼락처럼 움직였다. 땅을 강하게 박차면서 일장을 내지른다.

형운의 눈에는 그 공격이 보이지도 않았다. 그저 감극도로 반응해서 막아냈고, 그리고……!

투학!

"커억!"

막은 팔이 튕겨나가면서 일장이 가슴을 때렸다. 뼈가 부서지는 듯한 충격과 함께 형운의 몸이 일 장 가까이 날아가서 처박혔다.

"크, 으윽……!"

데굴데굴 구른 형운이 비틀거리며 일어났다. 마곡정이 눈을 치켜떴다.

"생각보다는 튼튼한데? 좀 더 힘을 써도 될 걸 그랬나 봐?"

"이 자식……!"

겨우 일어난 형운이 이를 악물며 마곡정을 노려보았다.

화가 난다.

힘 좀 있다고 자기 기분 따라 상대를 해코지하는 저놈이 자신을 핍박했던 자들과 똑같아 보여서 분노가 치솟았다.

'어떻게 해야 하지?'

하지만 화가 나는 것과는 별개로 지금 상황을 타파할 답이 떠오르지 않는다. 감극도 덕분에 치명상은 피할 수 있었지만 형운과 마곡정의 실력 차는 도저히 어찌해 볼 수 없을 정도로 컸다. 공격이 너무 빨라서 보이지도 않고, 위력은 제대로 막아도 방어째로 박살 날 정도인데 뭘 어쩌란 말인가?

마곡정이 피식 웃었다.

"고작 이 정도면서 날 무시했다니… 어이가 없네. 별것도 아닌 주제에 영성님 제자가 되니 자기가 대단한 사람이라도 된 것 같았나 보지?"

"듣자듣자 하니까… 진짜 짜증나는 놈이구나, 너."

"아직 나불거릴 정신이 남았구나?"

마곡정이 미소 지었다. 처음처럼 화사한 미소였지만 형운은 그 이면에 숨겨진 적의를 읽었다.

마곡정이 여유로운 걸음걸이로 다가온다. 형운은 도대체 어떻게 이 상황을 타파해야 할지 혼란스러웠다.

그때였다.

"곡정아, 그만해."

둘 사이에 끼어드는 목소리가 있었다.

형운은 마곡정이 나타났을 때 이상으로 놀랐다. 기척을 느끼지 못해서가 아니다.

'여자애?'

그것이 소녀의 목소리였기 때문이다.

형운의 눈이 목소리의 주인에게로 향했다. 그리고 한순간 넋을 놓고 말았다.

'예쁘다……'

흑단 같은 머리칼을 길게 늘어뜨리고, 선명한 붉은 비단옷을 입은 소녀가 거기 서 있었다.

10

소녀를 본 마곡정이 눈살을 찌푸렸다.

"하령 누나, 방해할 셈이야?"

"응."

하령이라 불린 소녀는 마곡정과 비슷한 또래로 보였다. 형운보다는 한두 살 정도 어려 보였는데 마곡정을 바라보는 눈매는 어딘가 나른해서 긴장감을 느낄 수 없었다.

'얘도 눈이… 특이하네?'

하령의 눈동자는 밝은 호박색을 띠고 있었다. 피부는 잡티하나 없는 우윳빛이었고 입술은 앵두처럼 붉었다.

마곡정이 말했다.

"누나가 낄 일이 아니라고 보는데."

"네가 막무가내로 시비 거는 거 다 봤어."

"저 녀석이 나를 무시했다고."

그 말에 하령이 고개를 갸우뚱했다.

"처음부터 이럴 셈이었던 게 아니고?"

"……."

마곡정이 침묵했다. 정곡을 찔린 듯했다.

하지만 곧 그가 화를 냈다.

"그건 누나 혼자만의 생각일 뿐이지. 어쨌든 난 이 녀석하고 결판을 내야겠는데? 남자들끼리의 싸움이니 끼어들지 마."

"싫어."

하령은 단호하게 대답하면서 형운의 앞을 가로막고 섰다. 그런 그녀를 본 마곡정의 푸른 눈동자가 차가워졌다.

"나를 막아보겠다 이거야?"

"응."

"난 누나가 알고 있던 예전의 내가 아닌데? 사부님한테 가르침을 받은 지 일 년이나 됐다고."

"달라질 건 없어."

그 말에 마곡정의 눈썹이 꿈틀거렸다. 그의 입장에서는 참을 수 없을 정도로 신경을 건드리는 말이었나 보다.

"그렇다면… 좋아. 누나의 생각이 틀렸다는 걸 알려주지!"

"해봐."

일촉즉발의 순간이었다. 둘의 대치를 보고 있던 형운은 퍼뜩 정신을 차렸다.

"잠……."

하지만 미처 말을 꺼내기도 전에 마곡정이 움직이고 있었다. 형운은 다급한 나머지 앞뒤 가리지 않고 앞으로 뛰어들었다.

동시에 한 가지 치명적인 사실을 깨달았다.

'아, 이런!'

두 팔이 다 제대로 움직이질 않았다. 아무리 감극도라고 해도 몸이 제대로 안 움직여 준다면 제대로 방어하길 기대할 수 없다.

투학!

"아악!"

마곡정의 공격이 형운의 어깨를 강타했다. 형운은 균형을 잃고 빙글빙글 돌다가 그대로 땅에 처박혔다.

그때였다. 형운의 몸이 땅에 닿기 직전, 하령이 전광석화처럼 그 몸을 받쳐 들었다.

그 앞에서 마곡정이 표정을 일그러뜨렸다.

"칫."

형운이 뛰쳐나온 것은 마곡정과 하령 둘 다 예상 못한 사태였다.

그래서 마곡정이 주춤했고, 하령은 약간 늦게 반응해서 원래대로라면 형운에게 정통으로 명중했을 그 공격을 옆으로 쳐냈다. 그래서 형운이 어깨를 얻어맞고 나가떨어진 것이다.

"어이없는 놈이네, 이거."

마곡정은 기가 막히다는 듯 중얼거리고는 물러났다.

"흥이 깨졌어. 이만하지."

"……."

하령은 말없이 그를 바라보기만 했다. 마곡정이 돌아서면서 말했다.

"다음에는 이렇게 안 될 거야, 누나."

하령은 잠시 멀어져 가는 그를 바라보다가 자신의 품에 안겨있는 형운에게 시선을 주었다.

"어……."

형운은 뭐가 어떻게 된 건지 알 수 없었다, 그저…….

'부드럽다…….'

자신을 안아 든 하령의 몸이 무척 부드럽다는 것에 정신이 팔려 있었다.

또한 하령의 몸에서는 마치 꽃향기 같은 좋은 냄새가 났다. 형운은 거기에 정신이 팔려서 멍청하니 하령을 올려다보았다.

문득 하령이 물었다.

"괜찮아?"

"어, 아, 그, 그래!"

형운은 당황해서 벌떡 일어났다. 동시에 어깨에 격한 통증
이 몰려들었다.

"으윽……!"

"뼈가 부러졌을지도 몰라."

"설마 그 정도까지는… 어억."

실소하던 형운은 하령이 다가와서 어깨를 짚는 바람에 몸을
비틀었다. 엄청 아팠다.

하령이 말했다.

"약간 탈구되고 근육이 비틀렸어."

"그래? 으윽……."

"잠깐만 참아."

"응?"

형운이 의아해하는 순간, 하령이 어깨를 잡은 손을 비틀었다.

우드득!

"……!"

순간 비명조차 지를 수 없을 정도의 고통이 몰려들었다. 형
운은 몸을 부들부들 떨며 주저앉았다.

하령은 표정 하나 바꾸지 않고 그를 내려다보며 말했다.

"맞췄어."

"뭐, 뭐가?"

"어깨."

하령은 손가락으로 형운의 어깨를 짚었다. 그러자 손끝에서 희미한 빛이 일어나면서 상처 부위의 통증이 줄어들었다.

'뭐지, 이건?'

이런 무공도 있었나? 형운이 신기해하고 있는데 하령이 손가락을 떼며 말했다.

"이러면 나을 거야."

"아, 고마워."

"괜찮아. 약한 사람이 다치는 거 싫어하니까."

"……."

그 말이 왠지 비수처럼 가슴을 찔렀다.

문득 하령이 물었다.

"왜 그랬어?"

"뭐가?"

"왜 내 앞으로 나와서 맞았어?"

"아, 그거야……."

"응?"

형운이 머뭇거리자 하령이 고개를 갸웃한다. 그 모습이 귀여워서 형운은 피식 웃었다.

"그게… 넌 여자애잖아."

온몸이 흉기인 마곡정이 여자애를 때리려고 한다. 그 점을 인식하자마자 자기도 모르게 움직였다.

그 말에 하령은 조금 당혹스러워했다. 표정 변화가 크진 않았지만 어이없어한다는 것만은 알 수 있었다.

"그런 말… 처음 들어봐. 그것도 약한 사람한테."

"그, 그래?"

말끝마다 약한 사람, 약한 사람 하는데 가슴이 쿡쿡 쑤신다.

하령은 신기한 물건을 보는 듯한 표정으로 말했다.

"나한테는 보여. 넌 아직 경기공도 익히지 않은 일반인의 몸
이야. 내공도 아직 원천기심(源泉氣心)조차 형성하지 못했고."

원천기심이란 진짜 심장을 그릇으로 하는 첫 번째 기심을
말한다. 하령의 지적대로 형운은 아직 원천기심을 완성하지
못했다.

하령이 말을 이었다.

"곡정이가 가볍게 견제기로 시작했기에 망정이지 그렇지
않았다면 죽었을 수도 있어."

"겨, 견제기라고? 방금 그게?"

형운이 당황했다. 방금 전의 일장은 뼈를 부수고 내장을 파
열시킬 위력이 있었다. 그런데 그게 견제기라고?

하지만 하령은 고개를 끄덕였다.

"곡정이는 거력을 타고난데다가 꾸준히 내공을 수련해 왔어.
만약 전력을 다했다면… 네 몸은 이미 산산이 부서졌을 거야."

"……."

"곡정이도 네가 약하다는 건 한눈에 알아봤을 거야. 그러니
충분히 힘 조절을 한 거지."

"힘 조절이라……."

그의 일장을 맞고 날아가 버렸던 입장에서는 선뜻 받아들이기 어려운 이야기였다. 하지만 형운을 구해준 하령이 굳이 거짓말을 할 이유도 없으리라.

"…내가 약한 걸 한눈에 알아봤다면 왜 굳이 그런 짓을 한 건데?"

갑자기 형운의 목소리가 싸늘해졌다.

하령이 움찔했다. 갑자기 형운의 태도가 바뀌어서 당황한 것 같았다.

그녀가 조심스럽게 물었다.

"…화났어?"

"아, 너한테 화난 건 아니야."

형운은 하령의 풀죽은 표정을 보고는 찔끔해서 표정을 풀었다.

하령이 말했다.

"아마 곡정이는 궁금했을 거야."

"뭐가?"

"무엇 때문에 성운의 기재 대신에 네가 선택된 것인지. 무공에 입문한 지 얼마 안 되었으니 약한 것은 당연한 일이지만, 귀혁 아저씨가 눈여겨본 특별함이 무엇인지를 알고 싶어서……."

"귀, 귀혁 아저씨?"

형운은 하령이 말해주는 내용보다도 그 부분에 놀라고 말았다. 여기 와서 귀혁을 저런 식으로 부르는 사람은 처음 봤다.

하령이 살짝 당황했다.

"왜, 왜?"

"아니, 사부님을 그렇게 부르는 사람은 처음 봐서……. 혹시 사부님이랑 잘 아는 사이야?"

"응. 귀혁 아저씨는 우리 할아버지랑 친하거든."

"네 할아버지가 누구신데?"

"이자 정자 운자를 쓰셔. 장로회의 일원이시기도 하고."

"이 장로님의 손녀였어?"

"응."

"그랬구나. 아, 그러고 보니 자기소개도 제대로 못했네. 난 형운이야."

"난 서하령이야."

"어……."

이 장로의 손녀인데 왜 이씨가 아니고 서씨일까?

그런 의문이 들었지만 형운은 이 자리에서 그걸 물어볼 정도로 어리석지는 않았다. 재빨리 당혹감을 감추고는 다른 것을 물었다.

"나도 하나 물어보고 싶은 게 있어."

"무엇을?"

"왜 나를 구해준 거야? 내가 사부님의 제자라서? 아니면……."

아니면 약한 사람이라서?

그렇게 물으려던 형운은 말을 흐렸다. 아무리 그래도 자기 입으로 약한 사람이라고 말하기에는 너무 자존심이 상한다.

하령이 말했다.

"원래는 곡정이를 만나러 가는 길이었어."

"응?"

예상치 못한 대꾸에 형운이 의아해했다. 하령이 말을 이었다.

"그런데 곡정이가 나갔다고 해서 어디 있나 찾아보다가 우연히 상황을 보고 나선 거야. 아무래도 다른 사람이 막아주길 기다렸다가는 늦을 것 같았으니까."

"다른 사람?"

형운이 어리둥절해하며 주변을 두리번거렸다. 다른 사람이 있었단 말인가? 하지만 아무도 보이지 않는다.

하령이 말했다.

"네가 귀혁 아저씨의 제자가 아니라 다른 누구였더라도 그 상황에서는 똑같이 했을 거야."

"그렇구나……."

형운은 왠지 그 말에 서운함을 느꼈다. 누가 그런 일을 당했어도 똑같이 했을 거라니. 차라리 귀혁의 제자라서 나서줬다고 했으면 좀 나았을지도 모르는데…….

'아니, 내가 왜 그런 이유로 서운해하는 거야?'

형운은 자신의 감정을 이해할 수가 없어서 당황했다.

"네가 한 일은… 당황스러웠지만 그래도 기분이 나쁘지는 않았어."

하령은 그렇게 말하며 살짝 웃었다. 마치 꽃이 피어나는 것 같은 미소에 형운의 가슴이 두근거렸다.

그런데 그때 그 기분에 찬물을 끼얹는 말이 들려왔다.

"하지만 앞으로 그런 일을 하려면 강해지고 나서 해. 난 약한 사람이 나 때문에 다치는 거 보고 싶지 않으니까."

"……."

"그럼 이만."

하령은 그 말을 끝으로 몸을 돌려서 멀어져 갔다. 그 뒷모습을 멍청하니 바라보던 형운은 분한 얼굴로 입술을 깨물었다.

"큭……."

화가 났다. 다른 누구에게가 아닌 자신에게.

귀혁의 제자가 되어 절치부심했지만 형운은 아직도 약하기만 했다. 그러니 마곡정 같은 녀석에게 장난감처럼 농락당하고, 하령에게 약한 사람이라는 소리나 듣는 것이다.

'강해지고 싶어.'

귀혁과 만났을 때, 자신을 핍박한 자들에 대한 분노로 깨어났던 열망이 다시금 타오르고 있었다.

잠시 동안 울분을 삼키던 형운은 곧 마음을 가라앉혔다. 감정이 좀 가라앉자 잊고 있던 것이 떠올랐다.

'물! 물 마셔야지!'

고작 물을 마시는 일이 이토록 험난하다니. 자신의 팔자도 정말 기구한 것 같다. 형운은 그렇게 생각하면서 식수대로 다가갔다.

그런데 그때였다.

"형운 공자님."

"엇?"

누군가 그 앞을 가로막았다. 형운이 깜짝 놀라서 보니 석준과 비슷한 옷을 입은 영성 호위대원이었다.

"…언제부터 계셨어요?"

"처음부터 있었습니다."

"……."

"영성께서 형운 공자를 호위하라고 명하셨습니다. 되도록 모습을 드러내지 말라고 하셔서 은신하고 있었습니다."

"그, 그랬군요."

"아까 전에는 바로 나서지 못해서 죄송합니다. 마곡정은 풍성님의 제자인지라 저로서는 정말 위험하다고 판단되지 않으면 함부로 막아서기가 힘들었습니다."

"아, 그래서… 그 애가 그렇게 말한 거군요."

형운은 그제야 하령이 말한 '다른 사람'이 영성 호위대원이었음을 깨달았다. 하령은 은신하고 있던 그의 존재를 일찌감치 간파하고 있었던 것이다.

문득 형운은 의아함을 느꼈다.

"아니, 근데 지금은 왜 나타나신 거예요?"

형운의 눈길은 곱지 않았다. 아무리 그래도 그렇지, 사람이 두들겨 맞고 있는데도 상대의 신분 때문에 갈팡질팡하다니 그게 말이 되는가? 그랬던 주제에 이제 와서 모습을 드러낸 저의가 궁금하다.

영성 호위대원도 형운의 내심을 읽은 것인지 면목이 없다는 표정이었다. 그가 말했다.

"그게… 형운 공자님께서 저 물을 마시는 걸 막아야 해서 말입니다."

"네에?"

형운이 깜짝 놀랐다. 이게 웬 날벼락이란 말인가?

"영성님께서 자기가 허락하지 않은 건 절대 먹이지 말라고 신신당부하셨습니다."

"그, 그런 게 어디 있어요! 그냥 물인데! 물 한 잔 정도가 어디가 어때서!"

"죄송합니다. 절대 안 된다고 하셨습니다."

"……."

"부상도 입으셨으니 의료원으로 가시지요."

"으으……."

형운은 어쩔 수 없이 영성 호위대원을 따라서 의료원으로 갈 수밖에 없었다. 마치 도축장에 끌려가는 소처럼 힘없는 걸음으로 그 자리를 벗어나는 형운의 눈길은 식수대에 고정되어 있었다.

'내 무우우우울!'

형운이 마음속으로 피눈물을 흘리며 절규했다.

제6장
성운의 기재

성운을
먹는자

1

　귀혁은 의식주를 통해 재능이 열악한 형운의 체질을 바꾸고
자 했다.

　이 중에서 식(食)은 가장 알기 쉬운 방법이다. 삼시 세끼를
약선으로 먹고, 비약을 먹음으로써 체질 개선과 내공 증가를
꾀한다.

　그에 비해 의(衣)와 주(住)는 그 방법을 짐작키 어렵다. 옷을
입는 것과 기거하는 장소를 어떻게 무공 수련에 응용한단 말
인가?

　귀혁이 물었다.

　"새 옷은 어떠냐?"

　"전 거보다 호흡하기 편한 것 같아요."

형운은 목 아래를 빈틈없이 감싸는 광택이 흐르는 검은 옷을 입고 있었다. 피부에 착 달라붙는 그 옷은 무공 수련을 할 때 입기에는 상당히 괴상해 보였다. 아니, 사실 무공 수련 때만이 아니라 언제 입어도 이상하게 보일 것이다.

"다행이구나. 그리고 이번에 약물의 구성도 좀 바꾸었는데 그쪽은 어떠냐?"

"음, 운기할 때마다 모공을 타고 전해지는 찌릿찌릿한 느낌이 전보다 강한데요?"

"약효가 잘 든다는 증거다."

귀혁이 흐뭇한 표정으로 고개를 끄덕거렸다.

형운이 입은 옷은 용육보의(龍育寶衣)라 불리는 옷이다.

이 옷의 특징은 특수한 공정을 거친 영수(靈獸)의 가죽으로 만들어서 옷을 벗고 있을 때보다도 더 피부로 공기가 잘 통한다는 것이다. 그리고 그러한 성질을 이용해서 안쪽에 약물을 발라놓으면 피부가 그것을 흡수하게 되어 있었다.

그러한 효과는 무인이 내력을 운기할 때 훨씬 강해진다. 형운은 잘 때를 제외하면 언제나 용육보의를 안에다 입고 다니면서 약물을 체내로 받아들였다.

'이러다가 나 피 대신 약물이 흐르는 거 아냐?'

매일 약선을 먹고, 비약도 먹고, 용육보의를 통해서 약물을 피부로 받아들이다 보니 그런 생각이 들었다.

언제나 그랬듯 수련에 들어가면서 광혼심법의 동공과 정공을 끝낸 형운이 물었다.

"아, 사부님. 하나 여쭤볼 게 있는데요."

"무엇이냐?"

"어제 일 때문에 그러는데요."

형운이 마곡정과 만난 것은 이미 귀혁에게도 보고가 되어 있었다. 의료원에서 치료를 받고, 귀혁이 또 한 번 손을 써서 부상은 불과 하루 만에 거의 다 나았다.

"마곡정이라는 녀석… 어느 정도로 강한가요?"

"흠, 글쎄다. 풍성의 제자 중에 자질로는 최고라고 하더구나."

사실 귀혁은 마곡정에 대해서 별로 아는 게 없었다. 하지만 어제 형운의 일을 듣고는 곧바로 수하들에게 조사를 시켜서 자료를 입수해 두었다. 형운이 분명히 그에 대해 질문을 해오리라 짐작했기 때문이다.

'제자가 물었는데 몰라서 말문이 막히다니 스승 체면에 그럴 수야 있나?'

그런 이유로 지금의 귀혁은 마곡정의 출생부터 지금까지의 내력을 죄다 꿰고 있었다.

"그리고 영수(靈獸)의 혈통이지."

"영수의 혈통이요?"

"그 녀석 눈이 이상하지 않더냐?"

"네, 눈이 파랗던데요? 깜짝 놀랐어요."

"청안설표(靑眼雪彪)의 피를 이어받아서 그렇다."

"청안설표요?"

"그래, 북방의 설산에 사는 영수지. 정보에는 없지만 태생적으로 빙한지기를 다루는 능력도 갖고 있을 수도 있겠지."

"아니, 청안설표면 표범 맞죠?"

"그래."

"사람이 어떻게 표범의 혈통을 이어받아요?"

이 세상에 마수와 요괴, 영수 같은 존재가 있으며 그들은 인간의 말을 하고 심지어 인간과 맺어지기도 한다. 그러니 그들과 인간 양쪽의 피를 모두 이어받은 혼혈이 태어날 수 있다는 것까지는 알겠다.

하지만 어떻게 그게 가능한지는 의문이었다. 영수라면 짐승인데 어떻게 짐승과 인간 사이에서 아이가 태어난단 말인가?

거기까지 생각한 형운의 얼굴이 슬쩍 붉어졌다. 그것을 본 귀혁이 혀를 찼다.

"형운아, 네가 무슨 생각을 하는지는 알겠다만… 그런 게 아니다."

그 말에 형운이 흠칫했다. 지금 형운은 한창 자랄 나이의 소년답게 참 민망한 장면을 상상했던 것이다. 무안해진 형운이 짐짓 시선을 피하며 헛기침을 했다.

"흠흠. 무슨 생각을 하기는요. 그냥 궁금했을 뿐이에요."

"그러냐? 어쨌든 영수는 그 명칭대로 신령한 짐승이지. 그들은 다른 짐승과는 다른 특별한 힘을 가졌고 인간보다도 오랜 시간을 살아가며… 또한 인간의 말을 하기도 한다."

그리고 심지어 인간의 모습으로 변신할 수도 있었다.

형운이 놀라서 물었다.

"인간으로 변신해요?"

"그렇다."

"어, 그러니까… 둔갑술 같은 게 실제로 있는 거예요?"

"있단다. 다만 영수들이 인간의 모습으로 변하는 건 그저 모습만 바꾸는 게 아닌데… 뭐 이걸 자세히 설명해 봤자 지금의 네가 이해할 수 있을 것 같지는 않으니 나중으로 미루자꾸나. 어쨌든 그들은 인간으로 변해서 인간들 사이에서 살기도 하고 그러다가 인간과 사랑에 빠져서 아이를 낳기도 하는데 마곡정이라는 애송이가 그런 경우에 속하는 게지."

"그럼 걔는 아빠가 표범인 거네요?"

"마곡정은 혼혈 2대다. 청안설표는 그 녀석의 할아버지가 되지."

"그래요? 표범이 할아버지라…….."

할아버지는커녕 부모님도 없는 형운 입장에서는 정말 대단해 보였다.

동시에 질투가 났다. 특별한 혈통에 그로부터 비롯된 탁월한 재능, 그리고 그것을 키워줄 수 있는 환경까지 갖춘 녀석이 아닌가?

문득 형운이 물었다.

"그런데 그런 대단한 존재의 혈통이라서 재능이 대단한 거라면… 성운의 기재와 비교하면 어떤가요?"

"영수의 피를 이어받은 자가 갖는 재능은 성운의 기재가 갖는 것과는 종류가 다르단다."

"네?"

"그리고 성운의 기재라고 해서 반드시 순수 인간 혈통은 아니다. 마곡정처럼 영수의 혈통을 이어받은 자가 성운의 기재일 수도 있지."

"그럼 순수 인간 혈통보다 그쪽이 훨씬 좋은 거 아니에요?"

"시작점에서는 그럴지도 모르겠지만 종국에는 딱히 그렇지만은 않다. 성운의 기재란……."

그렇게 말하던 귀혁은 문득 무슨 생각을 했는지 말끝을 흐리면서 쓴웃음을 지었다.

"아니, 그건 나중에 이야기하지. 어쨌든 재능의 종류에 대해서 이야기해 보자꾸나. 예를 들면 눈앞에서 일어나는 현상을 보고 그 원리를 순식간에 파악하는 사람과 남들보다 훨씬 강건한 육체를 가진 사람, 둘 중에 어느 쪽의 재능이 더 뛰어나 보이느냐?"

"아."

형운은 귀혁이 무엇을 말하고자 하는지 알아들었다.

귀혁이 말을 이었다.

"물론 마곡정이라는 녀석은 천재라는 소리를 들으니 성운의 기재와 비슷한 성질의 재능도 갖고 있을 거다. 하나… 같은 종류의 재능만을 비교했을 때 성운의 기재를 능가하는 것은 불가능하다. 적어도 뭔가를 보고 이해해서 자신의 것으로 만드는 데 한해서는 절대적이지."

그게 보통 일반적으로 사람들이 생각하는 천재의 능력일 것이다. 성운의 기재는 그러한 재능의 정점에 서 있는 존재였다.

귀혁이 말했다.

"어쨌든 마곡정은 그 나이 또래에서는 꽤 강한 축에 들 거다. 풍성이 제자로 들인 지는 아직 일 년밖에 안 됐지만 성장폭이 무서워서 다른 제자들이 견제한다더구나."

"분명히 공격을 막았는데도 방어가 돌파당해서 정통으로 맞았어요. 내장이 터지는 줄 알았는데, 그게 힘 조절을 한 거라고 하더라고요."

"사실일 거다. 영수의 혈통을 이은 뛰어난 자질에 어려서부터 무공을 익혔다면 능히 일권으로 바위를 부술 수 있는 수준은 될 테니."

"……."

그 말에 형운은 등골이 오싹해졌다.

솔직히 하령이 말했을 때는 별로 실감이 안 갔다. 거짓말이라고 생각하진 않았지만 마음 한구석으로는 '아무리 그래도 그 정도일까?' 하고 의심하고 있었던 것이다.

하지만 귀혁의 말을 들으니 비로소 자신이 진짜 위험한 고비를 넘겼다는 실감이 난다. 그런 놈의 공격을 여자애 대신 막겠다고 뛰어들다니, 정말로 목숨 아까운 줄 모르는 짓이었다.

귀혁이 물었다.

"그런데 그 애송이가 자기 입으로 그렇게 말하더냐?"

"아니, 그건 아니고… 다른 사람이 말해줬어요. 그러니까 그… 하령이라는 애가……."

형운이 머뭇거리며 대답했다. 하령이 자신을 구해준 것도 귀혁은 알고 있을 것이다. 하지만 자기 입으로 직접 말하자니 부끄러웠다.

"흠. 그랬구나. 하령이도 영수의 혈통이지."

"네? 그 애도요?"

"그래."

"하지만 이 장로님 손녀라고 하던데요?"

"이 장로님의 딸이 그 애의 모친이고, 부친이 영수였단다."

"아······."

형운은 그제야 하령의 성씨가 이 장로와 다른 이유를 짐작할 수 있었다.

사실 조금만 생각해 봐도 여러 가지 이유를 떠올릴 수 있었다. 외손녀일 수도 있고 양녀로 삼은 것일 수도 있지 않은가?

하지만 형운은 아주 어린 시절에 고아가 되어서 지금까지 가족을 갖지 못하고 자랐다. 그러다 보니 그런 가족 관계에 무지해서 생각이 그쪽에 닿지 않았다.

형운이 물었다.

"그 애가··· 사부님을 아저씨라고 부르던데요?"

"어려서부터 알고 지내다 보니 친근하게 부르는 편이란다. 영특한 아이지. 솔직히 난 그 아이가 무공보다는 연단술에 전념하기를 바랐단다."

"왜요?"

"영적인 감각도 빼어나고, 현세의 요소와 영적 요소를 조합하는 능력도 대단하기 때문이다. 이 장로님도 그 아이가 자신의 후계자가 되어주었으면 하셨고…….”

높은 경지의 연단술은 기환술과 밀접한 연관이 있다. 그래서 연단술사가 되기 위해서는 기환술을 깊게 공부해야 했다.

형운이 물었다.

“그런데 왜 무공을 익힌 거예요?”

“본인이 무공을 너무 재미있어했거든. 그 점에서는 내가 이 장로님께 좀 미안한 짓을 했다.”

“사부님이요?”

“그래, 나를 보고 무공에 재미를 붙인 것이라…….”

귀혁이 쓴웃음을 지었다. 그는 곧 표정을 고치며 말했다.

“자, 그럼 그 이야기는 여기까지 하고… 수련에 들어가자.”

2

형운의 일상은 힘들었지만 단조로웠다. 다람쥐 쳇바퀴 돌듯이 수련, 수련, 수련으로 채워진 나날을 보내다 보니 시간이 빠르게 지나갔다.

한 달이 지나고, 두 달이 지나면서 새해가 왔다.

그때쯤 형운은 원천기심을 형성했다.

이제 내력을 자유자재로 운용하기 위한 구심점을 갖게 된 것이다. 아직 그 그릇은 더욱 성장할 잠재력을 가졌지만 제대로 된 형상을 갖춘 것만으로도 형운의 내공은 기초를 다졌다고 할 수 있었다.

귀혁이 물었다.

"뭐가 달라진 것 같으냐?"

"음."

스승의 질문에 대답하는 형운은 그새 조금 변해 있었다. 여기 와서 어쨌거나 영양만은 부족하지 않게 잘 먹고 무공을 연마하면서 지내서 그런지 키도 손가락 두 마디 정도 자랐고 몸도 튼실해졌다.

"내력의 수발이 훨씬 빨라졌어요."

원천기심을 이루기 전에는 뭉치지 못한, 밀도 낮은 내력이 전신의 기맥을 타고 흘러 다닐 뿐이었다.

이 상태에서는 내력을 움직이는 효율이 많이 떨어진다. 내력을 한곳으로 집중시켜서 밀도를 높이고 원하는 만큼의 양을 모은 다음에 발하기까지 많은 시간이 걸렸다.

하지만 원천기심이 생기니 그런 과정이 싹 단축되었다. 내력의 운용만을 기준으로 놓고 보면 형운은 원천기심을 이루기 전에 비해 몇 배나 강해졌다.

"그런 성향은 기심이 늘어날수록 심화되지. 원천기심만 있을 때와 2심을 이루었을 때의 차이는 지금 이상으로 클 것이다. 그게 고대의 내공심법과 기심법의 차이지."

기심이 하나 늘어난다는 것은 단순히 축기(蓄氣)를 통해 얻은 내력이 두 배로 느는 것에 그치지 않는다.

두 개의 중심을 가짐으로써 내력의 운용이 빨라지는 것은 물론, 기운을 발할 때도 두 번의 증폭 과정을 거쳐서 훨씬 강한 힘을 발휘할 수 있게 된다. 즉 기심이 늘어날수록 무인이 한 번에 발할 수 있는 힘은 훨씬 커지는 것이다.

"물론 그만큼 기심을 늘리는 건 어렵다. 원천기심을 이루는 것보다 2심을 이루는 게 어렵고, 2심을 이루기보다 3심을 이루는 게 어렵지."

기심은 무작정 내공을 연마한다고, 비약을 먹는다고 해서 늘어나지 않는다. 그리고 몸에 아무리 많은 기운을 축적해도 그것을 한데 뭉쳐서 담아둘 그릇인 기심이 없으면 서서히 몸 밖으로 빠져나가 사라질 뿐이다.

그래서 뛰어난 심법이 필요하고, 이미 더 높은 경지를 이뤄 본 스승의 가르침이 중요한 것이다.

형운이 물었다.

"광혼심법은 어떤가요?"

"전에 말했다시피 광혼심법은 효율성 면에서 뛰어난 심법이 아니다."

강호에 존재하는 수많은 심법의 효율을 평균 내서 1이라고 치면, 광혼심법은 그보다 못한 효율을 보인다.

"다만 약점이 없는 심법일 뿐이지. 축기 속도만으로 보면 삼류 내공심법만큼이나 느리고, 운기의 묘용 면에서도 기기묘묘해서 감탄할 구석은 없지."

광혼심법은 기재가 아니더라도 직관적으로 이해할 수 있을 만큼 단순하고 우직하다. 그런 만큼 기기묘묘한 응용법을 보일 구석이 없었다.

"하지만 대신 내가 아는 그 어떤 심법보다도 안정적으로 만들었다. 광혼심법은 뛰어난 심법이 아니라 약점이 없는 심법이니라."

"만들었다면… 스승님이 만드신 거예요?"

형운이 놀라서 물었다. 지금까지 네 달이 넘도록 배웠는데 그런 사실은 처음 알았다.

귀혁이 말했다.

"그렇단다. 감극도와 마찬가지로 내가 창안한 무공이지."

뛰어난 무학자인 귀혁은 심법에 대해서도 깊이 연구한 바 있었다. 그 결과 상당히 많은 심법을 만들어내어 별의 수호자에 전했는데, 이 광혼심법도 그중 하나였다.

하지만 광혼심법의 경우 형운 말고는 연마한 자가 존재하지 않는다.

"축기가 느린 심법을 선호할 이는 없지. 사실 나 같아도 다른 심법 놔두고 광혼심법을 익히진 않을 거다."

"……."

아니, 그럼 왜 자기한테는 아무도 선택하지 않을 심법을 가르쳤단 말인가? 형운이 황당해할 때 귀혁이 씩 웃었다.

"뛰어난 묘용을 가진 심법일수록 익히기가 까다로운 법이다. 초기에는 빠른 진전을 보일지 모르지만 익히면 익힐수록 그 요체를 깨닫기 어렵지. 기의 운용에 뛰어난 감각을 요구한다는 점도 그렇고."

즉 뛰어난 심법 중 대다수는 그만한 자질을 요구하며 형운은 거기에 해당하지 않는다. 그것이 첫 번째 이유였다.

"광혼심법은 축기가 느리고 운용이 단순한 대신 기의 운용이 이루어지는 유형에는 약점이 없다. 따라서 실제 운용 시의 미숙함을 제외하면 심법의 근본이 공략당할 것을 걱정하지 않아도 되지."

타인이 터득한 심법의 요체를 파악하고 있다면 그 약점을 찔러서 기의 운용을 방해하거나, 심지어 제어권을 장악하는 일도 가능하다. 하지만 광혼심법은 단순하고 우직한 대신 그렇게 파고들 틈이 없었다. 그것이 두 번째 이유였다.

"그리고 안정적이라는 것은 까다로운 해답을 찾지 않아도 기심을 이루기가 쉽다는 뜻이다."

축기가 느리고 다른 심법에 비해 기심을 형성하기 위해 많은 기운이 소모되지만 하다 보면 언젠가는 된다. 그것이 세 번째 이유였다.

"다만 일반적인 기준으로 볼 때 그 '언젠가는' 이 사람의 일생보다도 더 긴 기간일 수도 있다는 문제가 있긴 하군. 순수하게 축기만으로 단련한다면 육십 년 동안 연마해도 채 4심도 이루지 못할 것이다."

"육십 년 동안 해도 그 정도라고요?"

"하지만 너는 괜찮다."

"어째서요?"

"축기가 느리면 비약을 먹으면 되잖느냐?"

"……."

…다른 무인들이 들으면 뒷목 잡고 쓰러질 소리였다.

귀혁이 말했다.

"그래서 광혼심법은 내 제자인 네가 아니면 익혀봤자 쓸모가 없다. 하지만 그런 네가 익히기에는 최고의 심법이지. 그리고 광혼심법에도 다른 심법에는 없는 강점이 하나 있단다."

"뭔데요?"

"넓고 튼튼한 그릇을 만드는 것에 있어서만은 최고라는 것이지. 난 처음부터 그것을 목적으로 광혼심법을 만들었다."

그래서 이름도 광혼심법(廣魂心法)이라 붙인 것이다.

탑을 쌓아올리는 게 늦어도 좋다. 쌓아올린 탑의 구조가 단순해도 좋다. 탑을 오르락내리락하는 게 느려도 좋다.

그저 그 어떤 탑보다도 넓은 토대 위에 튼튼하게 세우리라. 광혼심법은 귀혁 자신이 일생 동안 시행착오를 거친 끝에 만들어낸, 그의 이상을 구현하기 위한 심법이었다.

"그러니 너는 아무 걱정 말고 부지런히 광혼심법을 연마하기만 하면 된다. 다른 기술들을 익히는 진도가 느려도 괜찮다. 광혼심법을 내가 준비한 환경에서 익히는 것만으로도 다른 부족함을 다 메우고도 남을 절대적인 중심을 갖게 될 테니."

귀혁의 말은 절대적인 자신감으로 가득 차 있었다. 형운은 왠지 오싹해졌다.

'사부님은… 도대체 나를 어떤 존재로 키우시려는 걸까?'

성운의 기재를 능가한다. 그런 목표로 위해 강해지고자 했지만 요즘 들어서 귀혁이 보는 것과 자신이 보는 것이 전혀 다르다는 생각이 든다. 귀혁은 범인은 이해할 수 없는 사고에 근거해서 범인은 볼 수 없는 아득히 먼 곳을 보고 있었다.

3

총단에 들어온 이래로 형운은 어딜 가나 화제의 중심이었다. 다들 형운이 어떤 아이인지 궁금하게 여겼고 한 번쯤 실제로 보고 싶어서 안달이 나 있었다.

귀혁이 장로들에게 인사를 시킨 것 말고는 형운을 밖으로 내보내지 않았기 때문에 사람들의 궁금증은 더욱 커져 있었다. 형운이 총단에 들어온 지 사 개월이 되어가는데도 귀혁은 어딜 가나 형운에 대해서 질문을 받고 있었다.

하지만 마침내 그 관심을 빼앗아가는 존재가 나타났다.

성운의 기재.

별의 힘을 가진 절세의 기재가 별의 수호자 총단에 온다는 소식이 전해졌던 것이다.

소식을 들은 귀혁은 혀를 찼다.

"설마 일이 이렇게 될 줄이야."

별의 수호자는 떠들썩하게 들떠 있었다. 장로회가 소집되고, 오성들 역시 긴장했다.

성운의 기재가 별의 수호자를 방문한다.

단지 그것 때문만은 아니다. 그 배경이 문제였다.

"차라리 팔객이 제자라도 데려오는 거였으면 이렇게 시끄럽진 않았을 것을."

성운의 기재 중에는 팔객의 제자로 들어간 이도 있다. 삼국의 국경을 넘어 대륙 전체에 명성을 날리는 팔객이 제자를 데리고 방문하는 거라면 어느 정도 긴장은 하겠지만 이 정도로 떠들썩하진 않았으리라.

하지만 이번에 방문하는 성운의 기재는 팔객을 스승으로 두고 있지 않았다. 그리고 귀혁이 익히 알고 있는 인물이기도 했다.

"설마 그 꼬마가 여기 오다니. 흠, 이것도 운명이라고 해야 하나?"

호장성에 자리한 천가장 출신의 천유하.

지방의 명사인 우격검 진규가 제자로 삼았던 그 소년이 스승과 함께 별의 수호자 총단을 방문하려 하고 있었다.

석준이 대꾸했다.

"정말 그런지도 모르겠군요. 뭐 솔직히 말씀드리자면… 저쪽은 형운 공자님을 벌써 잊어버리지 않았을까 싶습니다만."

"그럴지도 모른다. 하지만 나를 잊지는 않았겠지."

귀혁이 쓴웃음을 지었다. 그는 마지막에 천유하가 자신을 보며 어떤 표정을 지었는지 똑똑히 기억하고 있었다.

석준이 말했다.

"하지만 황실에 봉사하지도 않으면서 황족의 추천을 받아온다니… 정말이지 성운의 기재다운 기연이군요."

"그래."

천유하는 하운국 직계 황족의 추천을 받고 이곳으로 향하고 있었다. 이미 황실에서 거금을 지불하고 천유하에게 큰 지원을 바란다는 요청을 해온 상태다.

어째서 상황이 그렇게 되었는가 하니, 천유하가 유람을 나왔던 황족이 위기에 처했을 때 몸을 던져서 구해냈다고 한다. 천유하 본인은 상대가 황족인지도 모르고 한 일인데 그가 목숨을 구해준 황족은 크게 감동하여 은혜를 갚고자 이런 일을 벌였다는 것이다.

귀혁이 차라리 팔객이 제자를 데리고 오면 나았을 거라는 말을 한 것은 그래서였다.

아무리 강호에 명성이 자자한 팔객이라도 별의 수호자 입장에서 보면 그냥 거래 상대일 뿐이다. 대가를 받고 그에 합당한 것을 내주면 그만이며, 별의 수호자는 어지간해서는 진정한 보물은 내주지 않는다. 천문학적인 금액을 감당할 수 있는 자를 찾기도 어려울뿐더러 그저 돈만 낸다고 팔지도 않기 때문이다.

"하지만 황실의 요청이니… 어쩌면 일월성단 중에 하나라도 내줘야 할지도 모르지."

그것이 바로 별의 수호자 상층부가 동요하고 있는 이유다.

석준이 쓴웃음을 지었다.

"그리고 성운의 기재라면 그 효능을 완벽하게 살려서 폭발적으로 힘을 키울 수 있겠죠."

"하여튼 천명을 받았다는 것들은."

귀혁이 못마땅한 듯 혀를 찼다. 그리고 물었다.

"하여튼 그 녀석은 언제 도착한다고 하나?"

"오늘 오후입니다."

"그럼 일단은… 형운이한테도 말해주는 게 좋겠군."

귀혁은 그렇게 말하며 자리에서 일어났다.

4

별의 수호자를 동요케 한 성운의 기재, 천유하는 별의 수호
자의 총단이 있는 소도시 성해에 도착해서는 경악을 금치 못
했다.

"세상에. 저건 도대체 어떻게 떠 있는 거죠?"

그를 놀라게 한 것은 성도의 탑이었다. 높다란 탑 위에 거대
하고 은은한 오색의 빛이 흐르는 돌덩어리가 떠 있는 것은 비
현실적이다 못해 공포스럽기까지 했다.

"기환술인가? 아니, 기환술이라도 저런 게 가능한 겐가?"

그 질문에 답해줘야 할 우격검 진규 역시 경악하고 있었다.

그래서 그들의 의문을 풀어준 것은 다른 이였다.

"기환술이지. 건설 때는 우리 일족도 관여한 걸로 알고 있어."

그렇게 답한 것은 이질적인 분위기를 풍기는 소녀였다. 얼
굴 인상을 보면 십대 중후반 같은데 투명한 광택이 흐르는 긴

백발을 늘어뜨렸고 그리고 쌓인 눈 위에 그림자가 진 것처럼 옅은 청백색을 띤, 동공조차도 검지 않고 기이한 눈동자에 머리에는 사슴의 그것을 닮은 하지만 얼음으로 만든 것 같은 반쯤 투명한 우윳빛 뿔이 나 있다.

누가 봐도 순수 혈통의 인간은 아니다. 아니, 영수의 혈통이라도 이렇게 노골적으로 이질적인 외모를 가질 수 있을까?

무엇보다 소녀에게서는 범접할 수 없는 기운이 풍겼다. 바라보는 것만으로도 자연스럽게 압도될 것 같은 신령스러운 힘.

"운룡족의 힘이 있어서 저럴 수 있는 것입니까?"

운룡족.

소녀는 바로 하운국 황실을 수호하는 신수 운룡의 일족이었다. 그녀는 천유하의 질문에 고개를 저었다.

"아니, 우리 일족이 관여하기는 했지만 토대는 분명히 인간의 기술이야."

"사람의 힘만으로 저런 일이 가능하단 말입니까?"

"그래."

"믿어지질 않는군요."

천유하가 혀를 내둘렀다.

이 순간, 그의 경악은 형운이 저것을 처음 봤을 때 느낀 것보다 훨씬 컸다. 왜냐하면 그는 성운의 기재이며, 그렇기에 저것을 보는 순간 그것을 이루는 본질을 엿보았던 것이다.

운룡족 소녀가 투덜거렸다.

"저게 아니었으면 저기로 곧바로 갔어도 됐을 것을. 번거롭게 한다니까."

"저게 운희 님의 축지를 막는 힘이 있습니까?"

"응. 그리고 저기의 결계에는 환예마존도 관여했기 때문에 여러모로 까다로워."

운희라 불린 운룡족 소녀는 천유하를 위해 보내준 사자였다.

그녀는 천유하와 진규를 데리고 축지법을 써서 정상적인 여로를 통했다면 한 달 넘게 걸렸을 거리를 한 번에 뛰어넘었다. 이런 초장거리 축지는 그녀가 운룡족이기에 가능한, 인간 기환술사는 흉내도 낼 수 없는 일이었다.

하지만 그런 운희조차도 별의 수호자 총단을 지키는 결계 안으로 축지할 수는 없었다. 그래서 이곳 성주의 저택으로 축지한 다음, 성주가 내준 마차를 타고 이동하는 중이다.

"아무리 황실의 요청을 받았더라도 호락호락 정말 귀한 걸 내놓을 놈들은 아니지만⋯ 그 건은 걱정하지 마. 우리 귀여운 예령공주를 구해줬으니 내가 다 알아서 해줄게."

"잘 부탁드리겠습니다."

진규가 고개를 숙였다.

조검문이 지방의 명문이라고는 하지만 전국적으로 보면 그리 내세울 만큼 금력이 많지도 않고 세력이 크지도 않다. 그래서 별의 수호자가 취급하는 정말 귀한 비약 같은 걸 알아볼 안목도 없고, 교섭할 자신도 없었는데 황실에서 운룡족인 운희를 보내주어서 진규는 정말 크게 안도하고 있었다.

'역시 유하는 크게 될 녀석이다. 하늘이 돕는 게야.'

천유하를 제자로 들일 때는 좋았다. 하지만 그를 가르치면서 진규는 그가 조검문이 감당하기에는 너무 큰 그릇임을 실감하고 있었다.

하지만 성운의 기재는 정녕 천명을 가진 존재인 것일까? 스승인 그가 채워줄 수 없어 안타까워하던 부분이 이렇게 채워지다니.

"어서 오십시오."

그렇게 별의 수호자 총단에 들어선 그들은 환대를 받았다. 운룡족인 운희가 와 있다는 정보가 일찌감치 전해졌기 때문에 별의 수호자 측에서도 접대를 허투루 하지 않고 운 장로가 나서서 인사를 했다.

운희가 말했다.

"유하야."

"네?"

"복잡한 이야기는 내게 맡겨두고 여기 구경이라도 하고 오렴. 주변에서 눈을 못 떼는구나."

"아, 그게……."

천유하가 얼굴을 붉혔다.

별의 수호자 총단은 정말로 신기한 것으로 가득했다. 겉으로 보이는 것만 해도 그렇고 성운의 기재인 그에게 보이는 것은 더욱 대단하다.

운희가 운 장로에게 말했다.

"이 아이가 구경할 수 있도록 안내해 줄 수 있겠지?"

"물론입니다."

운 장로는 즉시 안내역을 해줄 시종을 한 명 불러주었다. 천유하가 그를 따라서 나가자 운희가 말했다.

"자, 그럼… 중요한 이야기를 할 차례네. 황실의 요청서는 이미 받았지?"

"예."

"저 아이에게 가장 적합한 최고의 비약을 내주도록 해. 꼼수 쓸 생각은 하지 말고."

"으음……."

운 장로가 침음했다.

운희가 따라와서 교섭역을 자처한 것은 전혀 예상치 못한 사태였다.

설마 황실에서 은혜 갚겠다고 운룡족을 보낼 줄 누가 예상했겠는가? 우격검 진규의 안목이 높지 않을 것 같으니 적당히 납득할 수 있는 선에서 '좋은 비약'을 내주고 끝내려고 했는데 일이 이렇게 될 줄이야.

운희가 미소 지었다.

"너희가 하는 일이야 뻔하지. 그래서 내가 온 거야. 우리 귀여운 예령공주가 부탁했는데 일을 허투루 할 수 있나?"

운룡족은 신수의 일족, 따라서 인간의 기준으로는 신으로 보일 정도의 능력을 가졌다. 그중 하나는 말의 참과 거짓을 판별할 수 있다는 것이다.

즉, 운룡족에게는 거짓말이 통용되지 않는다.

또한 그들은 본질을 꿰뚫어 보는 직관력이 인간과는 비교할 수 없을 정도로 높다. 거짓을 말하지 않는다 한들, 진실을 감추고 있다면 그들은 단번에 그 사실을 알아내고 만다.

운 장로가 식은땀을 흘리며 물었다.

"무엇을 원하십니까?"

"일월성단."

"……."

"천유하는 태양의 재목이야. 그러니 일월성단 중 태양의 단약이 그에게 어울릴 것이야."

처음부터 끝까지 계산을 마친 단정적인 요구였다. 운 장로는 속으로 이를 갈았다.

'외통수에 걸렸군, 젠장.'

5

시종의 안내를 받은 천유하는 기기묘묘한 정원을 거닐며 넋을 잃었다. 처음 결계 안으로 들어왔을 때도 바깥의 추운 날씨가 거짓말인 것처럼 따뜻해서 놀랐건만, 사계절이 공존하며 세상의 온갖 기화요초가 모여 있는 듯한 이 정원은 마치 다른 세상에 온 듯한 착각을 느끼게 했다.

'정말 대단한데. 난 정말 우물 안 개구리였구나.'

진규의 제자가 된 후로 천유하는 무서운 속도로 성장했다.

별의 힘이 깨어나기 전, 그는 천가장의 가전무공을 익혀서 무인으로서의 기틀을 닦아놓았다. 천가장은 호장성에서는 부유한 집단이었기에 비약도 먹어서 어느 정도 내공도 닦았다.

성운의 기재로 각성하기 전에도 그는 뛰어난 재능의 소유자였다. 그래서 또래보다 빼어난 성취를 보이고 있었으니 무공의 경지가 높지는 않아도 기반만은 튼실하게 닦여 있었다.

그 위에 천가장의 무공보다 현묘한 조검문의 무공을 터득하고, 명사인 진규의 가르침이 더해지니 믿을 수 없을 정도로 빠르게 성장했다. 조검문에 입문한 지는 사 개월밖에 안 되었지만 그보다 서너 살 많은 제자 중에서도 적수를 찾아보기 어려웠다.

그래서 천유하는 목말라하고 있었다.

조검문은 그를 채우기에는 너무 작다.

물론 아직 조검문의 무공을 다 배운 것은 아니다. 수백 년의 전통을 가진 문파가 쌓아온 비전은 그 깊이도, 양도 만만치 않다. 하지만 배우면 배울수록 느껴진다. 부족하다고.

'그 사람을 따라갔다면……'

아직도 귀혁이 보여주었던 신위를 잊을 수가 없다.

지금까지 본 이들 중에 오로지 그만이 성운의 기재조차도 평생에 걸쳐 쫓아가야만 할 고고한 무언가를 갖고 있었다.

하지만 천유하가 가장 원했던 이는, 그를 원하지 않았다.

'음?'

문득 뭔가가 천유하의 감각을 자극했다. 하지만 주변을 살펴봐도 그 근원이 뭔지 알 수가 없다.

─성혼의 조각……

천유하는 소스라치게 놀랐다.

그 소리는 그의 마음속에서 울려 퍼지고 있었다.

'…기환술인가?'

전음은 아니다.

그렇다면 기환술에 의한 심령 연결이어야 할 텐데… 이것은 그것과도 다르다. 이미 조검문의 기환술사를 통해 기환술도 제법 겪어봤기에 알 수 있었다.

―별의 아이… 음, 또 다른 아이인가…….

천유하는 자기도 모르게 하늘을 올려다보았다. 아니, 정확히는 그 시선이 향한 곳은 성도의 탑 위에 떠 있는 거대한 돌덩어리였다.

'저기다.'

지금 자신의 마음속에서 떠오르는 목소리는 저곳에서 들려오고 있었다. 그 안에 있는 어떤 존재가 자신을 주목하고 있음이 느껴졌다.

하지만 그것으로 끝이었다. 그것을 마지막으로 빠르게 그 존재감이 멀어져 간다.

'뭐지?'

천유하는 식은땀을 흘렸다. 분명히 뭔가 영적으로 거대한 존재가 자신을 바라보았다가 시선을 거두었다. 영수인가? 아니면 설마 신수?

그렇게 짐작할 수 있는 것은 운희를 만났기 때문이다.

운룡족인 그녀가 찾아왔을 때, 천유하는 그대로 까무러치는

줄 알았다. 분명히 인간과 비슷한 모습을 하고 있음에도 그녀
가 풍기는 존재감이 너무나도 거대했기 때문이다. 마치 산처
럼 거대한 무언가가 그녀의 뒤에 숨어서 자신을 관찰하는 듯
한 감각에 전율했다.

그것은 비유하자면 배고프지 않은 호랑이 앞에 작은 토끼를
던져두었을 때, 그 토끼가 자신을 관찰하는 호랑이를 보고 느
낄 법한 감정이었다.

인간 중에도 강력한 힘의 소유자가 있었다. 스승인 진규만
하더라도 검을 휘둘러 커다란 건물조차 베어낼 수 있는 무위
를 자랑한다.

하지만 신수인 운희는… 뭔가 근본적으로 달랐다. 태풍이나
홍수 같은 자연재해가 인간의 형상을 하고 걸어 다니고 있는
것 같은 느낌이 든다.

천유하는 무공이나 기환술을 익힌 자들을 볼 때마다 그 기
술의 본질을 살피고 가치를 평해왔다. 그러나 운희를 상대로
는 그럴 수가 없었다.

그녀의 힘은 배워서 익힐 수 있는 게 아니기 때문이다. 물짐
승이 아무리 노력해도 새가 날갯짓하는 법을 배울 수 없고, 토
끼가 어떤 수단을 써도 호랑이의 포효를 배울 수 없듯…….

'하지만 저기에 있는 건… 운희 님보다도 더 커.'

저 돌덩어리에 있는 존재의 정체가 뭔지는 모른다. 하지만
잠깐 그에게 관심을 두었던 그는 분명 운희보다도 거대한 존
재감의 소유자였다.

"저기……."

그때 문득 옆에서 목소리가 들려왔다. 천유하는 화들짝 놀라서 그를 바라보았다.

"왜 그러십니까? 안색이 안 좋아 보이십니다만."

그를 안내하던 시종이 의아해하면서 묻고 있었다.

그 말에 스스로를 살펴보니 한 자리에 멈춰선 채 식은땀을 흘리고 있었다. 누가 봐도 어디 아픈 게 아닌가 싶은 모습이다.

천유하는 퍼뜩 정신을 차리고는 심호흡을 했다.

"아, 괜찮습니다. 이곳은 굉장하군요. 진을 타고 흐르는 기운에 집중하다 보니 그만."

"그렇습니까? 음……."

시종은 천유하의 말을 이해하는 기색이 아니었지만 더 토를 달지는 않았다. 하긴 이런 곳에서 살다 보면 모시는 사람들이 알아먹을 수 없는 소리를 하면서 이상한 반응을 보이는 게 한두 번도 아닐 것이다.

그렇게 다시 시종을 따라서 정원을 구경하던 천유하는 문득 이곳을 향해 다가오는 발소리를 들었다.

'음?'

조검문에 입문한 후로 그의 감각은 일취월장하여 이제는 주변의 인기척을 낱낱이 파악할 수 있었다.

'나랑 비슷한 또래인가?'

심지어 가까이 있는 존재라면 그 체격이나 기질까지도 간파할 수 있을 정도다. 천유하는 상대가 자신과 비슷한 체격을 가진 소년일 거라고 파악했다.

그리고… 마침내 시야를 가로막고 있는 나무를 지나치자 두 사람이 서로 마주쳤다.

천유하는 깜짝 놀라서 상대를 바라보았다.

"너는 분명 그때의……?"

잊을 수 없는 얼굴이 자신 앞에 서 있었다.

그때와 비교하면 많이 달라졌다. 그의 기억 속에는 깡마르고 꾀죄죄한 소년이었는데 이제는 깔끔하게 차려 입고 균형 잡힌 몸을 가졌다.

하지만 그래도 천유하는 대번에 그를 알아볼 수 있었다. 마지막으로 봤을 때의 일이 너무 인상적이었기 때문이다.

"그래, 네가 기억하고 있는 사람이 맞아. 난 형운이다."

소년은 바로 형운이었다.

자신을 똑바로 바라보는 형운에게 당혹감을 느낀 천유하는 곧 마음을 가라앉히고 대답했다.

"왜 여기 있는지는 모르겠지만… 오랜만이라고 해야 하나? 난 천유하다."

그렇게 두 소년은 예기치 못한 장소에서 재회했다.

『성운을 먹는 자』 2권에 계속…

현대 소환술사
THE MODERN SUMMONER
FUSION FANTASTIC STORY
현윤 퓨전 판타지 소설
하늘이 무너져도 솟아날 구멍은 있다!
드래곤의 실험으로 모진 고난을 겪어야 했던 레비로스!
우여곡절 끝에 소환술사가 되어 최강의 자리에 오르지만
운명은 그를 나락으로 떨어뜨린다.
『현대 소환술사』
다시 한 번 주어진 삶!
그러나 그마저도 암울하기 그지없는데…….
소환술사 레비로스의
인생 역전이 시작된다!
Book Publishing CHUNGEORAM
www.chungeoram.com